# Vœux sensuels

SARAH McCARTY

# Vœux sensuels

éditions HARLEQUIN

*Collection* : Spicy

*Titre original* :
CADEN'S VOW

*Traduction française de* EVELYNE JOUVE

Spicy® est une marque déposée par le groupe Harlequin

*Photo de couverture*
*Femme* : © ALLAN JENKINS/TREVILLION IMAGES
*Réalisation graphique couverture* : C. ESCARBELT (Harlequin SA)



83-85, boulevard Vincent-Auriol, 75646 PARIS CEDEX 13.
Service Lectrices — Tél. : 01 45 82 47 47
**www.harlequin.fr**
ISBN 978-2-2802-8637-4 — ISSN 1958-0223

*Pour celui qui m'a inspiré Caden :*
*Q, puisse la valse du hasard conduire vers toi la cavalière qui saura mettre du piment et de la magie dans ta vie. Personne ne le mérite autant que toi.*
*Je suis sûre que les lectrices en conviendront.*

# Chapitre 1

Tia pouvait vraiment être fière du *Hell's Eight*, songea Caden Miller en contemplant le ravissant jardin planté d'arbres fruitiers que Tia avait créé à force de patience et d'amour et où elle venait de s'unir à Ed pour le meilleur et pour le pire. Qui aurait pu croire, il y avait seulement dix ans, que leur rêve, ce rêve fou deviendrait un jour réalité ? Et pourtant, le résultat était là, sous ses yeux. Le *Hell's Eight* était aussi solide que le roc avec son mur d'enceinte fortifié et ses bâtisses robustes, adossées à la colline. Un petit univers sorti de terre. Ils avaient assemblé chaque roche, chaque pierre, chaque poutre à la seule force de leurs muscles. Et aujourd'hui, ils récoltaient les fruits de leur dur labeur. Mieux encore : cinq d'entre eux s'étaient mariés et avaient fondé une famille, ancrant plus solidement encore leurs racines dans le sol du Texas. Seuls Ace, Luke et lui-même restaient célibataires. Des loups solitaires… Caden revendiquait cette liberté et pourtant en regardant ses compagnons rire, un bras autour de la taille de leur compagne, il ressentait quelque chose qui ressemblait à… de l'envie ? Absurde. Il n'était pas homme à se poser durablement quelque part. Il lui fallait de la nouveauté, des défis à relever, comme son père avant lui. Et comme les hommes du *Hell's Eight* — enfin, jusqu'à aujourd'hui.

Les tables étaient décorées pour la fête, les visages affichaient de larges sourires, une insouciante légèreté flottait dans l'air. Et pourtant, une angoisse indéfinissable lui nouait le ventre. Le *Hell's Eight* était en train de changer. La rage qui les avait motivés pendant toutes ces années s'était apaisée, cédant la place à d'autres impératifs, d'autres émotions. Les sourcils froncés, il observa ses compagnons. Le bonheur conjugal les avait transformés. Shadow, Tracker et Tucker, dont la simple évocation du nom suffisait, il y a peu encore, à inspirer la crainte, étaient devenus des maris aimants et attentionnés. Quant à Caine et à Sam, deux des plus fines gâchettes de la région, ils étaient en train de picorer des toasts avec des mines de banquiers. Leur regard aiguisé et le colt à leur ceinture rappelaient encore qu'on ne devait jamais se fier aux apparences, mais s'ils n'y prenaient pas garde, ils allaient s'encroûter ! Et s'il restait ici, il allait finir comme eux.

Il avala une gorgée du champagne que Desi avait fait venir tout spécialement de Chicago pour le mariage de Tia et Ed. Il aurait préféré du whisky, ou même une bonne bière. Les raffinements du grand monde, très peu pour lui. Il était le fils d'un immigré irlandais, voyageur et utopiste. Le visage de son père s'imposa dans son esprit. La détermination dans ses yeux bleus quand il lui avait dit de rester caché alors que l'armée mexicaine déferlait sur leur petite ville, tuant, pillant, massacrant à tour de bras. Il avait sept ans, bientôt huit. Il avait déjà appris à tirer parce que son père avait promis de lui offrir un revolver pour ses huit ans. Il ne voulait pas se cacher, il voulait se battre ! Mais son père ne lui avait pas laissé le choix. Il l'avait fait descendre sous la petite trappe aménagée dans le plancher de la cuisine.

— N'oublie jamais qui tu es, mon fils, avait-il dit d'une voix rauque, tendue.

Puis il avait refermé la trappe et il l'avait laissé dans le noir. Ç'avait été les dernières paroles de père. Et il n'avait pas revu sa mère avant… avant que tout soit terminé. Elle faisait des courses chez l'épicier au moment de l'attaque.

Il but une autre gorgée de champagne, le visage fermé, plongé dans ces douloureux souvenirs. Il était resté caché sous la trappe pendant ce qui lui avait paru une éternité. Impuissant et terrifié, il avait entendu les hurlements, les coups de feu.

Quand il était sorti de sa cachette, la bataille était terminée. Il n'y avait plus que le silence et une odeur acre qui l'avait pris à la gorge. Mélange de poudre, de fumée et… de mort. Jamais il n'oublierait cette puanteur ni le spectacle d'horreur qui l'attendait dehors. Des cadavres partout. Ceux de ses voisins, de ses amis. La rue en était jonchée. On aurait dit un immense charnier à ciel ouvert. Il avait fini par identifier le corps à moitié calciné de son père sur le seuil de l'épicerie encore fumante, la tête tordue sur le côté, le torse ensanglanté. Ses jambes brûlaient encore quand il l'avait attrapé par les pieds pour le sortir de là. Il avait éteint les flammes avec ses mains nues. Il n'avait même pas senti la douleur, il était anesthésié par le chagrin. Quand il avait levé les yeux, Sam se tenait devant lui, hagard. Il avait alors découvert la terrible réalité : il ne restait plus rien de leur vie d'avant. Leurs parents, leur enfance, leur maison, tout avait disparu. Ils étaient seuls au monde.

Ils étaient huit à avoir survécu. Huit gamins, huit amis. Ils avaient pris ensemble la décision de ne pas enterrer eux-mêmes leurs parents. Ce serait moins dur, pensaient-ils, si chacun ensevelissait la famille d'un autre — hélas ! ils se trompaient. Et c'était ensemble qu'ils avaient décidé de se venger, de pourchasser un à un les assassins et de les éliminer. Ils avaient tenu parole. En grandissant, ils avaient peu à peu forgé leur réputation, semant la terreur parmi la racaille et gagnant leur nom : les *Hell's Eight* — les huit revenus de l'enfer. Il ne savait pas ce qui serait advenu d'eux si un jour Tia ne les avait pas surpris en train de lui voler un gâteau parce qu'ils mouraient de faim, et si elle ne les avait pas pris sous son aile, émue par ces huit petits rebelles, à peine sortis de l'enfance. Tia était une personne extraordinaire. Douce et forte à la fois. Si un jour il rencontrait une femme comme elle, il l'épouserait sans hésiter.

Une petite main se posa sur son bras, le tirant de ses pensées. Avant même de baisser les yeux, il devina qui le touchait avec cette tendresse inimitable. Maddie. Pauvre petite, elle avait eu un destin épouvantable, enrôlée dans un bordel quand elle n'était encore qu'une enfant. Abusée, maltraitée jusqu'à ce que Tracker croise sa route lors de l'une des expéditions pour retrouver Ari et la ramène avec lui au *Hell's Eight*. L'esprit de Maddie était aussi fugace que le soleil à travers les nuages — présent un instant, absent la seconde suivante. Au moindre désarroi, la jeune femme se réfugiait dans un monde imaginaire dont elle ressortait tout aussi soudainement qu'elle y était entrée.

Il lui sourit avec affection. En dépit de son terrible passé, il y avait en elle une innocence intacte, un charme enfantin désarmant. Cette candeur avait dû faire d'elle une prostituée très recherchée dans son ancienne vie.

A la seconde même où elle lui rendit son sourire, avec cette éternelle confiance qu'il trouvait si touchante, il regretta cette pensée. Elle était si belle, si innocemment belle. Ses yeux verts se conjuguaient avec le feuillage des arbres et le soleil faisait flamboyer ses cheveux roux. Des mèches folles échappées de son chignon lui effleuraient la joue et de minuscules taches de rousseur saupoudraient ses pommettes et le bout de son nez. Et son sourire… Il rayonnait de lumière et d'amour quand elle s'adressait à lui. Sa foi en lui était d'autant plus émouvante qu'elle avait de bonnes raisons de ne plus croire en l'être humain.

— Tia ressemble à une reine, tu ne trouves pas ? demanda-t-elle de sa voix mélodieuse qui avait le don de l'apaiser.

— C'est vrai.

Il était heureux pour Tia. Il avait fallu sept ans à Ed pour la convaincre de l'épouser. Et elle méritait tellement d'être heureuse ! Pas seulement parce qu'elle avait sauvé huit gamins à moitié sauvages pour en faire des hommes, mais à cause de ce qu'elle était : une femme magnifique. Elle rayonnait au bras de son mari, très élégante dans sa robe de soie dorée, sa mantille de dentelle noire délicatement drapée sur ses cheveux noirs grisonnants, relevés en chignon. L'image même du bonheur.

Les voix formaient un brouhaha irréel autour de lui et, soudain, il comprit d'où lui venait son angoisse. Il se sentait exclu du cercle. Ils avaient tous trouvé ce qui manquait à leur vie : une femme, un foyer, une famille. Les indomptables d'hier étaient devenus des bâtisseurs d'avenir. Ils s'étaient établis ici pour toujours, dans ce ranch qu'ils avaient aidé à construire. Le *Hell's Eight* avait été son seul objectif pendant si longtemps qu'il avait oublié de penser à son propre destin. Mais aujourd'hui sa tâche était accomplie et il sentait une impatience monter en lui, une envie de partir vers d'autres horizons. Le *Hell's Eight* avait été son foyer pendant vingt-deux ans mais aujourd'hui il n'avait plus le sentiment d'y être chez lui.

— Tu as peur que Tia ne t'aime plus autant maintenant qu'elle a Ed ? le taquina Maddie en lui caressant le bras. C'est pour ça que tu es contrarié ?

Le geste, un peu incongru, le surprit mais Maddie était ainsi, spontanée et naturelle. Sa naïveté l'inquiétait parfois. Il l'aurait voulue plus forte, plus aguerrie face aux dangers de la vie. Ses petites éclipses étaient le seul moyen qu'elle avait trouvé pour se protéger et qui pourrait le lui reprocher ? On lui avait fait trop de mal. Des hommes s'étaient servis d'elle sans scrupule pour assouvir leurs désirs les plus bas. Il ne voulait pas lui faire de la peine, mais il ne voulait pas non plus lui donner de faux espoirs. Il libéra doucement son bras.

— Je ne suis pas contrarié, Maddie-Love.

Le petit nom tendre lui avait échappé. Elle se troubla, les yeux levés vers lui.

— Pourquoi me mens-tu ?

Qu'était-il censé lui répondre ? Il sourit à Tia et à Ed, à l'autre bout du jardin, et leva sa coupe dans un toast silencieux. Tia lui rendit son sourire mais, à la tension imperceptible de son visage, il sut qu'elle avait compris. Elle avait deviné qu'il allait partir. Il s'en voulait de jeter une ombre sur cette journée parfaite, mais il ne pouvait pas aller contre sa nature. Un Miller ne laissait pas l'herbe pousser sous ses pieds. Il galopait sans cesse vers de nouveaux horizons, sans jamais poser son sac.

— Par réflexe, je pense.

— Mais tu ne mens à personne d'autre.

Parce que les autres étaient assez forts pour supporter la vérité. Elle le regardait avec une intensité qui le mit mal à l'aise, comme si elle avait le pouvoir de lire au plus profond de lui.

— Je pars ce soir, Maddie.

Elle cligna les yeux comme si elle avait mal compris.

— Tu reviens quand ?

Il effleura une mèche de cheveux échappée de son chignon. C'était toujours trop tentant de toucher Maddie.

— Je ne sais pas.

— Tu vas où ?

— Ça fait beaucoup de questions.

— Tu ne veux pas répondre ?

Maddie pouvait se montrer très directe et très têtue quand elle voulait.

— Non, admit-il avec un soupir.

Elle inclina la tête sur le côté et lui effleura le poignet.

— Tu es bouleversé, murmura-t-elle.

Il vit Tia froncer légèrement les sourcils devant ce geste familier. Elle avait essayé de sermonner Maddie, de lui expliquer ce qu'une jeune femme comme il faut devait faire et ne pas faire, mais Maddie restait Maddie. Elle écoutait attentivement ce qu'on lui disait et elle faisait tout le contraire. Elle était comme un soleil éclatant qui vous éblouit pour masquer ses blessures. Elle ne lui avait jamais fait d'avances, ni à personne d'autre au *Hell's Eight*, mais elle donnait souvent l'impression de s'offrir. Elle était trop confiante, trop… disponible. C'était d'autant plus terrible qu'elle n'était qu'une enfant perdue qui avait besoin d'être protégée.

De la musique se mêla tout à coup au murmure des conversations. Quatre vaqueros du ranch de Bella avaient empoigné leur guitare. Les invités se dirigèrent vers la grande pelouse qui faisait office de piste de danse. Tia avait décrété que le mois de mai était la période idéale pour un mariage et il devait reconnaître qu'elle ne s'était pas trompée. La journée était magnifique. Pas un seul nuage dans le ciel. Ed prit la main de Tia dans la sienne et la porta à ses lèvres avec une tendresse émouvante. En les voyant danser, serrés l'un contre l'autre, Caden sentit ses derniers doutes s'envoler. Tia était heureuse et elle serait en sécurité avec lui. Il pouvait partir sans crainte. Mais alors pourquoi ne ressentait-il aucune exaltation à cette pensée ?

— Ne sois pas triste, murmura Maddie en lui caressant de nouveau le poignet.

— Un Miller n'est jamais triste.

— Pourtant, tu l'es, je le sens. Tu…

— Le gâteau est victime de son succès, Maddie, intervint Caine en les rejoignant, un verre de whisky dans chaque main. Si tu en veux une part, petite, il faut te dépêcher.

Sa voix habituellement dure avait une douceur spéciale quand il s'adressait à Maddie. Comme tout le monde au *Hell's*

*Eight*, il avait peur de la heurter par une remarque maladroite ou de la faire fuir par maladresse. Il suffisait parfois d'un rien pour briser le lien fragile qui la reliait à la réalité.

— Tucker s'apprête à lui faire un sort.

Maddie lâcha le poignet de Caden et se tourna vers la table où trônait le gâteau de mariage. Tucker se servait en effet un morceau énorme.

— Dès qu'il y a du sucre quelque part, il est pire qu'une armée de fourmis rouges, murmura-t-elle en fronçant les sourcils.

La comparaison fit rire Caden. Tucker était impitoyable sur un champ de bataille, mais il avait un gros faible pour les pâtisseries.

— Il raffole des gâteaux, dit-il.

Et Maddie aussi. Elle n'avait presque jamais goûté à une sucrerie avant l'âge de quatorze ans — et encore, parce qu'elle l'avait volée. Depuis son arrivée au *Hell's Eight*, elle rattrapait le temps perdu. Elle ne se contentait pas de savourer les pâtisseries de Tia, elle apprenait à réaliser ses propres desserts. « Pour ne plus jamais manquer de rien » lui avait-elle expliqué un jour. Son aveu l'avait ému. Il n'aimait pas penser qu'elle ait pu manquer de tout. Discrètement, il avait demandé à Tia de doubler les commandes qu'elle passait habituellement pour la boulangerie. Au fil des semaines, Maddie s'était révélée une pâtissière hors pair. Tout ce qu'elle passait au four se transformait en délice. Et pourtant, elle ne goûtait jamais à ses propres créations. Pourquoi ? Mystère. Elle ne voulait pas le dire. Sous son apparente simplicité, Maddie avait une personnalité très complexe.

Mais pour l'heure, elle fronçait les sourcils, les yeux fixés sur Tucker.

— Il ne va quand même pas tout manger ?

— Tia a dit qu'on pouvait se resservir à volonté, précisa Caine d'un ton taquin.

Elle se mordit la lèvre ; visiblement elle était dévorée d'envie de sauver son gâteau, mais n'osait pas s'éloigner. Caden décida pour elle. Il voulait qu'elle se sente libre de voler de ses propres ailes, loin de lui. Il allait partir et ne reviendrait pas avant longtemps. A son retour, elle aurait sans doute retrouvé son équilibre et une vie normale. Peut-être serait-elle mariée, qui sait ? Il résista à la tentation de caresser les petites taches de rousseur qui saupoudraient ses pommettes.

— Va chercher ta part de gâteau, Maddie.

Elle hésitait toujours, une inquiétude au fond de ses yeux verts.

— Tu ne partiras pas sans me dire au revoir ?

— Promis.

Elle lança à Caine un regard sévère.

— Ne va pas lui raconter des histoires horribles ! Après, il se tourne dans son lit pendant des heures et au matin il est fatigué !

Caden faillit s'étrangler. D'où sortait-elle une chose pareille ?

Le sourire de Caine se fit narquois.

— Ne t'inquiète pas, Maddie, je vais ménager cette petite nature.

Caden la prit par les épaules et la poussa gentiment.

— Dépêche-toi ou il ne restera que des miettes.

Elle obéit et, dans sa hâte d'arracher ce qui restait de gâteau aux griffes de Tucker, elle releva le bas de sa jupe un peu trop haut. Elle avait de très jolies chevilles, très fines.

— Comme je suis un gentleman, je ne vais pas te demander comment elle sait que tu t'agites la nuit, railla Caine en lui tendant un verre de whisky.

Caden s'efforça de prendre un air dégagé.

— Il n'y a rien entre Maddie et moi.

— C'est ce que tu dis. Elle a le béguin pour toi. Et pas qu'un peu.

— C'est une enfant.

— Elle a changé depuis quelques semaines. Elle est beaucoup plus lucide.

— Tant mieux. C'est la preuve qu'elle guérit.

— D'après Desi, elle est en train d'oublier son passé.

Mal à l'aise, Caden baissa les yeux sur son verre.

— Je ne vois pas comment une femme pourrait oublier qu'elle a été contrainte de se prostituer depuis l'enfance.

— Je ne sais pas. Peut-être en s'inventant un monde imaginaire ?

Caden lança à Caine un regard ironique.

— C'est une théorie de Desi, je me trompe ?

— Non, admit Caine avec un sourire.

— La vie au ranch était quand même plus simple quand il n'y avait pas toutes ces femmes pour y faire la loi, lâcha Caden.

Caine rit et Caden le vit chercher son épouse du regard. Blonde, toute menue, ses cheveux bouclés disciplinés pour l'occasion dans un chignon serré, Desi était l'amour de sa vie — et réciproquement. On avait rarement vu deux personnes aussi complémentaires que Desi et Caine. Les deux pièces d'un même puzzle.

— J'aime me frotter à la difficulté, dit Caine d'une voix amusée.

Caine avait trouvé son ancre, et c'était tant mieux pour lui. Mais les Miller plaçaient leur liberté au-dessus de tout. Ils étaient des aventuriers, des voyageurs insatiables. Il but une gorgée de whisky. Un Miller n'avait rien à offrir à une femme, excepté de la déception et des regrets.

— Parlons de toi, reprit Caine. Tu as vraiment l'intention d'explorer la mine d'or de Fei ?

— Oui.

— Sam affirme que la dynamite a tout détruit et qu'elle est inexploitable.

— J'aime me frotter à la difficulté, lâcha-t-il d'un ton moqueur.

— Il y a des défis plus dangereux que d'autres.

— Quand a-t-on vu un membre du *Hell's Eight* reculer face au danger ?

— Jamais, admit Caine en faisant tourner son whisky dans son verre. C'est pour ça que tu pars ? Parce qu'il n'y a plus assez de danger ici ?

Le visage de son père s'imposa de nouveau dans son esprit, comme figé dans le temps. *N'oublie jamais qui tu es.* Il avait fait son devoir aux côtés des hommes du *Hell's Eight* et de Tia. Mais le moment était venu de reprendre le fil de sa vie là où il s'était cassé.

— J'ai fait une promesse que je dois tenir.

— Quelle promesse ?

— Rien qui te concerne.

— Si elle te concerne, elle concerne le *Hell's Eight* tout entier.

Caine était d'une loyauté sans faille vis-à-vis de ceux qu'il considérait comme sa famille.

— Non. Pas cette fois, dit Caden en finissant son verre d'une gorgée et en le posant à côté de la délicate flûte à champagne.

— C'est toi qui le dis.

Il regarda Caine dans les yeux.

— C'est moi, oui.

— Au moins, laisse Ace ou Luke t'accompagner.

Un peu plus loin, près de la table, Maddie découpait sa part de gâteau. Il surprit le sourire qu'elle adressa à Tucker quand il fit mine de le lui prendre. Quelque chose se tendit en lui. De la jalousie ? Il repoussa cette idée absurde.

— Tu as besoin d'eux ici.

— Je peux me passer d'eux quelque temps, répliqua Caine.

Non, c'était faux. Caden connaissait parfaitement la

situation. Le ranch était en train de s'agrandir, tous les bras étaient nécessaires. De plus, l'armée était occupée à l'Est pour tenter d'apaiser les tensions entre sudistes et nordistes, et la menace d'une attaque indienne était plus à craindre que jamais.

— Je ne veux pas attirer l'attention.

— Deux personnes, on ne peut pas dire que ce soit la foule, intervint Sam en s'approchant.

Il tenait un verre dans une main, une bouteille de whisky dans l'autre. Ace l'accompagnait.

— J'ai vu la mine quand Fei l'a fait exploser. Tu peux me croire : elle connaît son boulot.

Tôt ou tard il aurait besoin d'aide, il le savait, mais pas pour le moment.

— Je veux y aller seul.

— A cause de la promesse que tu as faite à ton père ? demanda Ace.

Avec ses cheveux bruns qui tombaient en désordre sur son front, il avait un faux air insouciant qui pouvait tromper son monde, jusqu'à ce qu'on croise son regard. Impossible alors de se tromper sur la détermination implacable qui brillait au fond de ses yeux bruns. Il n'aimait pas tuer, mais lorsque cela s'avérait nécessaire il le faisait sans aucun état d'âme.

Caden soupira en voyant Tracker et Shadow s'avancer à leur tour. Bon sang, cette conversation ressemblait de plus en plus à un piège.

— Quelqu'un aurait-il envoyé une invitation que je n'ai pas reçue ?

Sam sourit.

— Disons, que c'est plutôt une petite réunion impromptue.

— De quelle promesse parle-t-il ? demanda Caine avec cette opiniâtreté qui le caractérisait.

— D'aucune, dit Caden en foudroyant Ace du regard.

Ace était celui dont il se sentait le plus proche au *Hell's Eight* et, au cours d'une soirée trop arrosée, il s'était laissé aller stupidement à des confidences.

— J'ai besoin de me justifier pour partir ?

Ace haussa les épaules.

— Tu es un grand garçon. Tu as le droit de faire des conneries si tu veux.

— Eh bien moi, je ne suis pas d'accord ! gronda Caine. Cette mine se trouve en plein territoire Indien, et Culbart ne te sera d'aucun secours si jamais ça tourne mal.

Là, il n'avait pas tort. La mine n'était pas la seule chose que Fei avait fait exploser avec sa dynamite. Quand son père avait vendu sa cousine à Culbart en remboursement d'une dette, elle avait employé les grands moyens pour la délivrer : plusieurs hommes de Culbart avaient été pulvérisés dans l'opération ! Depuis, Culbart haïssait le *Hell's Eight*.

— Culbart est une brute, mais il est loin d'être stupide, intervint Ace. Si le *Hell's Eight* l'appelle à l'aide, il viendra. Il ne peut pas se permettre de se mettre ses alliés à dos alors que son ranch est situé sur le territoire Indien et que la situation est de plus en plus tendue.

— Il ne manque pas d'aplomb de nous reprocher d'avoir libéré une fille qu'il séquestrait ! s'indigna Caden.

— Il ignorait que le père de Fei était fou, dit Ace. Il a l'impression de s'être fait voler et, dans un certain sens, il n'a pas tort. Il a perdu pas mal d'argent dans cette histoire.

Caine la dévisagea avec étonnement.

— Tu le défends ?

— C'est un ours, mais il a des principes et un sens de l'humour intéressant.

— Quand diable as-tu découvert son sens de l'humour ? demanda Caden avec un petit rire.

— Quand Caine m'a envoyé chez lui pour dissiper le malentendu.

— Tu étais censé l'intimider, rectifia Caine.

— J'ai décidé de sympathiser d'abord.

Ace avait une sorte de don pour transformer un ennemi en allié.

— Je n'irais pas jusqu'à dire qu'il nous aime, mais au moins il n'est pas hostile, conclut Ace.

Caden avait pour sa part quelques doutes sur la question, mais les états d'âme de Culbart ne l'intéressaient pas. Il allait poursuivre son objectif quoi qu'on dise, et tant pis si ça ne plaisait pas à certains.

— Qu'il rumine dans son coin si ça l'amuse, c'est le cadet de mes soucis.

— Bon sang, grommela Caine. Pourquoi faut-il que tu décides de partir maintenant, alors que la situation est explosive ?

Parce que. Il s'éloigna sans répondre. Comme il poussait le portail du jardin, la voix de Caine lui parvint.

— Quelqu'un pourrait-il me dire ce que c'est que cette histoire de promesse qu'il a faite à son père ?

— Ce n'est rien d'important, mentit Ace avec un tact dont Caden lui fut reconnaissant.

— Ce doit être important pour qu'il renie sa parole.

Caden se figea aussitôt. Que voulait-il dire ? Il n'avait jamais failli à une promesse, sauf… sauf avec Maddie, comprit-il tout à coup. Il lui avait promis de ne pas partir sans lui dire au revoir.

Il la chercha du regard. Elle observait les danseurs, un peu en retrait comme à son habitude. Son sourire était aussi apaisant et attirant que le soleil après l'orage. Il ressentit un étrange pincement au cœur en voyant Luke se diriger vers elle, puis il haussa les épaules. Elle allait avoir du chagrin, mais elle s'en remettrait. Tandis qu'il s'éloignait, il crut l'entendre crier son prénom, avec cette déception mêlée de peine qu'il avait entendue si souvent autrefois dans la voix de sa mère.

Normal. Il était le digne fils de son père.

# *Chapitre 2*

Caden partait ! Dissimulée derrière le poirier en bourgeons, Maddie était comme pétrifiée, folle de chagrin. Il quittait le *Hell's Eight* sans même lui dire adieu ! Il l'abandonnait comme l'avaient abandonnée tous ceux qui avaient tenu une place dans sa vie : l'homme qu'elle avait pris pour son père, sa mère, ses quelques amies… Ils étaient tous partis en la laissant au bord du chemin. Elle avait cru naïvement que les choses finiraient par s'arranger et qu'un jour elle trouverait bien quelqu'un pour l'aimer.

Mais rien n'avait changé. Elle se retrouvait seule, une fois de plus, sans personne. Folle de chagrin à cause d'un homme qui ne la regardait même pas. Et maintenant il était parti ! Elle se mordit la lèvre pour ne pas pleurer en pensant au vide qu'allait laisser son absence. A ce silence qui allait durer des semaines, des mois peut-être, sans même savoir s'il était vivant ou mort. Elle frissonna, l'estomac noué. Elle l'aimait de tout son être, mais à quoi bon puisqu'il ne voulait pas d'elle ? Même s'il se montrait toujours gentil avec elle et s'il lui donnait parfois ce petit nom tendre qui lui faisait battre le cœur — Maddie-Love —, elle n'existait pas pour lui. Il ne lui avait même pas dit au revoir !

La révolte s'éveilla lentement dans son cœur, doucement au début, puis de plus en plus fort, comme ces tempêtes de sable qui balaient les grandes plaines desséchées par l'été. Son sifflement se mêla au ricanement des voix du passé, insidieuses, cruelles, autoritaires. Des voix qui lui donnaient des ordres et qui haussaient d'un ton si elle n'obéissait pas assez vite, comme si sa souffrance ne comptait pas, comme si *elle* ne comptait pas. L'envie de disparaître sous terre lui serra la gorge.

Elle enfonça les ongles dans la paume de ses mains, et la douleur fit refluer peu à peu la cacophonie des voix. Caden était un homme de caractère et il n'aimait pas les pleurnicheuses. Toutes les femmes du *Hell's Eight* avaient du cran. Sally Mae n'avait pas peur d'affirmer ses convictions pacifistes. Desi était déterminée et fière, Ari douce et courageuse, Fei tenace et droite. Bella brillait comme une flamme. Voilà le genre de femmes que Caden admirait. Et voilà le genre de femme qu'elle voulait devenir.

Elle observa Tia qui parlait à Ed en souriant. Elle avait perdu son mari et son bébé et pourtant elle n'avait pas hésité à prendre sous son aile huit garçons livrés à eux-mêmes, remplis de haine, et elle en avait fait des hommes magnifiques. Pourquoi Dieu ne lui avait-il pas envoyé une Tia ?

Elle redressa la tête et fixa le portail que Caden avait franchi en partant. Le bon Dieu ne lui avait peut-être pas envoyé une Tia quand elle sanglotait de désespoir la nuit dans son oreiller, mais il lui avait offert une chance de s'en sortir en la conduisant jusqu'au *Hell's Eight*. Son destin était de rencontrer Caden, elle en était convaincue. Même s'il ne faisait pas attention à elle et s'il s'absentait parfois des semaines durant, elle le connaissait mieux que personne. Il avait besoin de tendresse, d'amour, et elle en avait tant à offrir ! Peu lui importait si ce n'était pas réciproque. Elle avait attendu si longtemps de rencontrer celui qui lui donnerait l'envie d'aimer. Et aujourd'hui c'était enfin arrivé et il partait !

Soudain, elle sursauta en entendant un bruissement de

robe à côté d'elle. Bella s'approchait, son ventre arrondi par une grossesse longtemps désirée. Ses yeux rayonnaient du bonheur survenu dans sa vie.

— Pourquoi restes-tu à l'écart, Maddie ?

La voix de Bella était aussi douce et mélodieuse qu'une musique.

— Je vois mieux de loin si on a besoin de moi.

L'expression de Bella indiquait clairement qu'elle ne la croyait pas.

— Ton cœur est triste, ma chérie.

Comme toujours, ce petit mot affectueux la bouleversa. Elle n'avait jamais vraiment eu d'amies — ni reçu d'affection, d'ailleurs. C'était si nouveau qu'elle se sentait mal à l'aise, comme si elle usurpait l'identité de quelqu'un d'autre. Qu'on le veuille ou non, elle était une ancienne prostituée et rien ne pourrait jamais effacer son passé. Ici, bien sûr, elle était en sécurité, à l'abri des regards méprisants. Elle pouvait presque imaginer qu'elle était une jeune femme comme une autre. Mais tôt ou tard, elle devrait partir et ce jour-là elle voulait être comme Bella : prête à affronter son destin. Une femme qui ne se cache pas.

Elle n'en était pas encore là, hélas ! Il n'y avait pas en elle cette petite flamme qui faisait étinceler les yeux de Bella. Elle n'avait pas de famille, pas de projet. Elle avait été une enfant perdue et aujourd'hui elle était une femme perdue. Un jour elle trouverait sa voie pourtant, elle le sentait. D'après le *padre*, Dieu avait un dessein pour chacun de ses enfants. Il en avait donc un pour elle aussi. Pour l'instant, elle ignorait lequel, mais elle était déterminée à le découvrir.

— Je ne suis pas triste. Je suis très heureuse pour Tia.

Bella sourit avec indulgence.

— Mais ce n'est pas Tia qui a mis ces larmes dans tes yeux.

Elle fit mine de ne pas comprendre.

— Ce n'est pas moi non plus. Je ne sais pas qui a fait ça, elles n'étaient pas là tout à l'heure.

Bella secoua la tête, les sourcils froncés.

— Inutile de jouer les fofolles. Je sais que tu n'es pas *loca*.

Maddie aurait bien aimé partager la même certitude.

— Je n'en suis pas si sûre.

— Tu es beaucoup plus intelligente que tu ne sembles le croire, Maddie.

Maddie la regarda avec une certaine méfiance. On lui répétait depuis toujours qu'elle n'était qu'une sotte.

— J'ai la peau très douce, une poitrine généreuse et je sais donner du plaisir aux hommes, murmura-t-elle en détournant les yeux.

Elle avait entendu cette phrase si souvent, quand la patronne du bordel la « vendait » à un client, qu'elle la connaissait par cœur.

Bella fit un petit geste de la main comme pour balayer ses dernières paroles.

— Tu es sincère, douce, et quand tu auras découvert qui tu es vraiment, le seul homme qui prendra du plaisir avec toi, ce sera celui que tu auras choisi.

— Tu crois que j'aurai le choix ?

Bella lui prit la main et ce geste, pourtant amical, la fit sursauter : elle n'avait pas l'habitude qu'on la touche. Elle se dégagea d'un mouvement brusque et s'en voulut aussitôt. Bella était si gentille avec elle ! Heureusement, Bella ne sembla pas en prendre ombrage et sourit gentiment.

— Tu es une *Hell's Eight*, maintenant, Maddie. Tu es quelqu'un.

— Ce n'est pas vrai, je ne suis personne. Tracker m'a simplement amenée ici.

Elle observa l'homme à la stature impressionnante qui discutait au loin avec Ed. La brise souleva ses cheveux d'ébène, dévoilant la profonde cicatrice qui lui entaillait la joue. Tracker était un homme terriblement intimidant, tout en muscles, avec la peau sombre et un visage balafré. Mais pour Ari, sa femme, il était à la fois le soleil et les étoiles, preuve que l'amour pouvait prendre mille et une formes. Maddie s'accrochait à cette idée porteuse de tant d'espoir.

— Quelque chose nous conduit toutes ici, acquiesça Bella comme pour elle-même.

Elle fronça les sourcils et posa la main sur son ventre.

— Je jure que si ce bébé continue à me bombarder de coups de pieds je laisserai son père l'élever tout seul.

Maddie l'examina avec attention.

— Tu attends une fille.

— Comment le sais-tu ?

Elle avait vu tellement de filles enceintes pendant les dix années où elle avait travaillé dans un bordel qu'elle était capable de déterminer le sexe d'un bébé rien qu'à la façon dont la future mère le portait. Mais, bien sûr, elle ne pouvait pas le révéler à Bella, ce serait l'insulter. Elle haussa les épaules.

— Intuition féminine.

Bella pointa vers elle un doigt accusateur.

— Tu vois ? *Ya está.* Tu n'oses pas parler librement. De quoi as-tu peur ?

— Une femme est faite pour être jolie pas pour parler.

Bella leva les yeux au ciel.

— Ce sont les idiotes à qui on dit : « Sois belle et tais-toi.»

Maddie rougit violemment. Comprenant sans doute qu'elle avait été maladroite, Bella lui saisit de nouveau la main pour s'excuser. Bella était très tactile.

— *Madre mia !* Ce n'est pas pour toi que je disais ça. Tu sais bien que je ne te considère pas comme une idiote. Tu le sais, n'est-ce pas ?

Mais d'autres, si. Elle voulut retirer sa main mais, cette fois, Bella ne lâcha pas prise.

— Maddie ?

— Oui ?

— Tu crois à cette vérité que je dis toujours ?

Bella avait une façon bien à elle de s'exprimer. C'était joli, en fait, presque poétique. Comme une petite musique qui n'appartenait qu'à elle. Maddie hocha prudemment la tête.

— Tu sais que je ne dirais jamais rien qui puisse te blesser ?

— Oui.

— Bon, alors je vais te parler franchement. Et je veux que tu m'écoutes attentivement.

Cette introduction ne lui disait rien qui vaille et elle eut soudain très envie de se sauver à toutes jambes, mais Bella ne voulait pas lâcher sa main. Du coin d'œil elle aperçut Sam qui allait d'un groupe d'invités à un autre, visiblement à la recherche de sa femme. Il serait là d'un instant à l'autre et elle préférait ne pas avoir à l'affronter. Elle n'avait rien à lui reprocher, mais les hommes, même honnêtes et droits, la mettaient mal à l'aise.

— Je t'écoute.

— Tu es amoureuse de Caden.

Paniquée, elle rentra la tête dans les épaules. Elle devinait ce qui allait suivre.

— Il est trop bien pour moi, je sais, soupira-t-elle.

Bella sourit.

— Caden est un homme comme un autre. Et il a besoin d'une femme qui l'aime.

— Il peut avoir toutes celles qu'il veut.

— Et tu peux avoir tous les hommes que tu veux.

Elle secoua la tête.

— Je suis une traînée. Aucun homme ne voudra de moi.

Les ongles de Bella s'enfoncèrent dans sa paume.

— Je t'interdis de parler comme ça ! Tu es quelqu'un de bien. Tu m'as soutenue quand mon Sam est parti et que je vivais dans l'angoisse. Tu m'as réconfortée, tu m'as préparé du thé. Tu veilles sur tout le monde sans jamais le montrer.

Et tu as secondé Sally Mae de manière formidable dans les préparatifs du mariage. Tu étais partout à la fois !

— Je suis organisée, c'est tout.

— Pas seulement. On peut toujours compter sur toi, sur ta présence discrète, sur ta douceur. Beaucoup de choses ont changé grâce à toi au *Hell's Eight* et tu ne t'en rends pas même compte. Tu te rabaisses sans cesse.

Maddie détourna les yeux. Bella glissa un doigt sous son menton pour l'obliger à la regarder.

— Si tu veux Caden, tu dois cesser de penser que tu ne vaux rien. Tu dois croire en toi et dans cette force qui t'a maintenue en vie pendant toutes ces années. Tu dois penser à ce petit quelque chose en toi qui illumine son regard chaque fois qu'il te voit.

Maddie avait peur de l'espoir que Bella était en train de faire naître dans son cœur. Elle ne voulait pas l'écouter et en même temps… c'était si tentant de la croire !

— Ce n'est pas si simple.

Bella lui serra doucement la main.

— Non, bien sûr. Mais ton visage s'éclaire quand il est là, et il sourit chaque fois qu'il te voit. Je ne connais pas la fin de l'histoire, mais c'est un bon commencement, non ?

— Un chevalier ne cherche pas sa princesse parmi les détritus…

— Mon Sam ne voulait pas de moi quand nous nous sommes rencontrés. J'étais son pire cauchemar.

C'était impossible ! Sam adorait Bella, tout le monde le savait.

— Je crois que tu te trompes. Tu es la prunelle de ses yeux !

— Il était persuadé que j'étais trop bien pour lui, qu'il ferait mon malheur. Il ne voulait pas en démordre.

— Mais vous êtes ensemble aujourd'hui.

— Oui, mais j'ai dû me battre pour vaincre sa résistance et le pourchasser à travers la moitié du territoire !

C'était vrai et Maddie l'admirait d'être allée jusqu'au bout d'elle-même et de ses convictions. Serait-elle un jour capable de l'imiter ?

— On ne peut pas forcer quelqu'un à vous aimer, murmura-t-elle. C'est Sally Mae qui me l'a dit.

— Elle a raison. Mais on peut amener quelqu'un qui est dans le déni à ouvrir les yeux et à mettre un nom sur ses sentiments.

Oh ! Elle n'avait pas le droit de semer en elle cet espoir insensé. C'était trop cruel. Elle détourna les yeux.

— Je suis trop stupide pour comprendre ces subtilités.

Bella lâcha sa main.

— Si tu es stupide, c'est d'avoir écouté ce que des gens sans honneur ont voulu te faire croire ! Tu as changé, tu n'es plus l'enfant perdue que tu étais à ton arrivée au *Hell's Eight*. Le moment est venu de déployer tes ailes.

Bella montra le portail.

— Et de suivre ton cœur.

— Pourquoi ?

Le visage de Bella s'adoucit.

— Parce que si tu veux Caden, tu vas devoir te battre pour l'avoir. Il va falloir que tu lui montres qu'il ne trouvera jamais une femme capable de l'aimer autant que toi. Et tu es la seule à pouvoir le faire.

Un dernier sourire et Bella tourna les talons, la laissant pétrifiée. Elle aurait voulu la rattraper, lui demander comment elle devait s'y prendre pour conquérir Caden. Mais Bella avait raison, le moment était venu pour elle de prendre son destin en main.

Caden partait sans se soucier des conséquences, comme si sa décision n'engageait que lui. Il ne savait pas que son absence laissait chaque fois un vide terrible derrière lui. Ou alors il le savait et cela lui était égal…

Il ne lui avait même pas dit au revoir ! La colère l'envahit tout à coup, brutale, amère. Elle en avait assez d'être toujours celle qu'on abandonne sur le bord du chemin, assez de recevoir des coups sans réagir. Mais c'était terminé. Bella avait raison. A partir de maintenant, elle allait prendre le contrôle de sa vie et décider elle-même de son destin !

Voilà, elle était prête. Ses affaires étaient empaquetées et elle avait glissé deux tenues de rechange dans une sacoche de selle. Caden était parti depuis maintenant une heure : elle avait entendu craquer la marche du perron quand il s'était faufilé dehors et elle avait aperçu de la lumière dans l'écurie. Il était temps de se mettre en route si elle ne voulait pas perdre sa trace.

Elle se glissa dehors en ayant soin d'éviter de faire grincer la marche. Le départ de Caden avait été accepté bon gré mal gré par tout le monde, mais le sien provoquerait un véritable tollé si elle se faisait surprendre. Personne ne la croyait capable de se débrouiller par elle-même. Eh bien, elle allait leur démontrer le contraire !

Son chien gémit et leva la tête en l'apercevant. Elle lui fit signe de la rejoindre et lui donna le petit morceau de viande qu'elle avait mis de côté pour lui pendant le dîner. Il l'engloutit d'une bouchée puis, voyant qu'il n'y en avait pas d'autre, s'assit lourdement sur son séant. Il était le portrait craché de son père, Boone, à la différence qu'il était totalement muet. Infirmité ou paresse poussée à l'extrême, cette particularité lui avait valu le nom peu glorieux de « Calamité ». Le jour où Tucker l'avait séparé du reste de la portée sous prétexte que personne ne voudrait d'un chien de chasse incapable de donner de la voix, elle s'était mise en colère.

— Si c'est comme ça, je le prends ! avait-elle décrété avec une audace dont elle avait été la première étonnée.

A sa grande surprise, personne n'avait protesté. Calamité

était donc devenu son chien. Après plusieurs tentatives pour lui trouver un autre nom, elle avait dû renoncer : il ne répondait qu'à celui-là. N'était-ce pas la preuve qu'un mauvais départ vous marquait à vie ?

L'idée d'avoir un ami, fût-il à quatre pattes, la rendait toujours un peu nerveuse, mais cette nuit il allait être plus qu'un simple compagnon. Il serait tout à la fois sa boussole et son guide… du moins, elle l'espérait ! Elle lui fit signe de la suivre et pénétra silencieusement dans l'écurie.

Fleur l'accueillit d'un hennissement quand elle ouvrit la porte de son box. Fleur était une petite jument que Tucker avait dressée spécialement pour elle. Elle était docile et très douce. Elle avait confiance en Fleur comme en personne, et elle en avait bien besoin en cet instant. Ne s'apprêtait-elle pas à se lancer dans l'inconnu ?

Elle lui caressa les naseaux d'un geste tremblant. La seule fois de sa vie où elle avait vraiment pris son destin en main, c'était le jour où elle avait franchi en courant la porte du bordel pour suivre Tracker. Aujourd'hui encore, elle ne savait pas d'où lui était venue cette impulsion, mais elle s'était retrouvée dehors, les yeux rivés avec angoisse sur la silhouette de Tracker qui s'éloignait à grands pas. Elle avait couru comme une folle pour le rejoindre, le cœur battant à tout rompre, les yeux pleins de larmes. Elle avait cru qu'elle serait obligée de le supplier à genoux de l'emmener avec lui, mais il s'était tourné vers elle, si sombre et intimidant dans la lumière du soleil qu'elle s'était mise à trembler. Puis il lui avait tendu la main et elle avait compris que sous cette apparence rude se cachait un cœur bon et généreux.

Comme d'autres jeunes filles avant elle, il l'avait ramenée au *Hell's Eight*. Ici, on pouvait soigner ses blessures à l'âme et reprendre son souffle. Personne ne vous demandait quoi que ce soit. La plupart repartaient après un mois ou deux, apaisées, prêtes à reconstruire leur vie ou à repartir dans leur famille. Mais, elle, elle était restée : elle n'avait pas de parents, aucun endroit où aller et elle avait peur de se lancer dans l'inconnu.

Elle regarda par-delà la porte ouverte de l'écurie, vers la nuit. Ce soir, c'était à son tour de prendre son envol, de déployer ses ailes, comme disait Bella.

— On va tenter l'aventure, Fleur.

Elle fit avancer la petite jument dans l'allée pour la seller.

— Si Caden s'imagine qu'il peut rompre une promesse qu'il m'a faite, il se trompe.

Grâce aux leçons qu'il lui avait données, elle réussit à seller et à harnacher la jument en un rien de temps. A l'époque, elle l'avait maudit quand il lui faisait recommencer cent fois les mêmes gestes, mais aujourd'hui elle se félicitait de sa ténacité. Il était grand temps qu'elle se mette en route. Si elle tardait trop, elle n'arriverait jamais à suivre sa piste. Elle sortit de sa poche la reconnaissance de dettes qu'elle avait rédigée dans sa chambre et l'accrocha à un clou, sur l'un des piliers, bien en évidence. Voler un cheval était un crime passible de la pendaison ; elle tenait à préciser qu'il ne s'agissait que d'un emprunt. Par-dessus, elle placarda le message qu'elle avait écrit à l'attention de Bella et de Tia. Elle ne disait pas grand-chose, juste : « Merci » puis « J'ai décidé de vivre ma vie. » Après réflexion, elle avait ajouté : « Ne vous inquiétez pas pour moi. » Pourvu qu'elle n'ait pas fait de faute d'orthographe !

Un sourire joua sur ses lèvres. Elle n'avait pas l'habitude qu'on se fasse du souci pour elle. Elle prenait sa vie en main. Maintenant, elle avait des amis !

Elle attacha l'extrémité de la longe au collier de Calamité et noua l'autre au pommeau de la selle. Le fait qu'il soit muet était un précieux atout : Caden ne devait surtout pas se douter qu'elle le suivait avant qu'il ne soit trop tard pour la renvoyer au ranch.

Elle jeta un ultime regard autour d'elle. Soudain, elle hésitait. Ici, elle était en sécurité. Une fois franchie la porte de l'écurie, ce serait le grand bond dans l'inconnu. Elle hésitait toujours lorsque Calamité la regarda en gémissant.

— Tu as raison, dit-elle en hochant la tête. Il est temps de partir.

Alors qu'elle se hissait en selle, sa jupe cascada par-dessus son caleçon d'homme. Elle se rappela soudain sa première leçon d'équitation. Cela avait été une torture : elle n'avait pas de panty dans sa garde-robe et la selle lui avait brûlé tout l'intérieur des cuisses. Elle avait eu trop honte pour oser l'avouer à qui que ce soit mais, le lendemain, Caden avait dû remarquer qu'elle avait du mal à marcher. Quelques jours plus tard, il lui avait tendu une boîte en lui disant de ne l'ouvrir que quand elle serait seule. Sa première pensée avait été scandaleuse : elle avait cru qu'il lui offrait des dessous sexy !

Ses mains tremblaient d'excitation quand elle avait posé la boîte sur son lit. Mais après avoir soulevé le couvercle, elle avait fondu en larmes comme une petite sotte. Il lui avait acheté un affreux caleçon d'homme. Doux et suffisamment épais en même temps pour que ses cuisses ne soient pas irritées par le frottement de la selle. Elle était tombée amoureuse de lui ce jour-là, même s'il lui avait fallu plusieurs semaines pour mettre un nom sur l'émotion qui lui nouait la gorge chaque fois qu'elle pensait à lui.

Elle adorait cet affreux caleçon. Elle adorait cet homme et elle allait adorer sa nouvelle vie, quoi qu'elle lui réserve. Tant de choses avaient changé depuis un an ! La petite fille terrifiée qui se réfugiait dans un monde imaginaire pour vaincre ses peurs était devenue une femme qui apprenait à vivre par elle-même. C'était excitant, enthousiasmant… et très effrayant. Elle tapota l'épaule de Fleur, sourit à Calamité et donna le signal du départ.

— En route pour la grande aventure !

# Chapitre 3

Sa grande aventure se heurta très vite à la dure réalité. Retrouver la trace de Caden s'avérait beaucoup plus difficile qu'elle ne l'avait pensé. Calamité s'élançait dans une direction, puis dans une autre et finalement revenait sur ses pas si bien qu'elle tournait en rond. Fleur était de bonne composition, mais Calamité les entraînait dans des endroits impraticables et en plus, on n'y voyait rien. Le vent dans les arbres semblait lui chuchoter : « abandonne, abandonne, abandonne… » Mais elle ne voulait pas abdiquer ! Pour vaincre sa peur, elle laissait son esprit vagabonder, se fiant au flair de Calamité pour les guider.

Soudain, alors qu'elle était plongée dans ses rêveries, Fleur fit un écart, et elle dut agripper le pommeau de la selle pour ne pas être jetée au sol. La jument secoua la tête et recula de deux pas. Stoppé net dans sa progression, Calamité tira sur sa longe en gémissant. En levant les yeux, elle comprit pourquoi Fleur s'était arrêtée : ils étaient face à un taillis de buissons impénétrables.

Calamité gémit de nouveau et tira de plus belle sur la longe.

— Mais tu ne vois pas qu'on ne peut pas passer ? dit-elle d'un ton agacé.

Elle s'en voulut aussitôt de lui avoir parlé durement. Ce n'était pas sa faute si elle était perdue. Elle n'avait pas imaginé que tout se ressemblerait à ce point dans le noir. Fleur secoua la tête. La pauvre, elle regrettait sans doute son écurie. L'aube ne devait plus être très loin, mais aucune lumière ne filtrait à travers la cime épaisse des arbres. Il y avait bien un trou dans le taillis où voulait les entraîner Calamité, mais pas assez large pour que la jument puisse s'y engager. Ce qui était plutôt inquiétant d'ailleurs. Si Fleur ne pouvait pas passer, il n'y avait aucune chance que Caden ait pu le faire. Sur quelle piste le chien les avait-il entraînés ? Enroulant la longe autour de son poignet, elle le tira en arrière et se dressa sur ses étriers pour regarder autour d'elle. Des arbres, des arbres partout, tous identiques. On aurait dit le même modèle, reproduit à l'infini. Même si elle l'avait voulu, elle n'aurait probablement pas pu retrouver le chemin du ranch. Elle n'avait pas d'autre choix que de continuer à avancer, en espérant que Calamité retrouverait la piste… A supposer qu'il l'ait jamais trouvée.

— Tu étais censé me conduire jusqu'à Caden, lui dit-elle.

Il leva les yeux vers elle, langue pendante. Il avait soif et il n'était pas le seul. Fleur hocha la tête comme si elle comprenait. La pauvre jument était probablement la plus assoiffée d'eux trois. Maddie tendit la main pour attraper sa gourde et… et son cœur s'arrêta de battre : elle n'était plus là ! Elle avait dû tomber en cours de route. Elle ferma les yeux, submergée par la panique. Sans eau, ils allaient mourir tous les trois. Rebrousser chemin était tout aussi impossible que continuer à avancer. Sa grande aventure était un désastre. Elle aurait dû rester au *Hell's Eight*.

Un bourdonnement familier monta dans ses oreilles. Retenant sa respiration, elle chercha ce lieu apaisant où elle se réfugiait dans les moments d'angoisse. Très vite, elle se représenta le petit étang près de chez elle, à Carson City. La scène était si réelle qu'elle arrivait à sentir la brise sur son visage et la caresse du soleil dans ses cheveux. Il faisait si beau… Une de ces journées d'été où il ne pouvait rien arriver.

Elle ferma les yeux plus fort encore et se concentra jusqu'à ce qu'elle parvienne à sentir l'odeur de l'herbe mouillée et le bruissement de la brise dans le feuillage des arbres. Un papillon blanc voletait dans le ciel bleu. Elle le suivit des yeux en souriant.

Elle aimait l'été. Il y avait une douceur spéciale dans l'air, comme un espoir qui vous rendait aussi légère qu'une plume. Ce qu'elle aimait le plus, c'était venir s'asseoir près de l'étang, à l'ombre des arbres. Parfois, Mme Cabel, l'institutrice, l'autorisait à prendre un livre dans sa bibliothèque. Elle adorait lire. Ces livres étaient sa récompense, son échappée dans un autre monde. Elle en prenait toujours grand soin.

Et si elle pique-niquait ? Elle connaissait l'endroit idéal, juste à droite, après le torrent. La jument trébucha, la faisant tressauter sur la selle. Elle éclata de rire. Elle sautait toujours sur la grosse pierre au milieu pour traverser. Elle repéra l'endroit où elle voulait s'installer, déploya la couverture sur l'herbe, et s'assit. On était si bien près de l'étang. Où était son livre ?

Une douleur au mollet lui fit ouvrir les yeux, la ramenant brutalement sur terre. Calamité était dressé sur ses pattes arrière et mordait le bas de sa jupe. Au même moment, Fleur hennit et fit un pas de côté. Maddie poussa un cri d'épouvante qui acheva de la faire revenir à la réalité. Oh ! mon Dieu, ce n'était pas l'étang qu'elle avait en face d'elle, mais un précipice de neuf mètres ! Une rivière miroitait tout au fond. Elle agrippa le pommeau de la selle pendant que la jument reculait.

Elle avait failli les tuer tous les trois ! Le cœur battant, elle promena un regard effrayé autour d'elle. Où était-elle ? Combien de temps avait-elle déliré ? Assez longtemps pour que le jour se lève et que la forêt ait cédé la place à une plaine.

— Où nous as-tu emmenés ? demanda-t-elle à Calamité.

Le chien s'assit d'un air piteux. Il n'y avait de toute évidence aucune aide à attendre de ce côté-ci.

— Bon, au moins, le paysage est très joli, dit-elle en faisant reculer Fleur loin du précipice.

Le *Hell's Eight* était bâti sur les hauteurs, au milieu des collines rocheuses où la végétation était rare et le décor rude. Mais ici la nature était plus généreuse et plus douce. Le paysage n'était pas sculpté dans la pierre mais verdoyant. Des fleurs tapissaient le flanc des collines, le feuillage des arbres tamisait la lumière du soleil. Un endroit magnifique pour pique-niquer si elle n'avait pas été perdue.

— Qu'est-ce qu'on va faire ? Se demanda-t-elle à mi-voix. Pour toute réponse, Calamité se dressa sur ses pattes arrière et frotta son museau contre son pied. Emue, elle se pencha pour lui caresser la tête et il remua la queue avec une expression proche de l'extase quand elle le gratta derrière l'oreille. Apparemment, il ne partageait pas son inquiétude. Mais pourquoi aurait-il été anxieux ? Il avait l'habitude d'aller chasser avec le *Hell's Eight* et Tracker n'était pas du genre à se perdre. Pas plus que Caden, Tucker ou Caine. Ils connaissaient tous ce territoire comme leur poche, alors qu'elle…

Il fallait absolument qu'on lui apprenne à retrouver son chemin. Et cette fois, elle ne se laisserait pas congédier avec un sourire et une petite tape sur l'épaule sous prétexte que ce n'était pas « utile ». Elle voulait être autonome, bon sang. Elle voulait être comme les hommes du *Hell's Eight* : capable de regarder le danger droit dans les yeux et de le faire céder.

Mais chaque chose en son temps. Pour l'instant elle était perdue et son problème était à la fois terriblement simple et effroyablement compliqué. Elle essaya de se rappeler ce qu'elle avait entendu dire au sujet de la mine d'or. L'histoire était excitante et passionnante, un peu comme dans un livre, et elle admirait le courage dont avait fait preuve Fei. Un jour, elle aussi serait forte et intrépide. En la voyant, les gens se diraient : « Voilà une femme qui sait ce qu'elle veut. » Et Caden serait impressionné. Fei avait expliqué que l'accès à la mine était difficile. Elle avait parlé d'une pente très raide. Donc l'endroit était situé en hauteur. A partir de là, trois options s'offraient à elle. Faire demi-tour, ou bien continuer en contournant la montagne par la droite, ou alors descendre au fond du précipice.

La gorge serrée, elle guida la jument vers le chemin qui contournait la montagne. Le soleil était en train de se lever face à elle. Mais quelle direction indiquait-il ? L'est ou l'ouest ? Oh ! elle avait envie de se donner des gifles ! Comment pouvait-elle ignorer de quel côté se levait le soleil ? On ne le lui avait pas appris à l'école et au *Hell's Eight* on ne la laissait jamais sortir seule. Il y avait toujours quelqu'un pour veiller sur elle. A force vouloir la protéger, on ne lui avait pas rendu service.

Au bord des larmes, elle talonna la jument. Vivre dans la réalité était si difficile. Dans son monde imaginaire, tout était paisible, merveilleux. Elle ne ressentait ni peur, ni haine, ni souffrance. Elle lisait tranquillement près de son étang ou alors elle dansait dans une salle de bal, invitée par de beaux gentlemen qui la traitaient avec respect et la trouvaient délicieuse. Elle se mordit la lèvre. Aurait-elle suivi Tracker si elle avait su que cela signifiait qu'elle perdrait peu à peu la faculté de se réfugier dans son monde merveilleux ? Elle secoua la tête et se laissa bercer par le gazouillis des oiseaux dans les arbres et le martèlement des sabots de Fleur. Mais au fond, c'était pour cela qu'elle avait suivi Tracker ce jour-là : son monde imaginaire commençait à se lézarder. Elle avait de plus en plus de peine à trouver le chemin de l'étang. Que se serait-il passé, le jour où cela n'aurait plus fonctionné ? Au lieu de se réveiller doucement au *Hell's Eight*, elle aurait ouvert les yeux dans l'atroce réalité d'un bordel.

Elle suivit le chemin qui contournait la montagne. Au début, il avait été si facile de faire semblant. Si facile de s'évader de sa sombre existence. La cassure s'était produite le jour où un client ivre avait tué son amie Hilda à coups de couteau. Elle ne put retenir un gémissement en revivant l'horreur de la scène. Tout ce sang… Et la vie qui s'était éteinte peu à peu dans le regard paniqué de Hilda. Elle avait appuyé ses mains sur ses blessures pour essayer d'arrêter l'hémorragie mais, malgré tous ses efforts, elle n'avait pas réussi à la sauver. Elle avait regardé mourir son amie pendant qu'autour d'elles les filles et leurs clients continuaient à faire leurs petites affaires comme si de rien n'était.

A ce souvenir, elle sentit des sanglots douloureux lui remonter dans la gorge. Hilda ne méritait pas de finir ainsi. C'était si injuste, si révoltant… Pendant des heures, elle avait frotté les traces de sang sur le parquet, comme si en effaçant l'évidence de sa mort elle allait la ramener à la vie. Mais Hilda n'était pas revenue. Il lui semblait entendre encore sa voix. « Quand je partirai d'ici… »

C'était un jeu entre elles. Elles s'inventaient un avenir, des projets. Ça commençait toujours par : « Quand je partirai d'ici » et ensuite elles rêvaient tout haut. Quand elles partiraient d'ici, elles achèteraient une maison. Quand elles partiraient d'ici, elles rencontreraient un gentil garçon, elles l'épouseraient. Quand elles partiraient d'ici, elles auraient des enfants. Quand elles partiraient d'ici, elles voyageraient à travers le monde et elles vivraient comme des princesses…

Ces mots résonnaient dans son cœur et dans son âme quand Tracker était entré, à la recherche d'Ari. Il avait posé des questions, puis il était reparti et d'un seul coup, comme un nuage qui se déchire, elle s'était mise à courir dans la rue pour le rattraper et elle s'était entendue lui crier : « Je veux partir d'ici ! »

Au début, elle avait cru que le *Hell's Eight* était l'incarnation de tous ses rêves — une belle maison où elle s'occupait de l'entretien, de la cuisine, et où on ne l'obligeait pas à coucher avec des hommes. C'était un tel soulagement qu'on la laisse tranquille ! Elle s'était sentie apaisée, heureuse. Et puis, peu à peu, elle s'était rendu compte que cela ne lui suffisait pas. Ces deux derniers mois, elle avait été taraudée par une impatience, une envie d'ailleurs qu'elle percevait souvent chez Caden aussi. La soif de vivre autre chose, de bâtir ses propres rêves, sa propre vie…

Plongée dans ses pensées, elle ne vit pas le groupe de cavaliers approcher au galop. Ce fut Fleur qui, en relevant la tête d'un mouvement brusque, lui heurta le menton et la ramena à l'instant présent. Elle poussa un cri et tira sur les rênes. Quatre cavaliers s'arrêtèrent face à elle, lui barrant la route, deux autres restèrent en retrait un peu plus loin. Ils étaient très impressionnants : leurs habits étaient couverts de poussière, une barbe de plusieurs jours leur mangeait les joues et ils portaient tous des colts à la ceinture. Elle ne les avait jamais vus auparavant, mais ils ressemblaient aux clients de La Pantoufle de velours. Ils avaient le même regard affamé. Un regard qui ne voyait en elle qu'un objet de plaisir, une esclave sexuelle et non une femme. Son ventre se noua de terreur et aussitôt elle chercha à se réfugier auprès de son étang, mais l'image refusa de se matérialiser. Elle resta pétrifiée devant eux, contrainte d'affronter la réalité.

— Tiens, tiens, qu'est-ce que nous avons là ? demanda le plus âgé de la bande en relevant son chapeau d'un cran.

Elle se força à sourire et fit reculer Fleur sur le côté.

— Je vais vous laisser passer.

L'homme rit et s'avança, coupant sa retraite. Calamité grogna.

— Tu ferais bien de dire à ton chien de la fermer avant que je ne l'abatte.

Les deux hommes restés en retrait dégainèrent leur colt.

— Tais-toi, Calamité. Sois sage, dit-elle tout en détachant discrètement la longe enroulée autour du pommeau de la selle.

— Tu es toute seule ici, ma belle ? demanda le chef de la bande.

Que répondre ? Sans cesser de sourire, elle réussit à articuler :

— Non, je suis en route pour rejoindre mon ami.

Son explication sonna horriblement faux même à ses propres oreilles. Elle ne fut pas surprise de voir qu'ils ne baissaicnt pas lcur colt.

— Ton ami est au courant ?

Elle hocha joyeusement la tête.

— Bien sûr. Il m'attend avec impatience.

— Trésor, on chevauche sur cette piste depuis plus d'une heure et on n'a pas rencontré âme qui vive.

— Parce que vous ne l'avez pas vu. On ne le voit que s'il le veut bien.

Ça, c'était vrai. Caden était comme un loup dans la nuit, une ombre parmi les ombres. Silencieux, invisible. Dangereux — sauf avec elle.

— Et comment s'appelle ton ami ?

Là encore, elle ne savait que répondre. Fleur, qui sentait sans doute sa tension, se mit à piaffer. Les secondes parurent des heures tandis qu'elle évaluait la situation.

— Ne mens pas, petite. Dis-nous simplement la vérité.

Le ton cassant la fit obéir aussitôt — une ancienne habitude.

— Caden Miller.

Les hommes échangèrent un regard.

— Caden Miller du *Hell's Eight* ?

Elle acquiesça.

— Tu penses que Caden Miller du *Hell's Eight* est ici ?

Elle acquiesça de nouveau. Au moins, ils connaissaient Caden. Peut-être que cela pourrait la sauver.

— Approche, petite. Laisse-moi te regarder.

Elle n'avait pas d'autre choix que d'obéir. La jument avança sans montrer le moindre signe de nervosité. Etait-elle la seule à sentir le danger ?

Calamité montra les dents d'une façon qui n'augurait rien de bon et le chef de la bande pointa son revolver sur lui. Elle devait faire quelque chose, vite. Ses anciens réflexes lui revinrent si vite qu'elle en eut honte. Un sourire enjôleur aux lèvres, elle inclina la tête sur le côté en battant des cils.

— Vous ne voulez pas me faire du mal, n'est-ce pas ?

— C'est ce cabot que je vise, pas toi.

— Lui ou moi c'est pareil.

Il plissa les yeux.

— Comment ça ?

— Fleur n'a pas l'habitude des coups de feu.

Elle rejeta sa tresse dans son dos d'un geste aguicheur et joua avec le col de son chemisier.

— Si vous tirez, elle risque de me jeter à terre et je pourrais même…

Dans un geste parfaitement calculé, elle posa la main sur sa cuisse.

— … me casser la jambe.

Elle sentit immédiatement le changement d'attitude du groupe : elle les intéressait.

Un homme coiffé d'un chapeau marron cracha un jet de salive sur le sol.

— Ce serait dommage de casser une aussi jolie jambe, patron.

Elle avait vu juste : le plus âgé du groupe était le chef. Ses vêtements étaient de meilleure qualité et sa barbe moins broussailleuse comme s'il prêtait davantage attention à son apparence. D'une pression des genoux, elle fit avancer Fleur vers lui. C'était lui qu'elle devait convaincre.

Le regard de l'homme passa de son visage à sa taille et remonta en sens inverse en s'arrêtant sur sa poitrine. Les hommes aimaient ses seins. Personnellement, elle les détestait : elle avait vu trop de doigts les pétrir, trop de bouches répugnantes les sucer et les mordre.

— Tu mens, petite.

Oui, elle mentait, mais pas comme il le pensait. Il fit avancer son cheval. Son étalon était immense face à sa petite jument. Il la contourna, scrutant sa monture sous tous les angles.

— Ton cheval ne porte pas la marque du *Hell's Eight*.

Non, en effet. Et c'était parce qu'elle n'avait pas voulu qu'on la brûle avec un fer rouge. Caine s'était mis en colère, Tucker avait essayé de la convaincre, même Shadow avait tenté de lui faire comprendre que Fleur ne souffrirait pas, que c'était nécessaire. Seul Caden avait compris. Fleur était son cheval et elle ne voulait pas qu'on lui fasse du mal.

Elle sourit plus largement, dévoilant ses fossettes. Les hommes raffolaient de ses fossettes. Comme elle l'espérait, l'homme posa son regard sur sa bouche.

— D'accord, je vais tout vous dire : je me suis sauvée.

— Vraiment ? Et pour aller où ? Le *Hell's Eight* est à un jour et demi de la première ville.

Elle haussa les épaules.

— Peu importe. J'en avais assez de vivre là-bas, il y avait trop de travail.

L'un des hommes ricana. Il portait la même chemise brune et le même pantalon poussiéreux que les autres. La seule chose qui le distinguait, c'était ses cheveux blonds.

— Ça m'étonnerait que les hommes du *Hell's Eight* aient laissé une jolie fille comme ça leur filer entre les doigts.

— J'ai entendu dire qu'ils s'étaient tous mariés.

— Pas tous, et il y a les employés, rectifia-t-elle d'un ton poli. Il n'y a pas beaucoup de filles célibataires par ici.

— Vous croyez que des légitimes accepteraient une pute parmi elles, patron ?

Elle se tourna vers celui qui venait de parler.

— Vous me traitez de menteuse, monsieur ?

Elle n'avait aucune idée de ce qu'elle ferait s'il répondait par l'affirmative. Elle n'avait pas l'habitude de tenir tête. Elle pensa à Bella, à son sens de la repartie.

— Parce que si c'est le cas…, ajouta-t-elle.

— Si c'est le cas, quoi ?

Oui, quoi ? Aucune réponse ne lui vint à l'esprit.

— Je serai contrainte de vous dire que vous vous trompez, finit-elle par dire piteusement.

Elle posa la main sur son cœur, attirant les regards sur ce qui restait son meilleur argument. Le contact du coton sous ses doigts la fit sursauter. Difficile de mettre ses atouts en valeur quand on était couverte jusqu'au menton, mais Tia s'était montrée inflexible : « Une jeune femme comme il faut ne porte pas des robes avec des décolletés plongeants. » Il n'aurait servi à rien de lui rappeler qu'elle n'était pas une jeune femme comme il faut. Tia était Tia et elle avait toujours le dernier mot.

Une fois qu'elle s'était habituée à se voir comme une femme et non comme un objet, elle s'était mise à aimer ses corsages montants. Le tissu était doux et confortable, et personne au *Hell's Eight* ne lui avait jamais manqué de respect. Aucun des hommes n'avait eu de geste déplacé à son égard. Plus incroyable encore : aucune des femmes ne l'avait traitée comme une pestiférée. Au contraire, elles étaient devenues ses amies. Elle en était arrivée à croire que le *Hell's Eight* était sa rédemption, une chance qui lui était offerte d'effacer le passé.

Mais finalement tout cela n'avait été qu'une illusion. Quelques heures avaient suffi pour qu'elle revienne au point de départ. Le visage de Caden apparut dans son esprit. Elle crut le voir froncer les sourcils et son cœur se serra. Si ces hommes la touchaient, il ne voudrait plus d'elle. Cette évidence lui déchira le cœur. Elle fut tentée de se réfugier une nouvelle fois sur les rives de son étang, de s'y blottir et de ne plus penser à rien, mais un grondement de Calamité l'aida à se ressaisir. Calamité faisait partie du *Hell's Eight*, il était prêt à mourir pour elle. Elle ne pouvait pas l'abandonner.

— Puis-je vous demander votre nom, monsieur ?

— Mon nom n'a aucune importance. Qui es-tu, toi ?

Elle secoua la tête. Dommage que ses cheveux ne soient pas dénoués pour qu'ils puissent cascader sur ses épaules. Les hommes aimaient ses cheveux presque autant que sa poitrine.

— On m'appelle Ginger, susurra-t-elle en donnant son nom de prostituée.

Il fixa ses cheveux du regard.

— Tu es aussi torride au lit que tu en as l'air ?

Elle lui adressa le sourire qu'il attendait d'elle, celui qu'on lui avait appris à faire, celui qui lui venait trop facilement pour la jeune femme convenable qu'elle prétendait être.

— C'est ce qu'on dit.

— Le *Hell's Eight* est notre débiteur, patron. On a perdu notre dernière fille à cause d'eux.

— C'est vrai.

Le chef la dévisagea un moment.

— Elle a plus de viande sur les os que la précédente.

— Je préfère une fille qui a du tempérament à une vierge.

Elle nota que le chef serrait légèrement les mâchoires.

— La fille n'avait pas dit qu'elle était vierge. Sinon je ne l'aurais jamais amenée à la maison.

Quel genre d'hommes étaient-ils ? Elle garda les yeux rivés sur leur chef. Les autres pouvaient raconter ce qu'ils voulaient, c'était lui qui prendrait la décision finale et personne d'autre. Elle le savait et eux aussi. C'était pour ça qu'ils essayaient de le convaincre.

Il l'observa pensivement.

— Tu es vraiment une pute ? Je ne veux pas de malentendu cette fois.

La réponse resta bloquée dans sa gorge pendant que la réalité s'enfonçait en elle comme une lame empoisonnée.

Prostituée un jour, prostituée toujours. Elle avait entendu cette phrase si souvent. Elle avait voulu croire que ce n'était pas vrai quand Tracker l'avait emmenée et qu'on l'avait acceptée au *Hell's Eight*. Mais voilà, la réalité l'avait rattrapée.

— Oui.

Le mot eut du mal à passer.

— C'est sûr que le moral des hommes serait meilleur avec une femme dans la place, insista l'un des hommes.

— Sans compter que les Comanche nous donnent du fil à retordre, renchérit le cavalier au chapeau marron. On a travaillé le double que d'habitude.

— Quels sont tes tarifs ? demanda le chef.

— Ça dépend. Ce serait pour quoi ?

— J'ai dix hommes à satisfaire.

— A quelle cadence ?

— Tu auras tes dimanches libres. Et tu travailleras du coucher au lever du soleil.

— Et qui sera mon employeur ?

— Moi. Frank Culbart, du ranch Fallen C.

Il toucha le bord de son chapeau avec son doigt.

Culbart ? Oh ! mon Dieu, c'était l'homme qui avait acheté la cousine de Fei et qui l'avait séquestrée !

— Je ne cuisine pas et je ne fais pas le ménage, débita-t-elle d'une voix mécanique.

— Petite, c'est moi qui établis les règles.

Elle releva fièrement le menton en pensant à Tia.

— Je ne suis pas une esclave, monsieur. Je veux percevoir un salaire décent.

— Tu n'es pas en position de marchander. Tu auras ce que je te donnerai et ça va bien comme ça.

L'un des hommes avança, saisit les rênes de Fleur et les fit passer par-dessus la tête de la jument.

— Le chien reste ici.

— Il ne voudra jamais.

Il dégaina son colt.

— Alors je vais l'abattre.

— Non !

— Ce n'est pas toi qui vas me dire ce que je dois faire ou non.

Prise de panique, elle essaya de récupérer les rênes. Calamité gronda et bondit.

Sans bouger un cil, Culbart tira. Le chien hurla et tomba. Il gémit avant de s'immobiliser. Culbart le visa de nouveau.

— Non !

Elle se jeta sur le revolver et l'empoigna avant qu'il puisse tirer une deuxième fois. Culbart jura.

— Bon sang ! Tiens cette furie, Dickens !

Elle hurla en sentant un bras lui encercler la taille et la soulever de sa selle. Des rires résonnèrent autour d'elle — des ricanements méprisants qui clamaient leur supériorité. Folle de rage, elle enfonça ses ongles dans les mains de son ravisseur, mais se heurta à des gants en cuir. L'homme la souleva. Impuissante, elle crut qu'on s'apprêtait à la jeter au sol et leva instinctivement les mains pour amortir sa chute, mais son ventre heurta violemment une selle. Elle donna des coups de pied pour essayer de se libérer.

— Du calme. Le chien est mort, ça ne sert plus à rien, ordonna Dickens.

Mais elle ne voulait pas se calmer. *Caden !* Le cri silencieux jaillit de son cœur. Le sol tournoya quand l'homme fit faire demi-tour à son cheval.

— Qu'est-ce qu'on fait, on la garde, patron ? demanda quelqu'un.

— On va voir comment elle travaille et on avisera ensuite.

— Et si on la cherche ?

— Une prostituée ne manque à personne.

La cruauté de cette réponse la crucifia. Le plus terrible, c'était que c'était vrai.

# Chapitre 4

Caden essuya la sueur qui ruisselait sur son front, attacha la corde autour d'un rocher et passa le harnais autour de ses épaules. Dégager à mains nues l'entrée d'un tunnel explosé à la dynamite était un travail de titan. La tâche aurait été plus facile avec un équipement digne de ce nom et une paire de bras supplémentaire. Tôt ou tard, il devrait se résoudre à demander de l'aide, mais d'abord il voulait s'assurer que le site était exploitable. Fei lui avait fait une description de la configuration des galeries, mais il ne restait rien de la structure d'origine. Une partie de la montagne s'était même effondrée dans l'explosion. Fei ne faisait pas les choses à moitié.

Il n'y avait aucune chance de restaurer les grottes qui constituaient autrefois le sous-sol de la mine, mais il était convaincu que la déflagration avait libéré une bonne partie de l'or incrusté dans les parois. Il allait creuser et tamiser les gravats jusqu'à ce qu'il récolte suffisamment d'or pour financer des fouilles plus approfondies.

Les muscles de ses épaules tremblèrent sous l'effort mais la roche résista, l'obligeant à reculer. Il prit une inspiration et s'arc-bouta de nouveau. Fei avait donné un nom chinois à ce lieu. Selon elle, cela voulait dire « nouveau départ ». Et elle avait trouvé un nouveau départ ici avec Shadow et maintenant c'était son tour. Sauf qu'au lieu de découvrir l'amour, il allait récolter de l'or. Mais pourquoi pas ? Il ne perdrait pas au change.

Il déplaça la roche sur plus de deux mètres et l'abandonna près d'un monticule de pierres. Tant que la mine n'était pas enregistrée, personne ne devait soupçonner son existence. Si ses interventions étaient trop visibles, il attirerait fatalement l'attention. Il devait donc travailler par petites touches successives. La roche stabilisée, il détacha le harnais et remua ses épaules douloureuses. La tâche aurait été plus facile si la deuxième entrée ne s'était pas écroulée. Mais il ne restait rien de la mine — sauf, selon Fei, l'esprit de la chance qui lui avait sauvé la vie. Fei avait d'étranges croyances. Mais au fond, pas plus que son père, finalement, qui croyait aux elfes.

Il regarda l'amoncellement de roches, de poussière et de caillasse autour de lui. Difficile de croire qu'un esprit ait pu survivre à ce désastre. Fût-il celui de la chance.

— Si tu es là, c'est le moment de te manifester, marmonna-t-il tout haut. Un peu de chance ne me ferait pas de mal.

Aucune réponse. Le soleil tapait sur son visage avec la violence d'un poing. Une goutte de sueur lui coula dans le dos. Il faisait déjà terriblement chaud pour un début juin, on se serait cru en août. Otant son chapeau, il s'essuya le front et regarda en direction du sud-ouest, où des nuages s'amoncelaient. D'ordinaire, les tornades se produisaient plus tôt dans l'année, mais ils n'étaient pas à l'abri pour autant. Il ne lui manquerait plus que ça !

Une brise soudaine souleva un nuage de poussière sur le site. Un frisson lui parcourut la nuque. Il sentait une menace, là, toute proche. Il récupéra son fusil, vérifia qu'il était chargé, puis regarda autour de lui. Le paysage était totalement immobile. Rien ne bougeait, hormis le feuillage des arbres. Tout semblait normal. Seul son instinct lui criait le contraire.

Il gravit la pente, les muscles de ses jambes protestant contre l'effort qui leur était demandé. Arrivé contre une saillie rocheuse en surplomb, il regarda autour de lui, scruta le moindre mouvement, le moindre battement d'ailes, cherchant ce qui pourrait expliquer ce pressentiment. Il ne vit rien, mais cela ne signifiait pas qu'il n'y avait rien à voir. Il vérifia de nouveau. Ce n'était pas la première fois qu'il sentait un danger avant qu'il se manifeste. Mais aussi loin que portait son regard, il n'y avait que des arbres, le soleil et le scintillement de la rivière en contrebas. Si menace il y avait, elle n'était pas immédiate.

Il redescendit et appuya son fusil contre la paroi rocheuse. Il avait déjà pris ses précautions en installant des pièges le long de la piste et en brouillant ses traces. Le problème, quel qu'il soit, ne l'empêcherait pas de terminer sa journée de travail — hélas !

Il leva les bras et s'étira avec une grimace. Bon sang, en deux jours de travail, il n'avait dégagé qu'une soixantaine de centimètres ! Il plongea la main dans sa poche et en retira la petite pierre qu'il avait découverte hier. Elle ressemblait à un vulgaire caillou, mais en la tournant on voyait un mince filet d'or la traverser. Preuve que le métal précieux était toujours là. Ça lui prendrait le temps qu'il faudrait, mais il ne lâcherait pas avant de l'avoir trouvé.

— Bientôt, le nom de Miller vaudra quelque chose, murmura-t-il en remettant la pierre dans sa poche. Fais-moi confiance, papa.

Un souffle de vent fit de nouveau tourbillonner un nuage de poussière et de feuilles autour de ses pieds. Encore ce sombre pressentiment ! Il referma la main sur son couteau ; ce contact chaud et familier le rassura. Peu lui importait que la menace vienne d'un voleur de concession ou d'une attaque d'Indiens. Les Miller ne tournaient jamais le dos au danger. Et personne ne pouvait leur prendre ce qui leur appartenait.

Il attrapa sa gourde et but une longue gorgée d'eau tiède. Il y avait bien longtemps qu'il n'avait pas trimé aussi dur.

Depuis la construction du *Hell's Eight*, en fait, quand ils travaillaient presque jour et nuit. C'était bon de retrouver les anciennes sensations, de faire quelque chose de ses mains et de tendre vers un but. Quel que soit le résultat, il ne le devrait qu'à lui-même. Il baissa son chapeau sur ses yeux pour se protéger de la luminosité du soleil. Ce n'était pas le moment de s'endormir. Il avait une tonne de rochers à déplacer, une montagne de gravats à dégager et un avenir à bâtir !

Son pressentiment se matérialisa en chair et en os une semaine plus tard. Surprise : il avait l'apparence d'Ace et de son grand étalon noir.

— Salut, Ace, dit Caden en posant sa pelle et en retirant ses gants.

Ace avait la mine particulièrement sombre et sa chemise était déchirée.

— Tu étais obligé de piéger chaque virage de la piste ?

— Ça m'a paru une bonne idée sur le coup, répondit Caden avec un sourire.

Ace montra sa chemise déchirée.

— Intéressante innovation, la deuxième branche qui se déclenche après la première.

— Oui, merci, dit Caden en repoussant son chapeau en arrière. Qu'est-ce qui t'amène ?

— Maddie.

Caden laissa échapper un soupir.

— Ne me dis pas qu'elle a fait une crise parce que je suis parti sans lui dire au revoir et que je dois rentrer la calmer.

Peu après son arrivée au *Hell's Eight*, Maddie avait eu un passage difficile. Tantôt elle flottait dans une sorte de stupeur silencieuse, le regard absent, tantôt elle piquait des accès de rage et ne supportait pas qu'on l'approche. Très vite, on s'était rendu compte qu'il était le seul à pouvoir la calmer.

En réalité, elle avait juste besoin qu'on lui parle doucement, comme à une enfant qui fait un cauchemar. Ce n'était pourtant pas compliqué.

Soudain, son visage lui apparut. D'immenses yeux verts, des cheveux flamboyants et une bouche à damner un saint quand elle souriait et dévoilait ses fossettes… Son sourire lui manquait. Et aussi sa façon de lui caresser le poignet pour le consoler quand elle le trouvait triste. Il aimait sa présence apaisante et la petite flamme qu'elle allumait en lui chaque fois qu'il la voyait. C'était à cause de cette petite flamme qu'il était resté éloigné du *Hell's Eight* ces derniers temps. Elle avait connu suffisamment de brutes dans sa vie. Elle n'avait vraiment pas besoin qu'il vienne s'ajouter à la liste.

— Malheureusement, ce n'est pas aussi simple, dit Ace en descendant de cheval.

L'inquiétude s'empara soudain de Caden.

— Il lui est arrivé quelque chose ?

Ace ne répondit pas tout de suite, ce qui, avec lui, n'était jamais bon signe.

— Laisse-moi boire un café. Je chevauche depuis des heures.

Refrénant son impatience, Caden se dirigea vers le feu de camp et s'empara de la cafetière brûlante.

— Qu'est-ce qui est arrivé à Maddie ?

— En fait, j'espérais la trouver ici, répondit Ace en lui tendant sa timbale.

Caden se figea.

— Pourquoi diable serait-elle ici ?

Son campement se résumait à un feu de bois et à un sac de couchage déroulé au milieu de la caillasse. Ce n'était pas une place pour une femme.

Ace but deux gorgées avant de répondre.

— Elle est partie la nuit de ton départ. Connaissant ses sentiments pour toi, on a pensé qu'elle t'avait suivi.

— Pour quelle raison m'aurait-elle suivi ?

— Apparemment, Bella et elle ont eu une petite conversation…

Aïe ! Caden reposa la cafetière sur le feu un peu trop brutalement. Bella était une boule d'énergie qui fonçait droit devant elle, tête baissée. Si Sam était parti sans le lui dire, elle n'aurait pas hésité à le suivre… C'était ce qu'elle avait fait, d'ailleurs. Leur histoire d'amour était entrée dans la légende du *Hell's Eight*. Maddie vouait une admiration sans bornes à Bella et la regardait comme un modèle. Mais Maddie n'était pas Bella, loin s'en fallait !

— Donc, Bella et Maddie ont discuté et tu en déduis qu'elle est partie au beau milieu de la nuit pour me rejoindre ?

Ace hocha la tête.

— Sa jument aussi a disparu.

Il y avait autre chose, il le sentait, à la note d'inquiétude dans la voix d'Ace.

— Et ?

Ace lui montra la grosse pierre, en face de lui.

— Tu ferais peut-être mieux de t'asseoir avant d'entendre la suite.

Caden fronça les sourcils, de plus en plus inquiet, et agacé aussi.

— Je suis très bien debout. Donc, la nuit où je suis parti, Maddie a disparu avec son cheval.

— Et en emmenant l'un des chiens.

— Lequel ?

— Calamité.

— Il ne sait même pas aboyer !

Mais Maddie s'était prise d'affection pour lui, évidemment. Elle protégeait tous les canards boiteux de la planète.

— Justement : c'est un atout quand on veut suivre quelqu'un sans se faire remarquer.

Ace n'avait pas tort.

— Dis-moi au moins qu'elle a emporté une arme.

L'idée de savoir Maddie toute seule dehors sans aucun moyen de se défendre le rendait malade.

— J'ai bien peur que non. A moins que tu lui en aies donné une sans qu'on soit au courant, il n'en manque aucune.

Non, il ne lui en avait pas donné. Il avait voulu cent fois lui apprendre à tirer, mais elle avait une peur panique des armes et elle avait refusé.

— Tu es allé voir en ville ?

— J'ai commencé par là, tu t'en doutes, mais personne ne l'a aperçue. Et il y a pire.

Cette fois, Caden eut du mal à masquer son angoisse. Que pouvait-il y avoir de pire ?

— Calamité est rentré blessé. On lui a tiré dessus.

Une sensation horrible lui noua l'estomac. Oh non ! Mille hypothèses se mirent à tournoyer dans son esprit, toutes plus effrayantes les unes que les autres.

— Qui avez-vous mis sur sa piste ?

Caine avait envoyé quelqu'un à sa recherche, forcément. Maddie faisait partie du *Hell's Eight*. Elle était l'une des leurs depuis la minute où elle était sortie en courant de ce bordel pour se mettre sous la protection de Tracker.

— Tucker.

— Il a découvert où elle est allée ?

— Il n'en a pas la moindre idée. Mais si elle te suivait, elle n'a aucun sens de l'orientation, les traces sont bizarres. Comme si elle avait tourné en rond.

Rien d'étonnant à cela. Il avait mis une semaine entière à lui faire comprendre quel chemin elle devait suivre pour revenir de la crique !

— Qu'est-ce que Tucker en pense ?

— Pas grand-chose. La piste était ancienne et le sol en mauvais état.

— Quel chien a-t-il pris avec lui ?

— Boone, qui d'autre ?

Bien sûr. Boone était le meilleur pisteur. Son flair avait permis de sauver Desi autrefois, lui attirant la reconnaissance éternelle de Caine et du *Hell's Eight* tout entier.

— Et il n'a rien trouvé.

— Boone a un flair hors pair, rétorqua Ace, mais il ne peut pas grand-chose quand la pluie et le vent effacent les traces. Il semblerait que Maddie ait rencontré quelqu'un à mi-chemin entre le ranch et ici. Ensuite, la piste s'efface.

*Quelqu'un*. Une façon nuancée de dire que Maddie avait rencontré des ennuis. L'angoisse qui lui nouait le ventre se fit encore plus aiguë. Une femme seule dans cette région, c'était une proie facile.

— Où était-ce ?

Ace fit un geste en direction du nord.

— Près de la chaîne de montagnes, là-bas. Apparemment, elle a tourné à droite au lieu de prendre à gauche.

Il voyait très bien l'endroit. Il y avait trois directions possibles. A l'est en direction de San Antonio, vers la rivière, au sud, ou à l'ouest, en direction du ranch de Culbart et de la mine.

— Quelqu'un est allé se renseigner à San Antonio ?

— Sam.

— Et ?

— Il n'est pas encore rentré.

Caden était prêt à s'agripper à la moindre lueur d'espoir. Il ne voulait pas penser qu'il puisse lui être arrivé quelque chose. Ce serait trop affreux.

— Il est très possible qu'elle soit partie à San Antonio. Mon départ l'a blessée.

— Peut-être, répondit Ace sur un ton indiquant qu'il n'en croyait rien. Mais, après ce que lui a dit Bella, tout laisse penser qu'elle a voulu te rejoindre.

— Elle lui a dit quoi, exactement ?

— De suivre son cœur. Et comme elle a le béguin pour toi…

Il savait qu'elle était amoureuse de lui et il n'avait rien fait pour la décourager. Le remords le saisit. Etre aimé de Maddie était une expérience douce et tendre à la fois. Et quand elle le regardait comme s'il était la chose la plus merveilleuse du monde… Bon sang, il n'était qu'un lâche. Il n'avait jamais essayé de profiter des sentiments de Maddie, il n'était pas salaud à ce point, mais… Il sentit son sexe se tendre de désir. Mais il y avait pensé une fois ou deux.

— Tu penses qu'elle s'est perdue et qu'elle s'est mise dans les ennuis, c'est ça ?

— Il y a de fortes chances, oui, répliqua Ace.

Sans plus attendre, Caden jeta sa selle sur le dos de Jester et ajusta la sangle. S'il était arrivé quelque chose à Maddie, il ne se le pardonnerait jamais. Il lui avait promis de ne pas partir sans lui dire au revoir et il n'avait pas tenu parole. Elle avait dû se sentir trahie, abandonnée. Elle était si fragile…

— Depuis combien de temps le chien est-il rentré ?

— Dix jours, je crois.

Autrement dit, elle n'avait pas attendu longtemps avant de s'attirer des ennuis. Il rassembla ses affaires, roula son sac de couchage.

— Tu vas la chercher ? demanda Ace.

— Evidemment !

— Je t'accompagne, répliqua Ace en jetant de la terre sur le feu pour l'éteindre. J'ai eu un mauvais pressentiment à la minute où j'ai appris qu'elle avait disparu.

Caden chercha son regard.

— Quel genre de mauvais pressentiment ?

— Je ne sais pas.

Sans faire de commentaires, il aida Ace à faire disparaître toute trace de leur passage.

— Mais ça ne me dit rien qui vaille, ajouta Ace au bout de quelques instants.

— On va la retrouver.

Caden sangla le sac de couchage à l'arrière de la selle, récupéra son fusil et le glissa dans son fourreau.

— Maddie a suffisamment souffert dans sa vie, dit Ace comme s'il lisait dans ses pensées. Elle mérite qu'on lui fiche la paix.

— Je suis bien d'accord, répliqua-t-il en montant en selle.

La rage lui tordait le ventre à l'idée qu'on ait pu lui faire du mal. Au loin, le tonnerre gronda.

— En route.

Il leur fallut un jour et demi pour atteindre le lieu où Maddie avait rencontré *quelqu'un*. On distinguait encore des traces de sabots dans le sol tendre. Les marques laissaient supposer que plusieurs cavaliers étaient passés par là, mais ensuite la piste se perdait au milieu des cailloux.

— Rien, lâcha Caden, agenouillé près des empreintes.

Il suivit leurs contours du bout du doigt, essayant de détecter une marque d'identification, un indice, n'importe quoi.

— C'est bien ce que nous a dit Tucker, ajouta Ace en regardant autour de lui.

Tracker et Tucker étaient les meilleurs pisteurs du *Hell's Eight*. Et Boone leur plus fin limier. Si Tucker n'avait rien trouvé c'était qu'il n'y avait rien, Caden le savait. Mais il fallait quand même qu'il continue à chercher. Maddie avait disparu. Il n'arrivait pas à se faire à cette idée. Il ne parvenait pas à admettre que c'était réel.

— Où peut-elle être ?

Il referma la main sur une poignée de terre sèche et la laissa couler entre ses doigts avant de se relever. Bon sang, pourquoi Maddie n'était-elle pas restée au ranch ? Elle était en sécurité au *Hell's Eight* !

— Dans quelle direction Tucker a-t-il dit qu'ils étaient partis ?

Ace indiqua le bois, en contrebas. C'était à n'y rien

comprendre. Il n'y avait rien là-bas, en dehors de la nature hostile.

— Il dit que Boone a perdu la piste à un kilomètre environ dans cette direction.

Cela n'avait aucun sens, à moins… à moins qu'ils aient cherché un endroit à l'abri des regards pour la violer. Il eut la sensation qu'une main glacée se refermait sur sa gorge tandis qu'il imaginait Maddie maintenue au sol par des brutes. Il y avait une telle douceur, une telle innocence en elle en dépit de tout ce qu'elle avait enduré. Il remonta à cheval, les dents serrées. Ace le suivit en silence. Ce dernier était très secret et parlait peu, mais en cas de problème — comme aujourd'hui — on pouvait compter sur lui.

Le chemin était ardu. Un vrai défi pour Fleur, la petite jument de Maddie. Elle n'avait pas l'habitude d'affronter ce type de terrain.

— Tu crois que sa jument aurait pu passer par là ? demanda Ace comme s'il avait lu dans ses pensées.

— Elle n'a peut-être pas eu le choix.

— Exact.

La colère de Caden se mêla de terreur quand ils franchirent un bouquet d'arbres et émergèrent dans une petite clairière. Une minuscule oasis au milieu de ces bois sombres. Fraîche, agréable et surtout cachée des regards. Ce serait terriblement facile de violer une femme à cet endroit. Le sang battit à ses tempes tandis qu'il descendait de cheval.

*Tiens bon, Maddie.*

On distinguait beaucoup mieux ici les traces laissées par le piétinement de plusieurs chevaux. Mais il était pratiquement impossible de les différencier car elles se mélangeaient.

— C'est ici que Tucker a perdu la piste ?

Ace regarda autour de lui.

— Ça ressemble à ce qu'il a décrit, en tout cas.

Caden examina le sol. Tucker l'avait sans doute déjà fait,

mais il devait trouver un indice sur l'identité de ceux qui avaient emmené Maddie. Il le fallait.

Il scrutait toujours chaque trace, chaque brin d'herbe lorsque Ace le rappela à la raison.

— S'il y avait quelque chose à découvrir Tucker l'aurait vu.

Caden secoua la tête.

— Je veux vérifier.

Il y avait forcément un détail qui lui dirait où se trouvait Maddie ! Et si ce n'était pas le cas, il fouillerait chaque maison, chaque ville, jusqu'à ce qu'il la retrouve ou qu'il rencontre quelqu'un qui saurait où elle était.

Une fois encore son beau visage s'imposa dans son esprit. Pâle avec ses yeux immenses, sa bouche rose tendre et ce nuage de taches de rousseur sur ses pommettes. De la poudre de fées, lui avait-il dit un jour. Et justement, la clairière où ils se trouvaient maintenant avec Ace ressemblait à un lieu magique avec les petites flaques de soleil qui dansaient sur l'herbe.

— Si elle est l'une des vôtres, montrez-moi le chemin jusqu'à elle, chuchota-t-il.

Il attendit vainement un signe, une lumière, une tape sur l'épaule. Rien. Découragé, il allait se détourner quand son œil capta au loin un petit scintillement dans l'herbe. Il traversa la clairière le cœur battant avec l'impression d'être en train de perdre la raison. Il n'osait pas quitter des yeux ce petit point lumineux de peur qu'il ne disparaisse. A l'instant où il l'atteignit, la lueur s'éteignit, masquée par une fougère naine.

— Tu as trouvé quelque chose ? demanda Ace.

— Je ne sais pas encore, dit-il en se mettant accroupi.

Il écarta la fougère. A moitié caché par un caillou, il y avait… un bouton en métal. Il le ramassa, le leva à la lumière. Un motif était gravé dessus : une croix inclinée.

Ace le rejoignit et regarda sa trouvaille.

— Un bouton ? dit-il sans parvenir à cacher sa déception.

— Oui.

Caden remercia le destin, les fées ou l'esprit de la chance qui l'avait conduit vers ce bouton.

— Tu sais à qui il appartient, c'est ça ? demanda Ace.

Il hocha la tête tout en réfléchissant aux multiples raisons pour lesquelles un homme pourrait perdre un bouton de chemise dans l'herbe. Aucune n'était faite pour le rassurer.

— C'est la marque du ranch de Culbart. Une croix penchée.

Ace fronça les sourcils.

— Culbart aurait enlevé Maddie ?

— C'est mon opinion, oui.

Culbart était un ours. Peu fréquentable, rugueux, il ne passait pas pour un tendre, surtout pas avec les femmes. Et ses hommes non plus. Et il avait kidnappé Maddie !

— Ce bouton a pu atterrir là pour toutes sortes de raisons, dit Ace.

C'était possible, mais au fond de lui Caden savait ce que ce bouton arraché signifiait.

Il sauta en selle.

— On va en avoir le cœur net tout de suite !

# Chapitre 5

Couché à plat ventre au milieu de la végétation, Caden observait le domaine de Culbart avec sa longue-vue. Cela faisait maintenant plus de trente-trois heures qu'il était en faction et il n'avait rien vu d'autre que la routine habituelle d'un ranch. Les animaux étaient soignés à heure fixe, les sentinelles remplacées régulièrement et les hommes s'occupaient de l'entretien des bâtiments. La seule personne qu'il n'avait pas vue, c'était Maddie. Pourtant, elle était là. Culbart la séquestrait depuis maintenant deux semaines en lui faisant subir Dieu savait quoi !

Il essaya de se rappeler ce que Fei leur avait dit du traitement subi par sa cousine quand son père l'avait vendue à Culbart pour payer une dette. Mais la femme de Shadow n'avait donné aucun détail et de toute manière la situation n'avait rien de comparable. On ne traitait pas de la même façon une jeune fille de bonne famille et une prostituée. Et si par malheur Culbart devinait qui était Maddie…

Il serra les dents, les doigts crispés sur la longue-vue. Si jamais il lui avait fait du mal, il l'étriperait et le donnerait en pâture aux vautours. Maddie n'avait peut-être pas eu une vie facile, mais il lui avait fait une promesse quand elle était arrivée au *Hell's Eight* : il lui avait juré qu'elle n'aurait plus jamais à partager le lit d'un homme, sauf si c'était son choix.

Il se remémora les traces de chevaux mêlées dans la terre, et cette petite empreinte isolée face à cette horde : la sienne. Le bouton arraché. Le sang du chien sur le sol. Bon sang ! Elle n'était pas venue de son plein gré chez Culbart. Elle était séquestrée, terrorisée, violentée, sans doute !

Levant de nouveau sa longue-vue, il scruta le Fallen C. Il devait rendre cet hommage à Culbart : il se comportait comme une brute avec les femmes, mais il dirigeait son ranch d'une main de fer. Les bâtiments étaient parfaitement entretenus, rien ne traînait dans la cour et les chevaux étaient bien soignés. En fait, le seul défaut de ce ranch, c'était son emplacement : au beau milieu du territoire indien. Et avec les problèmes de sécession qui mobilisaient la cavalerie à l'Est, il y avait de moins en moins soldats pour protéger les terres de l'Ouest. Culbart aurait de la chance s'il gardait son scalp dans les années à venir. A condition, bien sûr, qu'il leur laisse quelque chose à scalper, songea Caden en continuant sa surveillance. Il devait connaître toutes les habitudes de la maison s'il voulait avoir une chance de sortir Maddie de là.

Le jour était levé depuis peu. Les hommes du Fallen C se montraient petit à petit. Certains sortaient du dortoir, d'autres se dirigeaient vers le poulailler pour y ramasser les œufs du petit déjeuner. Toujours aucun signe de Maddie, mais sa petite jument, elle, était bien visible dans un des corrals. Et elle avait l'air terrorisée par l'étalon très énervé qui piaffait dans le paddock voisin. Selon toute vraisemblance, Fleur était en chaleur. Génial, il ne manquait plus que ça !

— C'est un très gros soupir, dit Ace en se couchant à plat ventre près de lui. Il y a un problème ?

— Une idylle torride est en cours.

— Merde. Maddie et l'un des employés du ranch ?

— Non. Fleur et un grand étalon brun.

Ace resta impassible. Il était très difficile de le déstabiliser.

Prenant la longue-vue des mains de Caden, il la pointa sur les corrals.

— Belle bête. On pourrait laisser faire la nature, le poulain risque d'être prometteur.

— Non. J'ai promis à Maddie qu'on ne la forcerait pas si elle n'en avait pas envie.

Ace baissa la longue-vue.

— Tu parles bien de la jument, là ?

Caden récupéra sa longue-vue d'un geste agacé.

— C'était important pour elle.

— Bien sûr.

Caden foudroya Ace du regard. D'accord, c'était une promesse stupide, il aurait mieux fait de se taire. Mais ce n'était pas la peine d'enfoncer le clou.

— Ça va.

— Je ne dis rien. Mais si tu veux stopper l'idylle en cours, tu as intérêt à ne pas trop attendre. Roméo a l'air très chaud.

— Merci, je m'en étais rendu compte tout seul.

— Tu as un plan ?

— En dehors de foncer dans le tas et de tirer sur tout ce qui bouge, tu veux dire ?

— J'ai parlé d'un plan, pas d'un suicide.

— Alors la réponse est non. Pour le moment.

Le ranch était gardé par des hommes armés jusqu'aux dents. Et, à la façon dont ils tenaient leurs fusils, on voyait que ce n'étaient pas des plaisantins.

— On est là depuis près de deux jours, lui rappela Ace, et tu n'as toujours pas aperçu Maddie.

— Je sais.

— Elle n'est peut-être même plus là.

— Si.

— Et tu te bases sur quoi ?

Caden replia la longue-vue et la glissa dans sa poche.

— Sur mon intuition. Et sur le fait que Culbart n'est pas sorti du ranch plus de deux minutes en deux jours.

— Exact.

Caden recula et s'assit sur un tronc d'arbre en époussetant son pantalon poussiéreux.

— La seule chose qui me retient de lui rentrer dans le lard, c'est qu'il n'a pas la tête d'un homme satisfait.

Ace le rejoignit en souriant.

— Je vois. Tu penses que les « absences » de Maddie ont refroidi son ardeur ?

— En tout cas, je l'espère.

Ace sortit une pièce de monnaie de sa poche et la fit glisser entre ses doigts tout en l'observant. C'était sa façon à lui de se concentrer.

— Qu'est-ce que tu comptes faire ?

— Pour commencer, on va récupérer Fleur, répondit Caden.

— Tu sais ce que ça coûte de voler un cheval ?

— On ne vole pas ce qui vous appartient.

— Tu auras du mal à le prouver devant un juge si Culbart a apposé la marque de son ranch sur Fleur.

— Qu'il essaie de me traîner devant un juge, murmura Caden avec un sourire glacial.

— C'est un dur à cuire. Ne le sous-estime pas. Par bien des côtés, il me fait penser à Caine.

— Caine n'a jamais séquestré une femme.

— On n'est même pas sûrs que Culbart détienne Maddie, lui rappela Ace avec ce ton raisonnable qui donnait souvent à Caden envie de casser quelque chose.

— Elle ne serait pas la première à être retenue chez lui contre son gré.

— Le père de Fei lui avait vendu sa nièce, ce n'est pas pareil. Il était de bonne foi.

— Ça ne veut pas dire qu'elle était consentante !

— Exact. Mais il ne l'a pas violée.

— Uniquement parce que Fei lui a fait prendre du salpêtre.

Et la potion avait rendu Culbart momentanément impuissant. L'histoire avait fait blêmir tous les hommes du *Hell's Eight* quand elle était parvenue à leurs oreilles.

Ace s'esclaffa.

— Fei est une femme pleine de ressources !

En effet. Mais Maddie était seule face Culbart. Elle n'avait personne pour lui venir en aide — à part lui.

— Regardons les choses en face, dit Ace en reprenant son sérieux. Maddie est retenue ici depuis deux semaines et Culbart n'a pas la mine réjouie d'un chat qui vient d'avaler un canari. Donc, soit il ne s'est rien passé, soit…

— Soit ?

— Il n'a pas eu besoin de la forcer.

D'un bond Caden se leva et frappa Ace en plein visage.

— Traite-la de pute encore une fois et je te massacre !

Au lieu de se relever et de lui sauter dessus comme il l'espérait, Ace resta assis par terre et se frotta le menton en grimaçant.

— C'est toi qui l'insultes. Moi, je voulais seulement dire qu'elle était peut-être ici de son plein gré. Les femmes sont rares dans le coin et Maddie est assez jolie pour que Culbart ait décidé de fermer les yeux sur son passé.

— Maddie n'est pas jolie, elle est belle ! gronda Caden, poings serrés.

Ace se redressa avec difficulté.

— Raison de plus pour que Culbart pense au mariage. Un homme qui bâtit un ranch comme celui-là a forcément envie de le transmettre un jour à un héritier.

Maddie, mariée à Culbart ? C'était grotesque. Indécent.

— Moi vivant, ça n'arrivera pas !

— Culbart se chargera sûrement de régler ce détail avec plaisir.

— Qu'il aille se faire foutre.

Un peu honteux, il tendit la main à Ace pour l'aider à se relever. Ace la prit sans rancune.

— Tu te sens mieux ? demanda ce dernier.

— Non.

— Tu bois trop de café, tu ne dors pas depuis deux jours et tu ne manges rien. Tu as vu ta pauvre tête ?

— Tu as vu la tienne ?

— La mienne est irrésistible, c'est ce que je me suis laissé dire.

Et Ace sourit, dévoilant des dents blanches parfaitement alignées… et un charme qui ne laissait aucune femme insensible.

— Ça va, les chevilles ?

— Ça va, merci, répondit Ace en ramassant la pièce de monnaie qui avait roulé à terre.

Il se remit aussitôt à la faire passer de doigt en doigt.

— Trêve de plaisanteries, qu'est-ce qu'on fait ?

Caden réfléchit un instant.

— Je pourrais aller frapper à la porte de Culbart comme si je lui rendais une petite visite amicale.

— Tu te feras descendre avant même d'avoir traversé la moitié de la cour.

— Pourquoi ?

— Parce que tu es un *Hell's Eight* et que Fei a dynamité la moitié de ses hommes.

— Il n'est peut-être pas au courant qu'elle a épousé Shadow.

— Tu y crois, toi ?

Non, en effet. Les nouvelles allaient vite.

— Il faut pourtant que je trouve un moyen d'entrer dans ce ranch.

— Je pourrais y aller, moi.

— Pourquoi toi ?

— Je suis plus pondéré.

— Je ne suis pas sûr que Culbart appréciera ta pondération.

— Tu penses qu'il appréciera davantage ton crochet du droit ?

— Non, mais je pense que tu seras plus utile ici, pour me couvrir si jamais je dois sortir en catastrophe avec Maddie.

— Tu sais que ton plan est nul ?

Caden hocha la tête.

— Oui, mais je dois m'assurer qu'elle est là et en bonne santé.

Ace fouilla dans sa sacoche et en sortit un derringer : un pistolet miniature conçu pour que les femmes puissent le glisser dans leur réticule — ou leur porte-jarretelles.

— Prends ça.

Caden le dévisagea. Ace était-il devenu fou ?

— Tu es malade ?

Ace le lui fourra dans la main.

— Ils vont te fouiller à ton arrivée. Mais ils ne s'attendront pas que tu portes une arme aussi petite.

— Et où veux-tu que je le cache ?

Ace leva les yeux au ciel.

— Où tu veux, mon vieux, du moment que tu peux le dégainer rapidement si jamais les choses tournent mal. Tu ne seras d'aucune utilité à Maddie si tu es mort.

Ace n'avait pas tort. Il hésita cependant avant de le glisser à l'intérieur de sa manche. Il referma le bouton de manchette et se leva.

— Bon. J'y vais.

— Si tu attends une heure ou deux, les hommes seront partis et ce sera moins risqué.

— Justement. Je veux qu'ils se sentent en sécurité — pour le moment.

— Je n'aime vraiment pas ce plan, lâcha Ace.

Lui non plus, mais Maddie était en danger et il n'avait déjà que trop tardé pour lui venir en aide.

Il ne s'attendait pas qu'on le laisse approcher sans intervenir.

Il ne fut donc pas surpris quand deux cavaliers surgirent devant lui à mi-chemin, leur colt à la main.

— Salut, lança le plus âgé des deux, un homme avec une barbe grisonnante.

Caden fit un léger signe de la tête.

— Bonjour.

— Qu'est-ce qui t'amène par ici, étranger ?

Il les évalua d'un regard — leur visage était dur et buriné, leur corps affûté et leurs colts brillaient au soleil, parfaitement astiqués. Il n'avait pas affaire à des amateurs.

— Je viens pour affaires.

— Quel genre ?

— Rien qui vous concerne, répondit-il avec un sourire.

L'autre cracha par terre.

— Si tu ne veux pas te retrouver six pieds sous terre, tu ferais bien de nous répondre.

— Je suis venu parler à Culbart d'une pouliche.

L'explication flatterait Culbart. Il rêvait de voir sa réputation d'éleveur surpasser celle du *Hell's Eight*.

L'homme fit avancer son cheval et contourna Jester pour vérifier sa marque.

— Depuis quand le *Hell's Eight* vient faire son marché ici ?

— Il faut injecter du sang nouveau si on veut dynamiser le cheptel.

L'homme grogna.

— Tu t'appelles comment ?

— Caden Miller.

Seul un battement de cils et une imperceptible contraction de son doigt sur la détente indiqua que son nom lui disait quelque chose.

Il lui fit signe d'avancer.

— Je saurai trouver mon chemin tout seul, répliqua Caden. Inutile d'abandonner votre poste.

— Ne t'inquiète pas pour ça. Veille seulement à ne pas approcher la main de ton colt.

Ils avaient terminé leur tour de garde et la relève était déjà en place, devina Caden. Les hommes de Culbart étaient des professionnels. Cela n'allait pas simplifier les choses.

Ils chevauchèrent en silence jusqu'au ranch. Caden en profita pour étudier les lieux, évaluer les forces en présence et repérer les endroits qui pourraient lui servir d'abri si jamais il devait tenter une sortie en force. Impossible de prévoir dans quel état il allait trouver Maddie, mais il devait se préparer à toutes les éventualités. Si jamais on lui avait fait du mal, il les tuerait tous, jusqu'au dernier.

A la seconde où ils franchirent l'enceinte du ranch, il fut au centre de tous les regards. Vu son emplacement, le Fallen C ne devait pas recevoir souvent des visiteurs.

Il descendit de cheval sous le regard attentif de son escorte.

— J'aimerais repartir avec mes affaires au complet, si ce n'est pas trop demander, lança-t-il d'un ton faussement désinvolte.

Le plus jeune des deux ricana.

— A ta place, je m'inquiéterais surtout de repartir en vie.

Caden enroula les rênes de Jester autour de la barre, au pied du porche.

— Ne vous en faites pas pour ça. On est inséparables, elle et moi.

Tandis que Caden montait les marches du porche, il entendit l'homme marmonner quelque chose dans sa barbe. Le bois ne grinçait pas sous ses pieds, c'était du solide. Encore une preuve de l'attention que Culbart accordait à l'entretien de son ranch. La porte s'ouvrit avant même qu'il ait eu le temps de frapper et Culbart en personne apparut devant lui.

Il ressemblait vraiment à un ours avec sa moustache et sa barbe broussailleuse qui lui mangeaient la moitié du visage, et ses yeux gris perçants sous ses cheveux bruns touffus.

— Qui diable êtes-vous ? grogna-t-il.

Caden toucha le bord de son chapeau.

— Caden Miller.

Culbart plissa les yeux.

— Du *Hell's Eight* ?

— Oui.

— Qu'est-ce que vous fichez là ?

— Il dit qu'il est venu parler affaires avec vous au sujet d'une pouliche, expliqua le plus âgé des deux hommes.

— Je pense qu'il est capable de répondre tout seul, Dickens.

Le cow-boy serra les mâchoires et ses épaules se raidirent. De toute évidence, ce n'était pas l'amour fou entre les deux hommes, nota Caden.

— Vous avez apporté de l'argent ? demanda Culbart.

— Je viens avec la parole du *Hell's Eight*. Ce n'est pas suffisant pour vous ?

Culbart hésita puis recula pour le laisser entrer.

— Laissez vos colts sur le porche et entrez, grogna-t-il. On va discuter.

Caden déboucla son ceinturon.

— J'ai connu des accueils plus chaleureux.

— Je vous offre un verre plutôt qu'un coup de poing, estimez-vous heureux.

Tout en posant ses revolvers sur la chaise, près de la porte, Caden jeta un coup d'œil discret à Culbart. Ce dernier était tendu, il avait la posture agressive. Un homme prudent s'estimerait sans doute chanceux, en effet, songea Caden. Il n'y avait pas beaucoup d'hommes capables d'avoir le dessus sur lui, mais Culbart pourrait bien être de ceux-là. Seulement voilà, il n'avait pas envie d'être prudent : il voulait juste récupérer Maddie.

Il entra et jeta un coup d'œil autour de lui. Le décor était aussi rude et peu raffiné que son propriétaire, l'espace judicieusement utilisé. La cuisine s'ouvrait sur la grande salle avec son immense cheminée. A gauche, il aperçut un couloir jalonné de portes — probablement les chambres. A en juger par le nombre de cheminées qu'il avait repérées sur le toit, chacune disposait de sa propre cheminée. Culbart veillait au confort de ses hôtes.

— Belle maison, nota-t-il.

Culbart grogna et lui montra l'un des larges fauteuils en crin de cheval. Question manières, en revanche, il avait des progrès à faire. Ace avait peut-être raison : Culbart aurait tout à gagner à se marier. Une présence féminine l'aiderait peut-être à polir son caractère d'ours mal léché.

Culbart ouvrit une armoire et en sortit une bouteille de whisky. Après avoir versé une solide rasade dans deux verres, il en tendit un à Caden sans plus de façons et lui fit signe de s'asseoir.

— Alors comme ça, le *Hell's Eight* veut bonifier son cheptel, hé ?

— En quelque sorte, oui.

Caden but une gorgée de whisky. Il était de qualité.

— Le Fallen C possède le meilleur élevage de tout le territoire, affirma Culbart avant de porter son verre à ses lèvres.

Il laissa intentionnellement passer deux secondes.

— Avec le *Hell's Eight*, bien sûr, ajouta-t-il.

Caden lui décocha un sourire froid.

— Bien sûr.

— Quel genre de pouliche recherchez-vous ?

Caden planta son regard dans celui de Culbart.

— Une petite rousse avec des yeux verts.

Une lueur s'alluma dans les yeux de Culbart.

— Vraiment ? Et qu'est-ce qui vous permet de penser que j'ai ce que vous cherchez ?

Caden se pencha et posa le bouton sur l'accoudoir du fauteuil.

— Ça.

Culbart l'examina pensivement avant de le glisser dans sa poche.

— Merci de me l'avoir rapporté. Ils sont fabriqués spécialement pour moi et coûtent extrêmement cher.

Caden en avait plus qu'assez de cette comédie. Il bouillait d'impatience et de colère.

— Vous détenez quelque chose qui appartient au *Hell's Eight* et que nous voulons récupérer.

Culbart n'essaya pas de faire celui qui n'a pas compris.

— Je croyais que le *Hell's Eight* avait pris position contre l'esclavage ?

— C'est exact, mais ce qui est à nous reste à nous.

— La pouliche en question n'a pas mentionné qu'elle faisait partie de la maison.

Caden tiqua. Il aurait une petite conversation avec Maddie à ce sujet dès qu'il l'aurait tirée de là. Elle aurait dû commencer par clamer qu'elle était une *Hell's Eight*.

— Qui plus est, poursuivit Culbart, elle est très heureuse ici. Elle s'est sentie chez elle à la minute de son arrivée. Elle a pris possession de la cuisine pour préparer du pain et elle a même réclamé des ingrédients pour nous confectionner des gâteaux.

La pâtisserie avait toujours été le refuge de Maddie quand elle avait une crise d'angoisse. Caden ne trouva pas l'information rassurante — au contraire.

— C'est une excellente boulangère.

— Exact. Un talent rare par ici.

— Mais elle est incapable de cuisiner.

Ce paradoxe avait d'ailleurs le don de rendre Tia folle. Comment pouvait-on sortir du four un gâteau aussi aérien qu'un nuage et ne pas être capable de faire cuire un simple œuf au plat sans enfumer toute la maison ? Tia pouvait toujours se perdre en conjectures, Maddie restait un mystère vivant.

— Aucune importance : j'ai déjà une cuisinière.

Le sourire ironique de Culbart était parfaitement clair : il n'avait pas l'intention de laisser Maddie partir à moindre prix. Ça lui arrachait les tripes d'être obligé d'en arriver là, mais s'il fallait payer pour la libérer, il n'y avait pas à hésiter.

— Il va de soi que le *Hell's Eight* est prêt à vous dédommager pour la perte de votre boulangère, lâcha-t-il du bout des lèvres.

Culbart s'adossa à son siège et se gratta le menton. Il ressemblait plus que jamais à un ours — et pas du genre sympathique.

— Pour vous dire la vérité, ce n'est pas la boulangère qui nous importe. Nous nous sommes attachés à Maddie.

— Nous ?

— Mes hommes et moi. C'est une jeune femme délicieuse, aux multiples talents. Nous ne voudrions pas la voir malheureuse parce qu'on lui aurait fait de nouveau une fausse promesse.

Caden faillit protester. La seule fois où il n'avait pas tenu sa promesse, c'était quand il était parti sans lui dire au revoir. Il le regrettait amèrement, mais il ne voyait pas en quoi cela regardait Culbart !

— En ce cas, nous avons un problème. Le *Hell's Eight* tient énormément à Maddie.

Culbart le regarda dans les yeux.

— Je ne vois pas le *Hell's Eight* ici.

— Peu importe ce que vous voyez, Culbart. Maddie fait partie du *Hell's Eight* et nous exigeons qu'elle revienne !

— Vous n'obtiendrez rien de moi en haussant le ton, mon garçon. Ce n'est pas la bonne méthode.

Il sentait le derringer coincé dans sa manche. Il aurait été si facile de le dégainer et de loger une balle entre les yeux de cet ours arrogant.

— Quelle méthode vous conviendrait mieux ?

— J'ai quelque chose que vous convoitez et, à moins que vous ne me proposiez de l'échanger contre quelque chose qui en vaut vraiment la peine, l'un de nous deux va sortir de cette discussion très déçu.

Il n'avait jamais entendu dire que Culbart était du genre à marchander. Mais, à voir son regard rusé, il était clair que l'homme jouait une partie connue de lui seul.

— Qu'est-ce que vous voulez, Culbart ?

— Je ne vous trouve pas très chaleureux, mon garçon.

Caden se leva d'un mouvement brusque.

— Venez-en au fait !

Culbart resta calmement assis sur son siège.

— Les Indiens m'ont volé mon étalon primé, l'autre jour.

— Et alors ? Vous voulez que je vous le ramène ?

— S'il y avait une chance de le récupérer, j'y serais allé moi-même. Mais j'ai entendu dire que votre étalon avait donné naissance à un poulain aussi prometteur que son papa.

Caden n'en croyait pas ses oreilles. Il n'aurait quand même pas l'audace de…

— Ce cheval a plus de valeur que ce ranch tout entier !

Culbart haussa les épaules, le visage impassible.

— Vous m'avez demandé mon prix, je vous le donne. Un étalon contre une pouliche, le marché me paraît équitable.

Sur ce, il posa son verre sur la table et se leva.

— Revenez me voir dans deux jours, quand vous aurez réfléchi.

C'était tout réfléchi. L'étalon était déjà promis à quelqu'un d'autre.

— Non, on va régler le problème *maintenant*.

— Dickens ! appela Culbart.

Le Dickens en question apparut aussitôt sur le seuil, un fusil dans les mains.

— Raccompagne notre hôte hors de la propriété, ordonna Culbart.

Nom de…

— Je ne partirai pas sans avoir vu Maddie, rétorqua Caden, de plus en plus furieux.

— Vous n'êtes pas en position d'émettre des exigences.

— Si jamais vous lui avez fait du mal…

— Si je lui ai fait du mal, toutes vos menaces n'y pourront plus rien changer.

Le salopard. La seule chose qui l'empêcha de se jeter sur lui ce fut le canon du fusil de Dickens, enfoncé dans sa poitrine.

Culbart secoua la tête.

— A votre place, je ne ferais pas ça, mon garçon.

— Je ne suis pas votre garçon !

— L'avertissement tient quand même.

Caden gronda, les mâchoires serrées. Du tranchant de la main, il écarta le canon de l'arme et envoya son poing dans la figure de Dickens. L'homme s'affala par terre avant même d'avoir compris ce qui lui arrivait et son fusil voltigea sur le sol.

— Vous allez le regretter, Culbart, lâcha Caden.

— Possible.

Culbart se dirigea tranquillement vers la porte et l'ouvrit.

— Mais il n'y a pas que le *Hell's Eight* qui veille sur les siens. Vous feriez bien de vous en souvenir, mon garçon, quand vous reviendrez dans deux jours.

— Ce qui signifie ?

— Ce qui signifie que vous aurez intérêt à vous montrer poli.

— Allez vous faire foutre !

— C'est exactement ce que je veux dire.

Et Culbart lui claqua la porte au nez.

# Chapitre 6

Ace l'attendait au campement. Il avait tué et dépecé deux lapins et allumé du feu. Maintenant que Culbart était au courant de leur présence, ils n'avaient plus besoin de se cacher.

— Alors ? Elle est là ? demanda-t-il tandis qu'il approchait.

— Apparemment, oui, répondit Caden en descendant de cheval.

— Ça veut dire quoi : « Apparemment, oui » ?

La mine sombre, Caden lâcha les rênes de Jester et le laissa brouter.

— Du diable si je le sais.

— Mais enfin, elle est là ou elle n'est pas là ?

— Elle est là.

— Elle va bien ?

— Je suppose.

Ace fronça les sourcils.

— Je ne comprends rien. Qu'est-ce que t'a dit Culbart ?

Caden s'assit de l'autre côté du feu.

— Il veut que je revienne dans deux jours.

— Pourquoi dans deux jours ?

— Aucune idée.

Ace le regarda fixement.

— Qu'est-ce qui s'est passé ?

Caden ne répondit pas tout de suite. Il remit du bois dans

le feu et tira son couteau pour vider l'un des lapins. La lame scintilla au soleil.

— Je suis entré, j'ai raconté que je cherchais une pouliche et, à la seconde où j'ai précisé qu'elle était rousse, Culbart a compris à qui je faisais allusion.

— Donc, il a Maddie.

Caden hocha la tête en se rappelant la lueur rusée dans les yeux de Culbart.

— Ou alors il sait où elle est.

Il incisa le lapin et le vida d'un geste sûr.

— Tu veux dire que tu n'as pas demandé à la voir ?

— Non. A ce stade, nous en étions aux négociations.

— Depuis quand le *Hell's Eight* doit-il négocier pour récupérer l'un de ses siens ?

— Depuis qu'ils sont vingt contre un et que Culbart détient ce que nous voulons.

— Qu'est-ce qu'il veut en échange de Maddie ?

— Le poulain de Baron.

Ace se figea.

— Quoi ? Ce cheval vaut de l'or ! Tous les ranchers sur cinq Etats et deux territoires veulent l'acheter !

— Je sais.

— Caine compte sur cet argent pour couvrir les dépenses de l'an prochain. Il a fallu vider les caisses pour sortir Shadow du pétrin où il s'était mis !

Ça aussi, il le savait.

— Je le rembourserai.

A condition que la mine tienne ses promesses, sinon il était vraiment très mal.

— Tu ne t'es pas engagé, j'espère ? demanda Ace.

Non, mais il aurait dû. La vie de Maddie n'avait pas de prix.

— Il ne m'en a pas laissé le temps. Il m'a flanqué dehors.

Ace saisit une branche qu'il avait taillée pour en faire une broche et la tendit à Caden.

— Résumons : il t'a ouvert la porte, il a admis qu'il avait Maddie mais il ne t'a pas laissé la voir, il t'a fait une demande de rançon hallucinante et il t'a mis dehors. C'est ça ?

— C'est ça.

— Qu'est-ce que ça veut dire ?

Caden embrocha le lapin sur sa pique.

— Je n'en sais rien. Je suppose que je vais le découvrir dans deux jours.

— Pourquoi attendre ? On y va ce soir et on fonce dans le tas.

— Non, j'ai vu ses hommes. Ce sont des professionnels.

— Ah merde !

Ace vida le deuxième lapin avec dextérité et l'embrocha avant de le mettre à cuire sur le feu.

— Qu'est-ce que tu comptes faire ? finit-il par lui demander au bout de quelques minutes de silence.

— Je vais y retourner dans quarante-huit heures et s'il persiste…

Il s'interrompit et montra à Ace son poing serré.

— Je vais lui faire sa fête.

Ace hocha la tête.

— Il va falloir mettre sur pied un plan d'attaque.

Caden esquissa un petit sourire.

— Pas de problème. On a deux jours devant nous.

Deux jours plus tard, Caden était de retour au Fallen C. Il descendit de cheval dans un silence glacial et adressa un signe de tête à Dickens avant de gravir les marches du porche. L'homme lui lança un regard noir, la bouche toujours enflée. Il ne s'était pas fait un ami, mais aucune importance : tout ce qu'il voulait, c'était récupérer Maddie et faire en sorte que cette histoire ne soit plus pour elle qu'un mauvais souvenir.

Ce fut Culbart lui-même qui lui ouvrit la porte.

— Essuyez vos pieds avant d'entrer.

— Pardon ?

— Essuyez vos foutues bottes. Maddie a horreur qu'on rapporte la poussière du dehors.

— Donc, elle est là ?

— Evidemment.

La maison sentait bon la cire d'abeille, la citronnelle et… le gâteau au chocolat. Culbart referma la porte et s'avança en pleine lumière. L'espace d'un instant, Caden resta littéralement bouche bée : l'ours hirsute s'était métamorphosé en homme d'affaires. Costume du dimanche, barbe et moustache taillées, cheveux coupés. Il s'était même coiffé. Il n'était pas si laid, finalement.

Il eut bien du mal à masquer sa surprise.

— Je peux savoir ce qui se passe ?

Culbart passa la main dans ses cheveux comme s'il ne le savait pas très bien lui-même. De la cuisine monta soudain une vieille chanson irlandaise fredonnée par une voix que Caden aurait reconnue entre mille.

— Maddie !

Culbart le foudroya du regard.

— N'allez pas me la perturber. Elle se prépare depuis deux jours à votre visite.

Cela ne faisait en effet aucun doute : le ménage avait été fait en grand. Le parquet brillait, le mobilier épousseté avait été poussé contre les murs. Une seule question le turlupinait.

— Pourquoi ?

Culbart le fusilla de nouveau du regard, comme s'il était responsable de ce chamboulement.

— Du diable si je le sais, mais elle voulait que tout soit parfait.

La panique, probablement. Quand elle avait peur, Maddie se réfugiait dans son monde imaginaire.

— Elle aime que tout soit en ordre, rétorqua Caden.

Culbart hocha la tête.

— Ça lui calme les nerfs.

Cette dernière remarque troubla Caden. De plus en plus étrange. Depuis quand un kidnappeur se souciait-il des nerfs de sa captive ?

— Vous avez encore de ce whisky ?

— Oui, mais vous n'en aurez pas.

— Pourquoi ?

La question lui avait échappé, aussi sèche que la réponse de Culbart.

— Parce que Maddie nous prépare du thé.

— Du thé ?

— Il paraît que c'est la boisson qu'on doit servir quand on reçoit des invités, répliqua Culbart en grimaçant.

Caden avait au moins cela en commun avec Culbart : il détestait le thé.

— C'est ce que dit Tia.

— Une sacrée femme, Tia.

— Vous la connaissez ?

— Je sais ce que tout le monde sait. Qu'elle s'est occupée de vous quand vous étiez gamins et qu'elle a fait de vous des petits gars bien.

Ils aimaient penser qu'ils y étaient aussi un peu pour quelque chose.

— Peu de femmes auraient eu assez de cran pour ça, reprit Culbart en allant s'asseoir.

Le rancher jura entre ses dents et Caden comprit que ce dernier était contrarié parce qu'on avait changé son fauteuil de place.

— En effet, répondit-il en réprimant un sourire.

Culbart trouva enfin son fauteuil et s'y assit pesamment.

— C'est une bonne chose qu'elle ait épousé Ed. Une femme de sa valeur mérite un homme bien.

Ces mots renfermaient un sens caché, Caden en eut la certitude au moment même où Culbart les prononçait.

— Vous pensez au mariage ?

Culbart lança un regard en direction de la cuisine.

— Ça m'a traversé l'esprit dernièrement.

Il n'avait quand même pas la prétention d'épouser Maddie ? Caden était si surpris par la tournure que prenaient les événements qu'il obéit sans rechigner quand Culbart lui intima l'ordre de s'asseoir.

— Maddie est une jeune femme exquise, reprit Culbart. Elle a un grand cœur.

— Nous l'aimons tous beaucoup.

— Tout le monde ? Pas vous en particulier ?

Caden n'avait absolument pas l'intention de parler de ses sentiments pour Maddie avec qui que ce soit, encore moins avec cet homme.

— Ce qu'il y a entre Maddie et moi ne vous regarde pas.

Le visage du rancher vira au rouge.

— Je considère que ça me regarde.

Caden sourit poliment.

— Allez vous faire foutre.

— Vous n'êtes qu'un gamin arrogant, rétorqua Culbart. Je ne sais pas ce qui me retient de vous flanquer une raclée pour vous apprendre à vivre.

Un gamin ? Culbart devait avoir cinq ans de plus que lui, à tout casser.

— Allez-y, ne vous gênez surtout pas.

— Attention. Je ne tolérerai pas que qui que ce soit manque de respect à Maddie, c'est clair ?

Mais qu'est-ce qu'il racontait ? Quand diable avait-il manqué de respect à Maddie ?

— Ce n'est pas parce que vous faites partie du *Hell's Eight* que vous pouvez tout vous permettre, poursuivit le rancher, rouge de colère.

Toute cette histoire devenait de plus en plus étrange.

Cependant, une chose était sûre : il avait entendu dire pas mal de choses au sujet de Culbart, mais pas qu'il était fou.

— Maddie ! appela Caden d'une voix forte. Rapplique ici en vitesse !

Culbart lui balança son poing dans la figure avec une telle rapidité qu'il n'eut pas le temps de l'éviter et s'écroula.

— Ce n'est pas une façon de parler aux dames ! hurla le rancher.

Un peu sonné, Caden tentait de reprendre ses esprits quand un cri aigu retentit.

— Caden !

Un tourbillon de tissu jaune apparut dans son champ de vision. Maddie ?

— Reste à l'écart, petite, dit Culbart en la saisissant par le bras pour la tirer en arrière.

— C'est ça, Maddie. Reste à l'écart, articula Caden en se frottant le menton.

Il n'aimait pas la familiarité avec laquelle Culbart la tenait par le bras.

Elle se dégagea.

— Oncle Frank, mais qu'est-ce que vous faites ?

*Oncle Frank…* Voilà autre chose. Maddie prenait Culbart pour son oncle ?

— Ton homme a besoin d'apprendre les bonnes manières, grogna Culbart.

Caden ne s'était toujours pas remis du « oncle Frank ». Le « ton homme » l'acheva.

— Je suis tombé dans un asile, grommela-t-il en esquissant un mouvement pour se relever. Culbart serra les poings d'un air menaçant.

— Caden !

Maddie se précipita pour l'aider, mais Culbart la saisit de nouveau par le bras pour la tirer en arrière.

— Tu t'en occuperas quand j'en aurai fini avec lui.

Elle planta ses pieds dans le sol et toisa Culbart.

— Vous ne pouvez pas le frapper. Je ne veux pas qu'il soit abîmé pour le mariage.

*Le mariage ?* Quel mariage ?

— Qui va se marier ? demanda Caden qui n'y comprenait décidément plus rien.

Soudain, la porte s'ouvrit comme un coup de tonnerre et Ace apparut dans l'encadrement, un colt dans chaque main.

— Que personne ne bouge !

— Ace ! s'exclama Maddie en se jetant à son cou. Je suis tellement contente que tu aies pu venir !

Caden blêmit. Les colts d'Ace étaient hypersensibles à la détente, elle allait se faire tuer !

— Maddie, non ! hurla-t-il.

— Sacré bon sang, Maddie ! renchérit Ace.

Ce dernier essaya de la repousser, mais elle s'agrippa à ses épaules avec un sourire radieux.

— Je sais, moi aussi je suis tout émue !

Ace jura et recula pour essayer de se dégager. Peine perdue.

— Fais-la tomber et ta tête roulera à travers la pièce avant que tu aies le temps de toucher le sol, gronda Culbart.

— Pour l'amour du ciel, Maddie, écarte-toi ! cria Caden.

Une ombre menaçante se dressa derrière Ace. Avant que Caden ait eu le temps de l'avertir du danger, Dickens l'assomma d'un coup de crosse. Il s'effondra, entraînant Maddie dans sa chute. Elle atterrit sous lui dans une corolle de tissu jaune et de jupons blancs. Tout en se tortillant pour se dégager, elle foudroya Caden du regard, comme si tout était sa faute.

— Honte à toi, Caden ! Tu as fait chevaucher ce pauvre Ace à une telle cadence qu'il est complètement épuisé ! Il ne tient même plus sur ses jambes !

La situation ne pouvait être pire. Il était évident maintenant que Maddie était repartie dans un de ses délires.

— Ne t'inquiète pas, petite, intervint Culbart d'un ton

apaisant. Je suis sûr que ton fiancé n'est pas trop fatigué pour se marier.

— Je ne suis pas son fiancé.

Maddie lui lança un regard à faire fondre une pierre. Une larme perla à ses cils.

— Je suis désolée. Je sais que tu voulais qu'on garde le secret, mais quand oncle Frank m'a trouvée dans la forêt, il a voulu savoir pourquoi j'étais là toute seule et je n'ai pas eu d'autre choix que de lui avouer que nous nous étions enfuis pour nous marier en secret.

Caden se mit debout. C'était bien ce qu'il craignait : elle était en plein délire.

— Vous savez bien que je n'aurais jamais laissé ma fiancée voyager seule, dit-il à Culbart.

— Tout ce que je sais, c'est que vous avez fait une promesse à cette jolie demoiselle et que maintenant vous allez la tenir.

Caden se tourna vers Maddie.

— Maddie ?

Elle ne répondit pas.

— Bon, dit-il en poussant un profond soupir. Vous avez sûrement remarqué qu'elle n'est pas très claire dans sa tête.

— Elle m'a paru très claire, au contraire, rétorqua Culbart. Surtout quand elle m'a expliqué que vous dormiez nu la nuit parce que vous ne supportiez pas la contrainte d'un pyjama.

— Je n'ai jamais… ! Elle entre dans ma chambre pour me regarder dormir !

Culbart lui lança un regard outré.

— Ça suffit. Dickens, fais entrer le prêtre.

Dickens ouvrit la porte. Un homme de Culbart apparut, armé jusqu'aux dents, suivi d'un deuxième homme, portant un col blanc de pasteur.

Caden secoua la tête dans l'espoir que tout cela ne soit qu'un cauchemar dont il ne tarderait pas à se réveiller. Il chercha le regard de Maddie.

— Je ne vais pas t'épouser, Maddie.

Elle le regarda pendant une longue seconde, son expression aussi douce et duveteuse qu'une fleur de pissenlit, puis un sourire éclaira son visage comme un rayon de soleil.

— Mais si, tu n'as pas le choix.

Ligoté, un pistolet sur la tempe, contraint de se marier !

Caden tira rageusement sur les liens qui lui entravaient les poignets. Maddie se tenait à côté de lui, jolie comme un cœur dans sa robe jaune. Elle rayonnait, comme s'il n'y avait pas une dizaine d'hommes armés en train de le tenir en joue, ni ce satané Culbart qui souriait comme un chat devant un pot de crème. Ils avaient traîné Ace dehors pour qu'il fasse un brin de toilette, Maddie ayant déclaré que le sang portait malheur un jour de mariage.

Maddie effleura sa main d'une tendre caresse.

— Tu n'aurais pas dû cueillir ces fleurs pour moi. Il y a du sumac vénéneux par ici, tu aurais pu t'intoxiquer.

Il n'avait rien cueilli du tout, évidemment, mais Maddie s'était enfermée dans son monde imaginaire et aucun discours rationnel n'avait de prise sur elle. Il fit pourtant une énième tentative.

— Je ne veux pas me marier, Maddie. Je suis ligoté.

— Ne t'inquiète pas, ce sera bientôt terminé.

Ce constat incroyablement lucide le fit tressaillir. Etait-elle réellement perdue dans son monde ? Pris d'un doute, il l'observa avec attention, mais elle baissait la tête et il ne vit rien d'autre que le sommet de son chignon roux.

— Maddie, tu ne veux pas réellement faire ça.

Elle leva enfin son visage et son expression bouleversée lui brisa le cœur. Elle était l'image même de l'innocence trahie, jusqu'au voile de larmes qui embuait ses yeux. Une image peut-être un peu trop parfaite. Quand Maddie avait une de ses absences, il y avait toujours une sorte de confusion dans son regard comme si elle n'était pas très sûre de l'endroit où elle était censée se trouver. Il n'y avait pas trace de cette confusion à cet instant, il l'aurait juré. Ni depuis son arrivée au ranch, d'ailleurs, songea-t-il soudain.

— Tu ne veux plus de moi ? demanda-t-elle d'une voix étranglée.

— Je n'ai jamais voulu de toi.

Elle posa la main sur la manche de sa chemise, mais ne la fit pas glisser jusqu'à son poignet. Pourquoi ? D'habitude, elle faisait toujours glisser ses doigts jusqu'à son poignet. C'était comme un petit code tendre entre eux.

— Tu ne peux pas changer d'avis maintenant, murmura-t-elle en lançant un regard en forme d'appel au secours à Culbart.

— Ne t'inquiète pas, petite, il ne va pas se défiler.

Et de fait, trois colts s'agitèrent sous son nez.

Etait-il possible que Maddie lui ait tendu un piège ? Il n'y avait aucune duplicité sur son visage, mais beaucoup de femmes savaient jouer la comédie et Maddie était dotée d'une grande imagination.

On frappa à la porte. Dickens souleva la barre et Ace apparut, les mains liées dans le dos, les cheveux trempés. Sa chemise était tachée de sangn mais son visage propre comme un sou neuf.

— Voilà le témoin, grogna Dickens en le poussant devant lui.

Ace s'arrêta net en découvrant la scène — le pasteur, Maddie tout sourire à côté de Caden, futur marié ligoté.

— Hé ! Si vous m'aviez dit que c'était pour un mariage, j'aurais mis mes habits du dimanche, lâcha-t-il avec un petit rire ironique.

— Si on vous avait dit que c'était pour un mariage, vous auriez détalé tous les deux à l'autre bout du territoire, rétorqua Culbart d'une voix grinçante.

Ace décocha ce fameux sourire qui le rendait irrésistible.

— Vous plaisantez ? J'adore les mariages… du moment que ce n'est pas le mien.

— Ton copain n'est pas de cet avis.

— C'est vrai. Il a toujours été du genre papillon.

— Eh bien, il a fini de papillonner, trancha Culbart. Il va devenir un homme marié.

Fou de rage, Caden tira violemment sur ses liens.

— Et vous, hurla-t-il, vous allez mourir dans d'atroces souffrances !

— Le mariage est une bonne chose pour un homme.

— Eh bien, épousez-la ! Je vous la laisse !

— Caden ! souffla Maddie.

Oh ! elle pouvait prendre l'air horrifié, cela ne changerait rien à la réalité des faits ! On le forçait à épouser une femme dont il ne voulait pas !

— Je le lui ai proposé, mais c'est vous qu'elle aime.

Et merde.

— Alors, elle va être déçue.

Culbart esquissa un sourire.

— Je ne crois pas.

— Tu dois m'épouser, insista Maddie en s'agrippant au bras de Caden.

Il attendit mais, cette fois encore, elle ne fit pas glisser sa main vers son poignet. L'évidence s'insinua en lui comme un poison : elle jouait la comédie.

— Pourquoi, Maddie ? demanda-t-il.

— Parce que.

Il lâcha un rire grinçant.

— Parce que ? C'est ce que tu as dit à Culbart ?

Elle hocha la tête.

— Bon sang, intervint Ace, même s'il lui avait fait des avances, ce qui n'est pas le cas, ce n'est quand même pas une pure jeune fille ! Il y a longtemps que son honneur n'a plus besoin d'être vengé.

Pour la première fois de sa vie, Caden ne prit pas la défense de Maddie.

Dickens enfonça la crosse de son fusil dans les côtes d'Ace.

— Surveille ton langage quand tu parles d'une dame !

— La dame en question est en train de mentir pour forcer mon ami à l'épouser !

— Si elle ment, comment se fait-il qu'elle connaisse autant de choses sur lui ?

Ace haussa les sourcils.

— Première nouvelle.

Mais Dickens n'en démordait pas.

— Et si elle ment, comment se fait-il qu'elle voyageait toute seule pour le rejoindre ?

— Parce qu'elle est folle ? suggéra Ace.

Maddie poussa un cri et, malgré le mauvais tour qu'elle était en train de lui jouer, Caden fut bouleversé par la souffrance qui se lisait dans ses yeux.

— Si je l'épouse, il va se passer quoi ? demanda-t-il brusquement.

— Vous allez me signer une reconnaissance de dettes pour le rejeton de cet étalon et prendre part gentiment à la petite fête que Maddie a préparée.

— Parce qu'en plus il y a une fête ?

Maddie hocha la tête, le regard rayonnant.

— Avec un gâteau au chocolat. Le même que Tia a eu !

« Le même que Tia a eu ». Cette réception avait été le grand événement de sa vie, Caden le savait. Elle s'était jetée à corps perdu dans les préparatifs, comme s'il s'agissait de son propre mariage… Peut-être était-ce ce qui avait provoqué ce coup de folie. Ses crises commençaient toujours de la même façon : quelques bribes de réalité qui se transformaient en un scénario imaginaire. Si toutefois elle était en crise…

— Et après, vous nous laisserez repartir ?

— Bien sûr. Pourquoi non ? répondit Culbart.

Caden échangea un regard avec Ace, ce dernier haussa les épaules avec fatalisme. Ils étaient venus sauver Maddie et si ce mariage était le seul moyen de l'arracher aux griffes de Culbart, pourquoi pas ? Personne n'en saurait jamais rien. Dans le pire des cas, il lui suffirait de payer discrètement le pasteur pour qu'il fasse disparaître les papiers — à supposer qu'il y en ait.

Ravalant sa fierté, il se redressa. Il y avait très longtemps qu'on n'avait pas réussi à le forcer à faire quelque chose contre son gré.

— D'accord. Alors allons-y.

Le sort en était jeté. Mais la colère bouillonnait en lui tandis que le révérend débitait son charabia et que Maddie murmurait ses vœux d'une voix douce, le visage rayonnant de bonheur. Il s'était fait piéger. Ce n'était pas la première fois ni sûrement la dernière, mais penser que c'était Maddie qui lui avait planté un poignard dans le dos le rendait malade ! A en juger par son expression écœurée, Ace était dans le même état d'esprit que lui. Mais patience, rirait bien qui rirait le dernier !

La cérémonie fut brève, limitée à l'essentiel. Il n'y eut pas d'échange d'anneaux, ce qui n'empêcha pas Maddie de lui présenter sa main, comme si elle s'attendait à en recevoir un. Son sourire chavira l'espace d'une seconde, mais elle se reprit très vite et sourit au pasteur.

— Il met de l'argent de côté pour m'acheter une bague spéciale dont toutes les femmes seront jalouses.

Excédé, Caden regarda le plafond. Il ne savait pas ce qui le retenait de lui tordre le cou.

— Je n'en doute pas, petite, dit Culbart. Et s'il oublie, oncle Frank se chargera de lui rafraîchir la mémoire.

— Vous voulez vraiment vous mettre à dos tout le *Hell's Eight*, Culbart ?

Le rancher serra Maddie dans ses bras.

— Je crois au contraire que je viens de forger une alliance solide avec le *Hell's Eight*.

— Ne rêvez pas, riposta Caden, elle durera aussi longtemps que ce mariage.

— J'ai entendu dire que le *Hell's Eight* ne revenait jamais sur une parole donnée, et vous venez de promettre d'aimer et de chérir cette jeune dame jusqu'à ce que la mort vous sépare.

Caden ravala un juron bien senti.

— Une promesse extorquée sous la contrainte ne compte pas.

— Une promesse est une promesse. Dickens, range ton fusil, on n'en a plus besoin, et va nous chercher du whisky. Bob, prends ton violon, je veux danser avec la mariée.

Maddie se mit à rire, toute rougissante.

— Je pense que mon mari voudra que je lui réserve ma première danse.

— Tu peux danser avec qui tu veux, je m'en moque, dit Caden en se frottant les poignets pour rétablir la circulation maintenant que Dickens avait tranché ses liens.

Le sourire de Maddie s'effaça puis refleurit presque instantanément sur ses lèvres.

— Il est si galant, il ne pense qu'à me faire plaisir.

— C'est un prince, dit Culbart dont le regard noir démentait néanmoins le ton léger de sa voix.

— Oui. *Mon* prince.

Finalement, les hommes poussèrent les chaises et Culbart offrit son bras à Maddie. Elle hésita avant de l'accepter avec un sourire un peu contraint. Le violon attaqua une danse rythmée et Culbart la fit virevolter. Ruminant sa colère, Caden les observa avec mépris. Culbart dansait comme on pouvait s'y attendre pour un homme de sa corpulence : avec plus d'enthousiasme que d'élégance. Mais au bout de quelques instants, Maddie ne sembla plus y attacher d'importance et éclata d'un rire joyeux. Son chignon se détacha et ses cheveux roux cascadèrent sur ses épaules. Les hommes faisaient cercle autour d'eux et les encourageaient en tapant dans leurs mains. La danse terminée, un autre cavalier s'avança. Celui-là était très bon danseur, nota Caden. Maddie prit un air très sérieux tandis qu'elle se concentrait pour réussir l'enchaînement compliqué des pas. Son rire se mêlait à la musique comme une cascade de cristal, piétinait la fierté de Caden, le rendant fou de colère.

Un troisième cavalier se présenta et cette fois Caden explosa. Mariage forcé ou pas, Maddie était sa femme, pas une entraîneuse de saloon. D'un pas décidé, il traversa la pièce et tapa sur l'épaule de l'homme.

— Mon tour.

Maddie le regarda, essoufflée, ravissante, fragile, perfide. Pendant un instant, il crut déceler de la peur dans ses yeux verts puis elle lui sourit avec cette douceur qu'elle ne réservait qu'à lui. Il lui enlaça la taille d'un bras et saisit sa main dans la sienne. Elle cilla quand il ne sacrifia pas à la tradition du baiser, mais adapta son rythme au sien tandis qu'il l'entraînait dans une valse lente.

— Notre première danse de couple marié, murmura-t-elle rêveusement.

— Et la dernière.

Elle tressaillit entre ses bras, mais continua à sourire.

— Tu crois que le violoniste est déjà fatigué ?

Elle faisait exprès de ne pas comprendre.

— Je crois que *je* suis fatigué.

Fatigué de ce petit jeu sordide. Ecœuré de s'être laissé duper par quelqu'un en qui il avait une confiance totale. Maddie voulait désespérément devenir une femme respectable et aujourd'hui elle avait trouvé le moyen d'y parvenir. A ses dépens.

Bon sang, quel idiot il avait été ! Mais maintenant il était trop tard, il ne pouvait plus rien y faire — pour le moment.

Soudain dégoûté de lui-même, et de toute cette histoire, il abandonna Maddie aux bras d'un autre cavalier. Il en avait plus qu'assez de cette mascarade.

— Déjà fatigué ? fit Dickens en ricanant.

— Oui, lâcha Caden en tournant les talons.

Maddie poussa un cri peiné et les hommes grondèrent de colère. Caden se retourna vers eux, poings serrés. Qu'ils viennent. Il était d'humeur à se battre contre une armée entière ! Avant qu'il ait pu prouver quoi que ce soit, Ace l'attrapa par le bras et l'entraîna dehors.

— Qu'est-ce qui te prend ? Tu veux nous faire tuer ?

— Elle s'est moquée de moi. Elle nous a tous roulés dans la farine !

La réponse d'Ace fut loin d'être encourageante.

— Possible. Ou alors c'est Culbart qui a tout manigancé.

— Elle n'était pas obligée d'entrer dans son jeu.

— Bon sang, Caden, c'est Maddie ! La majeure partie du temps, elle ne sait pas où elle est. Tu ne peux pas lui en vouloir.

Il se remémora la satisfaction qu'il avait lue sur son visage à la fin de la cérémonie.

— Elle savait très bien ce qu'elle faisait.

— De toute façon, on n'y peut plus rien maintenant. Alors finissons-en avec les festivités et ramenons-la au *Hell's Eight*.

— Sûrement pas.

— Pourquoi ?

— D'abord parce que je ne veux pas laisser la mine sans surveillance. Et ensuite parce que je n'aime pas qu'on se paie ma tête.

Il remit son chapeau et regarda à travers la fenêtre Maddie qui dansait avec un cow-boy. Son sourire était moins lumineux que tout à l'heure, ses pas moins assurés.

— Elle a voulu être ma femme ? Elle va apprendre à ses dépens ce que ça signifie !

# Chapitre 7

Culbart avait insisté pour leur fournir une escorte. Maddie avait accueilli cette initiative avec joie mais, pour sa part, Caden fulminait. Et après une heure de chevauchée silencieuse, sa colère avait atteint un degré tel qu'il était sur le point d'exploser. Culbart l'avait peut-être contraint à se marier, mais il n'allait pas en plus l'obliger à lui révéler l'existence de la mine !

Il arrêta Jester si subitement que la petite jument de Maddie le percuta. Par habitude, il avait jeté des coups d'œil par-dessus son épaule pendant tout le trajet pour s'assurer qu'elle ne rencontrait pas de difficultés. Elle n'était pas une cavalière très expérimentée. Il préférait ne pas penser au fait qu'elle avait quitté le *Hell's Eight* en pleine nuit pour tenter de retrouver sa piste. Cette simple idée lui donnait des sueurs froides !

— Quel est le problème ? demanda Dickens à l'arrière.

Caden se tourna vers lui, faisant craquer le cuir de sa selle.

— C'est ici que vous vous arrêtez.

— Le patron a dit qu'on devait vous accompagner jusque chez vous.

— Alors disons que nous sommes arrivés.

— Ce ne serait pas correct de les renvoyer sans même leur offrir à dîner, protesta Maddie.

Il ne se donna même pas la peine de répondre. Si quelqu'un

d'autre avait mis en doute son sens de l'hospitalité, il aurait été vexé et se serait justifié. Mais Maddie ? Elle avait trahi leur amitié, elle avait trahi le *Hell's Eight* et elle l'avait trahi, lui. Elle n'avait rien à dire !

Il y eut un long silence tendu. Il était évident que les hommes de Culbart ne voulaient pas partir, et Caden ne savait pas trop combien de temps il pourrait encore contenir la rage qui l'habitait. Ce fut finalement Ace qui dénoua la tension.

— Maddie, ton oncle Frank a besoin de ses hommes. J'ai vu des traces laissées par des Indiens tout à l'heure.

Elle fronça les sourcils.

— Les Indiens ne feront pas de mal à oncle Frank. Il leur donne des bêtes de son troupeau.

Ce n'était pas avec quelques bêtes que Culbart assurerait sa sécurité sur ses terres, et vu le regard que Dickens échangea avec son acolyte, Caden sut que la présence de ces traces les inquiétait aussi.

— Maddie ? dit Caden pour attirer son attention.

— Oui ?

Sa voix était douce et limpide, comme s'il n'y avait pas une montagne de rancœur entre eux.

— Les hommes de Culbart vont partir. Maintenant.

— Mais…

— Madame, l'interrompit Dickens avec une douceur inattendue chez un gros rustre comme lui, il est vrai qu'on a besoin de nous au Fallen C.

Elle poussa un soupir et fit pivoter sa jument sur la piste étroite afin de leur faire face. Il imagina son sourire tandis qu'elle s'adressait à eux avec une courtoisie que Tia aurait applaudie.

— Merci infiniment de votre aide. Nous vous en sommes très reconnaissants.

Dickens décocha à Caden un sourire narquois pendant qu'il prenait la main de Maddie et la portait à ses lèvres.

— Tout le plaisir était pour nous, madame.

Les deux hommes touchèrent le bord de leur chapeau et partirent. Leurs silhouettes s'éloignèrent et disparurent peu à peu au loin. Maddie ne se retourna pas, même quand il n'y eut plus rien à regarder.

— Maddie ?

Il n'obtint pas de réponse en dehors du léger raidissement de ses épaules. Le soleil faisait étinceler ses cheveux roux comme du feu.

— A un moment ou à un autre, il va bien falloir que tu me regardes, Maddie.

Elle prit une longue respiration et obéit enfin. Son visage était totalement dénué d'expression. Aucune trace de duplicité, de feinte, ou de peur. Le néant. Bon sang, comment réagir face à ce visage de statue ?

— Il y a un problème ? demanda Ace comme les secondes passaient sans qu'elle fasse un geste.

Caden secoua la tête avec un soupir.

— Maddie a besoin d'un petit moment pour se ressaisir.

— On n'a pas le temps, répliqua Ace en scrutant la piste d'un air inquiet.

— Alors on va le prendre.

Talonnant Jester, il s'approcha d'elle. La piste était si étroite que leurs genoux se touchèrent. Un frisson de plaisir remonta le long de sa cuisse et se lova dans son bas-ventre. Cette faiblesse ne fit qu'accroître sa colère. Elle l'avait trahi et il ne pouvait pas s'empêcher de la désirer ! Il prit le menton de Maddie entre ses doigts et la força à se tourner vers lui. Elle le regarda comme s'il était transparent.

— Pourquoi, Maddie ?

Elle continua à le fixer sans répondre. Il eut la sensation que, derrière cette apparente impassibilité, elle était affolée et se préparait au pire. A quoi s'attendait-elle donc ? Qu'il la frappe ? Le remords l'envahit, tout aussi inopportun que le désir qui l'avait traversé un instant plus tôt. Il lui prit les rênes des mains, les enroula autour du pommeau de sa selle et se pencha pour la soulever et l'asseoir sur ses genoux.

— Je ne plaisantais pas en parlant de ces traces d'Indiens, insista Ace d'une voix neutre.

— Je sais.

Avec un soupir, il installa Maddie le plus confortablement possible. Tout naturellement, elle trouva sa place. Sa poitrine contre son torse, sa hanche contre sa cuisse. Elle était si douce. Enroulant un bras autour de sa taille, il fit avancer Jester d'une pression des genoux. Le cheval lui obéit instantanément. Il pouvait compter sur Jester en toutes circonstances. Il était fiable, loyal… Tout le contraire de Maddie. C'était quand même dur à avaler.

— Elle va bien ? demanda Ace derrière eux.

Caden jeta un coup d'œil par-dessus son épaule et n'aperçut que les larges épaules de son camarade, le sommet de son chapeau rabattu sur ses yeux et la ligne ferme de sa bouche.

— Ça va.

Ace marmonna quelque chose. Il le trouvait trop dur avec Maddie visiblement, mais peu lui importait. Ace pouvait se permettre d'être chevaleresque : ce n'était pas lui qui se retrouvait marié contre son gré à une femme qu'il n'avait pas choisie et qui n'était même pas dans son état normal !

Les cheveux de Maddie sentaient les fleurs des champs. Sans même s'en rendre compte, il effleura sa chevelure d'un baiser. Alors, elle posa la main sur son poignet et leva vers lui un regard où luisait un espoir.

— Je suis désolée.

Il retira sa main. La lueur s'éteignit dans ses yeux et son visage eut de nouveau cette expression vide qui lui tordait le cœur. Ils chevauchèrent ainsi plusieurs minutes, Maddie toute raide contre lui. Il n'avait pas l'intention de se laisser de nouveau attendrir. La colère battait à ses tempes. La rancune avait tué la confiance entre eux.

Il mit Jester au trot, obligeant Maddie à s'appuyer contre lui. Sa tête heurta son menton. Pendant une seconde, la douleur lui coupa la respiration.

Elle se crispa encore plus, ballotant sur la selle.

— Détends-toi avant de nous faire tuer tous les deux.

Elle obéit avec une respiration étranglée qui ressemblait à s'y méprendre à un sanglot.

Furieux, il poussa Jester au petit galop, laissant le martèlement de ses sabots masquer le bruit de ses pleurs. Il lui avait fait confiance et elle avait mordu sa main tendue comme un serpent. Qu'elle soit maudite. Elle avait de la chance qu'il ne lui torde pas le cou. Les larmes de Maddie mouillèrent sa chemise, pénétrant l'armure de sa colère et, sans réfléchir, il lui caressa l'épaule d'un geste apaisant. Puis il se remémora la trahison. Il retira sa main.

Qu'elle aille au diable.

Quand ils atteignirent le campement, elle s'était calmée, mais Caden ruminait toujours en silence. Ace descendit de cheval et sourit à Maddie.

— Content de te savoir de nouveau parmi nous, mignonne.

Il regarda Caden.

— Vas-y doucement avec elle, murmura-t-il tout bas.

— Mêle-toi de ce qui te regarde, répondit Caden en rabaissant son chapeau sur ses yeux.

Puis il tendit la main pour qu'Ace lui confie les rênes de son cheval.

— Je vais faire boire les chevaux.

— D'accord. Pendant ce temps, je vérifie que tout est en ordre.

Caden hocha la tête, mais ne répondit rien. Ace sembla hésiter.

— Souviens-toi quand même que la majeure partie du temps, elle ne sait pas ce qu'elle fait.

Ça restait à prouver.

— Ce ne sont pas tes affaires, Ace.

— Maddie est l'une des nôtres. Ses affaires sont donc mes affaires.

La colère qui grondait en lui depuis des heures émergea enfin, sous la forme d'une condamnation lapidaire.

— Elle a trahi le *Hell's Eight*. Elle n'est plus des nôtres.

Maddie garda le silence jusqu'à ce qu'ils atteignent le trou d'eau. Puis, comme un automate qui se met soudain en marche, elle se laissa glisser à terre et tint Jester par la bride. Elle n'était peut-être pas dans son état normal, finalement.

— Nous sommes arrivés à la maison ? demanda-t-elle en regardant autour d'elle.

Il aurait dû s'y faire depuis le temps, mais il ne s'habituait pas à ses absences et à ses crises.

— Si tu considères qu'un sac de couchage déroulé au milieu de la caillasse est une maison, alors oui, nous sommes arrivés.

Elle cilla, visiblement perturbée par le ton cassant de sa voix.

— Tu dois avoir faim.

— Quel rapport ?

— Tu es toujours désagréable quand tu as faim.

— Oh ! vraiment ?

Il descendit de cheval à son tour.

— Je suis encore plus désagréable quand on se paie ma tête.

Il lui prit les rênes des mains. La dernière chose dont il avait besoin en cet instant, c'était de son aide.

— Je ne comprends pas.

— Retourne au campement, Maddie.

— Mais je peux t'aider à t'occuper des chevaux.

— La seule chose qui pourrait m'aider en ce moment, ce serait que tu disparaisses !

Elle se figea.

— La place d'une épouse est aux côtés de son mari.

Ce cliché énoncé d'une voix atone acheva de le mettre hors de lui.

— Et la place d'une traînée est dans un bordel. Ça te va comme réponse ?

Il regretta ces mots à la seconde où ils franchirent ses lèvres — trop tard. Elle recula avec un cri étouffé, le visage blême. La honte le submergea. Il n'avait pas le droit de lui jeter son passé à la figure. Mais sa façon de se comporter comme s'il ne s'était rien passé le rendait fou.

— Pardon. Tu ne méritais pas ça.

Elle méritait une bonne fessée, mais pas ça.

Elle continua à le regarder comme si son univers était en train de tomber en ruine. Furieux contre lui-même, il se détourna et avança vers l'eau en s'obligeant à ne pas se retourner. Il entendit les cailloux rouler sous ses pieds quand elle gravit la colline, et le bruit déchirant de ses sanglots. Il sentit un nœud se former dans sa gorge.

Pourquoi son désespoir l'atteignait-il ainsi ?

Laissant les rênes glisser de ses doigts, il resta immobile devant l'étang pendant que les chevaux se désaltéraient. Ses pensées étaient si noires qu'il ne sentait même pas la chaleur du soleil. Il passa en revue tous les événements depuis son arrivée chez Culbart. Plus il y pensait, plus il paraissait impossible qu'elle n'en ait pas été complice. Pis : c'était probablement elle qui avait monté de toutes pièces ce traquenard. Quel intérêt aurait eu Culbart d'imaginer un scénario pareil ? Le rancher avait bien plus à gagner en l'épousant lui-même pour former une alliance avec le *Hell's Eight*. Non, le doute n'était pas permis : l'idée de ce mariage forcé venait de Maddie.

Il sortit le caillou qu'il gardait dans sa poche et le fit rouler dans ses doigts, contemplant avec amertume le mince sillon d'or qui le traversait. Il avait cru déceler un trésor caché en Maddie, mais il s'était trompé, aveuglé qu'il était par sa candeur. Candide, elle ? Quel idiot ! Elle avait obtenu ce qu'elle voulait, elle pouvait être contente. Mais sa déception risquait d'être à la mesure de sa trahison.

Il s'attarda près du point d'eau, laissant la quiétude de l'après-midi refroidir sa colère. Au bout d'un long moment, il eut conscience d'une présence derrière lui. Une seule personne était capable de mettre tous ses sens en alerte sans même avoir besoin de se manifester. Il se retourna.

Maddie l'observait avec une timidité inhabituelle.

— Je ne sais pas faire du feu.

— J'ai des allumettes.

Elle essuya ses mains sur sa jupe. Il y avait une trace de terre sur sa manche et des petites particules de feuilles sur son corsage. Apparemment, elle avait ramassé du bois.

— Et je n'ai pas trouvé de provisions pour préparer à dîner.

— Elles sont cachées.

— C'est ce que je me suis dit.

Son regard était vif, en cet instant elle était parfaitement lucide.

— Pourquoi, Maddie ?

Cette fois, elle ne fit pas mine de ne pas comprendre.

— Culbart a dit que je devais le faire.

— Il t'a menacée ?

A cette simple idée, il serra les poings. Il allait retourner au Fallen C et le démolir pierre à pierre.

Elle secoua la tête.

— Il n'en a pas eu besoin.

Un sourire lumineux éclaira son visage et en l'espace d'une seconde elle bascula de nouveau dans son monde imaginaire.

— Maintenant, je suis vraiment ta Maddie-Love.

Sa Maddie-Love. Il soupira. Il ne savait pas comment ce petit nom tendre lui était venu, mais elle avait réussi à en faire une réalité.

— Maddie, regarde-moi.

Elle obéit, toujours aussi radieuse. Il se fit l'effet d'un monstre pendant qu'il lui assénait froidement la vérité.

— Ce mariage n'a aucune valeur.

— Bien sûr que si. Jusqu'à ce que la mort nous sépare. C'est ce que le pasteur a dit et tu ne peux pas aller contre la volonté de Dieu.

Elle se baissa pour ramasser les rênes de Fleur et reprit tranquillement le chemin du bivouac. Il laissa passer quelques secondes, abasourdi, avant lui emboîter le pas avec Jester.

Elle avait entassé du petit bois et des brindilles pour faire du feu. Sa présence était visible d'un bout à l'autre du campement : tout était soigneusement aligné, rien ne traînait. Maddie avait une passion pour l'ordre, peut-être parce que sa vie était un effroyable chaos. Quoi qu'il en soit, il aimait cette facette de sa personnalité. Elle l'apaisait.

Puis il aperçut les deux sacs de couchage déroulés côte à côte et sa colère reprit le dessus. Oh non ! Elle ne l'aurait pas comme ça. Sa seule chance d'annuler ce mariage, c'était de ne pas le consommer !

— Là, tu te fais des illusions, ma petite.

Il fut rapide, mais Maddie encore plus. Elle s'assit précipitamment sur les deux sacs pour l'empêcher de les déplacer, écartant les bras pour défendre ce que son très ravissant postérieur ne protégeait pas.

— Non !

— Il est hors de question qu'on couche ensemble, Maddie.

Elle redressa le menton.

— Nous sommes mariés.

— Ce mariage est une farce !

Son menton trembla, mais resta bravement dressé.

— Tu n'arriveras pas à me gâcher ce moment.

— Quel moment ?

— Ma nuit de noces.

— Bon sang, il n'y aura pas de nuit de noces ! s'étrangla-t-il. Je t'ai épousée parce que c'était le seul moyen de te sauver !

— Pas du tout. Tu aurais pu entrer et tirer sur tout le monde.

— C'est ça, et me faire tuer ? Une fois mort, je ne t'aurais pas servi à grand-chose.

— Tu n'as pas dit : « Non » devant le pasteur.

— Evidemment ! J'avais un foutu revolver dans le dos !

— Un gentleman ne dit pas de gros mots devant une dame. C'est Tia qui l'a dit !

Elle le foudroya du regard comme une maîtresse d'école tançant un élève mal élevé. Il dut se faire violence pour ne pas lui rétorquer qu'elle n'était pas une dame. Au lieu de ça, il prit une grande inspiration et lui effleura la joue d'un geste très doux. Ses paupières frémirent et ses lèvres se mirent à trembler. Aussitôt, il sentit sa colère fondre un peu.

— Tu es là, Maddie-Love ?

Elle fit un petit signe de la tête qui pouvait signifier n'importe quoi. Finalement, il lui posa la question qui lui brûlait les lèvres depuis la première minute.

— Est-ce qu'ils t'ont fait du mal, chérie ?

Elle détourna la tête et lui lança un regard du coin de l'œil tout en lissant du bout des doigts un pli sur le sac de couchage.

— On ne peut pas faire du mal à une femme comme moi.

Il ne supportait pas de l'entendre dire ça, et plus encore de savoir qu'elle le pensait vraiment.

— Tout le monde souffre.

Et Maddie plus qu'une autre. Elle n'avait pas de défenses, pas de répondant. Elle était aussi fragile qu'une petite fleur des champs.

— Il ne s'est rien passé.

Il se remémora la clairière, l'histoire que racontait l'herbe piétinée, le bouton arraché… Devait-il insister, au risque de lui faire revivre ce traumatisme ?

— Je vais te poser la question différemment.

Elle lui lança un autre un regard en coin. Le soleil éclairait ses taches de rousseur et il prit soudain conscience de son extrême pâleur. Sous ses airs frondeurs, elle était épuisée, terrifiée, et elle se retrouvait prise au piège comme elle l'avait été durant presque toute sa vie.

— Est-ce que tu as dit à Culbart que tu ne voulais pas m'épouser ?

Elle fit « non » de la tête.

Il s'attendait à cette réponse. Il repoussa une boucle cuivrée qui cachait son visage, mais n'aperçut que son profil — la rondeur veloutée de sa joue, la délicatesse de sa nuque. Elle paraissait si jeune ainsi, presque une enfant.

— Pourquoi ?

Elle ne leva pas les yeux vers lui, mais n'essaya pas non plus d'échapper à son regard.

— Parce que ça aurait été un mensonge.

Et un membre du *Hell's Eight* ne mentait pas.

Il réprima un soupir.

— Qu'est-ce que je vais faire de toi, Maddie ?

Maddie ne comprenait pas le sens de la question de Caden. Tout ce qu'elle voulait, c'était qu'il la prenne dans ses bras, qu'il la serre très fort et qu'il la regarde comme Ed regardait Tia. Mais les hommes n'avaient ni tendresse ni respect pour les femmes comme elle. Ils les utilisaient puis les jetaient comme des objets. Surtout si elles les avaient contraints au mariage…

Oh mon Dieu ! qu'avait-elle fait ? Sur le coup, cela lui avait paru évident, limpide même. Caden était trop seul, il avait besoin d'une femme pour s'occuper de lui, le chérir, et personne, jamais, ne l'aimerait autant qu'elle l'aimait ! Il lui semblait vaguement avoir parlé de ses sentiments pour Caden à Culbart. Et elle croyait se souvenir qu'il avait acquiescé.

Mais elle ne se rappelait rien d'autre. Ensuite, elle avait eu une longue absence. Oh seigneur ! qu'avait-elle fait pendant qu'elle flottait dans son monde imaginaire ?

Sa respiration s'accéléra et la panique bourdonna dans ses oreilles. La petite fille qui logeait dans sa tête lui cria de fuir, mais la femme qui commençait à voir le jour en elle lui intima l'ordre de rester. La petite fille l'emporta. Elle fixa le tissu gris du sac de couchage et, soudain, il se transforma en un grand ciel de brume flottant au-dessus de son étang. Sa respiration effrayée devint le bruissement de la brise dans le feuillage des arbres…

— Maddie ? Reviens avec moi !

L'image vacilla. Dans sa tête, la petite fille cria plus fort. Du coin de l'œil, elle aperçut la main de Caden sur son épaule. D'anciennes cicatrices se mêlaient à des meurtrissures plus récentes. Il se les était faites en se battant pour elle avec les hommes de Culbart. Il était venu la chercher, bravant tous les dangers. Elle toucha les marques sur sa main, remonta jusqu'à son poignet où les muscles et les tendons se dessinaient sous sa peau hâlée. Son mari. L'homme à qui elle avait juré fidélité. L'homme qu'elle avait trahi. Elle glissa sa main dans la sienne, s'y agrippa. La petite fille effrayée se tut. Une longue respiration et l'image de l'étang s'évanouit progressivement. Elle se retrouva face au sac de couchage gris, étreignant la main de Caden de toutes ses forces. Qu'avait-elle fait ? Elle rougit de honte.

— Je suis désolée.

Voilà tout ce qu'elle trouva à dire.

Il lui souleva le menton d'un doigt, l'obligeant à le regarder. Elle détestait quand il faisait ça, il l'empêchait de fuir.

— Qu'est-ce qui se passe à l'intérieur de ta tête ?

Sa question n'appelait pas de réponse. C'était le genre de question qu'on posait à un animal… ou à un demeuré. Elle aurait aimé avoir le courage de repousser sa main. Au lieu de ça, elle se concentra pour ne pas paniquer. Il lui fallut toute son énergie pour y parvenir. Pourquoi tout était-il si compliqué avec elle ?

Elle se força à sourire.

— J'étais en train de me dire que c'était une belle nuit pour une lune de miel.

— Nous ne sommes pas réellement mariés.

Si ! Il le fallait ! Elle ne pouvait pas affronter l'avenir sans lui. Elle avait tout gâché, mais ça pouvait sûrement encore s'arranger !

— Nous avons échangé nos vœux devant un pasteur.

— Je peux briser ces vœux.

Elle accusa le coup.

— Un *Hell's Eight* ne revient jamais sur la parole donnée.

Il saisit l'un des sacs de couchage et tira dessus d'un coup sec pour le dégager.

— Elle m'a été extorquée sous la contrainte.

Elle le regarda s'éloigner à grands pas, partagée entre le soulagement et la crainte. En général, quand Caden partait c'était qu'il était bouleversé. Un bon signe, du moins, elle l'espérait.

Elle redressa le menton avec défi.

— Mais tu savais ce que tu faisais.

Il savait toujours ce qu'il faisait et, d'ailleurs, elle aimait cette facette de sa personnalité. Il posait un regard tranchant sur la vie, analysait la situation puis décidait. Tout le contraire d'elle, en fait. Aujourd'hui, il la voyait comme une traîtresse et sans doute avait-il raison. La petite fille balbutia une excuse dans sa tête, mais elle refusa de l'écouter. Si elle voulait devenir une femme responsable, elle devait assumer ses actes.

— Possible, mais j'ai changé d'avis, siffla-t-il.

Elle regarda sa silhouette raidie par la colère. Un homme aux larges épaules, animé par une rage froide. Beau et dangereux à la fois. Elle sentit son cœur battre à grands coups, mais elle ne recula pas.

— Tu ne peux pas me chasser de ta vie si je ne veux pas.

C'était une sensation enivrante que d'affronter un homme. L'excitation lui fit presque oublier sa terreur quand il revint lentement vers elle.

— Tu me menaces ?

La voix était dangereusement douce. Son courage s'éparpilla comme l'écume d'une cascade. Elle se figea tandis que, du doigt, il lui soulevait le menton. Les hommes s'imaginaient que s'ils l'obligeaient à les regarder, elle ne pourrait pas s'évader. Mais elle était plus forte qu'ils ne le pensaient.

— Oui.

— Et tu penses pouvoir mettre ta menace à exécution ?

« Tu dois croire en toi et dans cette force qui t'a maintenue en vie pendant toutes ces années. » Le conseil de Bella résonna dans sa mémoire, ravivant son courage. Elle avait suivi Caden parce qu'elle ne voulait plus subir sa vie. Ce n'était pas en fuyant maintenant qu'elle prendrait son destin en main. Et puis elle faisait partie du *Hell's Eight*. Et un membre du *Hell's Eight* ne renonçait jamais.

— Oui.

Il plissa les yeux.

— Et comment comptes-tu t'y prendre ?

Elle n'en avait pas la moindre idée, mais elle releva un peu plus le menton, se forçant à croiser son regard. Ses yeux étincelaient dans la lumière du soleil. Il était si proche qu'elle voyait des paillettes bleues dans le gris de ses prunelles. Pas étonnant que toutes les femmes lui courent après. Il avait des yeux magnifiques, ensorcelants. Elle aurait pu les contempler toute sa vie, rester à jamais captive de leur flamme.

Caden était un très bel homme, aussi rude que les montagnes, aussi insondable que les plaines qui se déroulaient jusqu'à l'horizon. Ses pommettes saillantes donnaient un charme supplémentaire à son visage halé. Oui, Caden Miller était terriblement séduisant, admit-elle tout en posant son regard sur sa bouche. Sa bouche aux lèvres douces et bien dessinées. Fermes, comme son caractère, sensuelles, ni trop épaisses ni trop fines. Parfaites. Elle l'entendit soupirer et reprit pied dans la réalité.

— Quand tu me défies, fais l'effort de ne pas déserter le champ de bataille avant le combat, lâcha-t-il.

Elle battit des cils. Elle s'était absentée, mais pas comme il le pensait. C'était une petite victoire. Elle l'ajouta à son capital.

— Je suis désolée, dit-elle.

Il l'observa attentivement, les sourcils froncés.

— Non, tu ne l'es pas.

Il avait raison, elle n'était pas désolée du tout. C'était une découverte surprenante et merveilleuse. Elle avait l'impression de ne pas avoir cessé de s'excuser depuis sa naissance.

— Je n'aime pas les affrontements.

Il suivit le dessin de sa lèvre inférieure avec son pouce, faisant naître un fourmillement étrange et délicieux sous sa caresse. Elle retint son souffle et, brusquement, la tension changea de nature.

— Alors pourquoi me défies-tu ?

— Parce que tu as rompu la promesse que tu m'as faite.

— Ce n'est pas vrai.

— Si. Tu avais promis de ne pas partir sans me dire au revoir.

— Oh ! Ça.

Il cessa de la caresser, mais le fourmillement subsista.

— Alors tu m'as forcé à t'épouser par esprit de vengeance parce que je n'avais pas tenu ma promesse ?

Elle recula, brisant le contact. L'espace d'une seconde, elle crut qu'il allait la ramener contre lui, mais il laissa retomber sa main.

— Non. Mais je ne peux pas te laisser me manquer de parole une deuxième fois.

— Et comment comptes-tu t'y prendre pour m'en empêcher ?

— Je ne sais pas.

Elle songea à Bella et à la façon dont elle tenait tête à Sam quand il se montrait déraisonnable. Bien sûr, elle n'avait pas son charme fougueux, mais elle pouvait s'inspirer de son courage.

— Mais je vais trouver, ajouta-t-elle avec insolence.

Il fronça les sourcils.

— Je n'aime pas t'entendre parler comme ça.

— C'est bien dommage, mais il va falloir t'y habituer.

Empoignant son sac de couchage, elle le cala de nouveau à côté de celui de Caden.

— Au cas où tu ne l'aurais pas remarqué, je ne suis plus une enfant.

Elle vit son regard se poser sur sa poitrine. Les hommes faisaient une fixation sur ses seins mais, contrairement à ce qu'ils pouvaient croire, elle ne se sentait pas flattée par cet intérêt.

— Je voulais dire : « Intellectuellement ».

Une expression qui ressemblait à de la surprise se peignit sur le visage de Caden. Il semblait surpris de constater qu'elle avait de la repartie.

— Tu penses que le fait de coucher avec moi te rendra plus indispensable à mes yeux ?

— Je ne suis pas si stupide. Les hommes ne se rappellent pas des femmes avec lesquelles ils couchent.

— Chérie, je ne pense pas qu'un homme puisse coucher avec toi et t'oublier.

Il se trompait. Il n'imaginait même pas à quel point, mais elle fit mine de le croire.

— Tant mieux : notre nuit de noces sera donc inoubliable.

— Il fait grand jour.

Il cherchait des excuses pour ne pas coucher avec elle. Et ce constat lui fit mal, mais elle s'efforça de ravaler sa tristesse.

— Je ne suis pas assez jolie pour toi, c'est ça ?

— Tu n'es pas jolie, tu es belle.

Son cœur battit plus vite. Elle s'assit sur le sac de couchage.

— Alors qu'est-ce que tu attends ?

Il lui prit la main pour l'obliger à se relever.

— Au cas où tu l'aurais oublié, nous ne sommes pas seuls.

Mon Dieu ! Ace ! Elle l'avait complètement oublié !

— A moins que tu aies l'intention de nous offrir une séance de strip-tease gratuite ? demanda-t-il d'un ton ironique.

Elle eut l'impression de recevoir une gifle. Il pouvait se montrer si cruel parfois ! Sous le coup de l'insulte, elle chercha le chemin de son étang, l'eau calme et fraîche, la caresse de la brise sur la berge. C'était si tentant de s'y réfugier pour fuir l'humiliation de l'instant présent. Elle n'aurait même pas besoin de fermer les yeux. Il lui suffirait de laisser son esprit dériver et…

— Maddie ?

Quelqu'un la secouait.

Elle retomba brutalement dans la réalité.

— Caden ?

— Qui d'autre ?

Elle déglutit avec difficulté. Elle avait eu une absence. Elle regarda ses mains sur ses épaules, puis son visage.

— Tu m'as secouée ?

— Oui.

Il la lâcha lentement, comme s'il avait peur qu'elle s'enfuie, ou qu'elle s'effondre. Troublée, elle se passa la langue sur les lèvres et surpris le regard de Caden sur sa bouche.

— Tu as toujours ces absences, n'est-ce pas ?

Que voulait-il qu'elle réponde ? Et surtout, pourquoi lui posait-il la question ?

— Ça m'arrive.

— Parfait ! J'ai de quoi m'occuper pendant les quarante années à venir, grommela-t-il. Au moins, je suis sûr de ne pas m'ennuyer. Je vais chercher les provisions.

Il tourna les talons et s'éloigna d'un pas brusque.

Elle le suivit des yeux puis se mit à sourire.

Il ne s'en était sans doute pas rendu compte, mais il venait d'admettre qu'il envisageait l'avenir avec elle !

# Chapitre 8

Cinq heures plus tard, Caden était toujours aussi désemparé. Maddie essuyait la vaisselle en fredonnant une chanson irlandaise, l'heure d'aller se coucher approchait à grands pas, et il n'avait toujours aucune idée de ce qu'il allait faire.

Il tisonna le feu, les sourcils froncés. Elle avait semé le chaos dans sa vie et trahi honteusement son amitié, alors pourquoi avait-il l'impression ridicule de lui devoir des excuses ?

Caden entendit un bruit de bottes crissant doucement sur les cailloux. Ace rentrait de sa ronde. Il adressa au passage un petit signe amical à Maddie.

— Bonsoir, mignonne.

Elle lui sourit.

— Je t'ai laissé ton dîner au chaud.

— Merci.

Ace attrapa une écuelle fraîchement nettoyée et s'approcha du feu.

— Qui a cuisiné ?

— Maddie a préparé des petits pains.

Ace en posa immédiatement trois dans son assiette, mais hésita devant la casserole de ragoût.

— Tu peux y aller, c'est moi qui l'ai préparé.

Il se servit aussitôt et alla s'asseoir de l'autre côté du feu.

— Pas de chance qu'elle ne sache pas cuisiner.

Il trempa un morceau de pain dans le ragoût et poussa un soupir.

— Je retire ce que je viens de dire. Ta femme est une perle.

Ace n'avait pas tort. Caden avait goûté un petit pain tout à l'heure : il était encore meilleur encore que ceux de Tia, ce qui n'était pas peu dire. Et pourtant, elle n'avait pas de four à sa disposition, seulement la flamme d'un feu de bois.

— Je te rappelle qu'elle m'a trahi.

Ace trempa de nouveau son petit pain dans la sauce et le mâcha longuement, en savourant chaque bouchée.

— Qui te dit qu'elle a eu le choix ?

— Elle.

— Ah…

— Et elle ne veut pas divorcer. Elle dit qu'on ne peut pas reprendre une parole donnée devant Dieu.

— Là, elle n'a pas tort.

— Une promesse extorquée n'a aucune valeur !

— Facile à dire.

Caden fronça les sourcils. Il pensait obtenir le soutien d'Ace, mais visiblement il s'était trompé !

— De quel côté es-tu ?

— Tu veux dire, entre toi, Maddie et Dieu ? Du côté de Dieu, sans hésiter.

— Et depuis quand as-tu rencontré la foi ?

— Depuis que tu reviens sur une promesse sous prétexte que ça t'arrange.

Il resta silencieux. Que répondre à ça ?

— De quoi te plains-tu ? murmura Ace. Elle est *très* jolie.

Il suivit le regard d'Ace. Maddie était assise en tailleur sur son sac de couchage et défaisait sa longue tresse, sa brosse à côté d'elle. Si cette nuit avait réellement été celle de ses noces, il aurait dénoué lui-même ses cheveux. Il aurait fait glisser ses doigts dans ses boucles soyeuses avant de les brosser lentement, sur toute leur longueur, laissant la brosse effleurer la pointe de son sein jusqu'à ce qu'elle soit aussi brûlante de désir que lui.

Il eut la gorge sèche, soudain. Ses cheveux couleur de flamme, son visage délicatement modelé, sa poitrine pleine et ses hanches voluptueuses… tout en Maddie évoquait le sexe. Elle dégageait une sensualité naturelle à laquelle il était difficile de résister.

Il lança un coup d'œil en coin vers Ace.

— Arrête de la regarder, marmonna-t-il.

Ace lui adressa un sourire lourd d'ironie.

— Jaloux ?

— Les hommes ont bousillé sa vie. Elle a le droit qu'on la laisse tranquille.

Ace finit son ragoût en trois bouchées.

— Tu lui as posé la question ?

— A quoi bon ? Elle a été violée depuis son enfance.

— Avec un mari ce sera sans doute différent.

Peut-être. C'était si facile de s'imaginer faire l'amour avec Maddie. Il commencerait par déboutonner son corsage en s'interrompant pour parsemer son cou et sa poitrine de baisers tendres et brûlants à la fois… Ensuite, il prendrait ses seins magnifiques dans ses mains, il les presserait pour approcher ses mamelons de ses lèvres et les titillerait avec sa langue jusqu'à ce qu'ils soient durs et gonflés et qu'elle se tortille de plaisir contre lui. Alors il ferait glisser sa robe le long de ses épaules, de son ventre, de ses hanches et de ses cuisses… et quand elle serait entièrement nue devant lui, offerte, prête à l'accueillir en elle, il la contemplerait longuement, puis approcherait sa bouche de son triangle de boucles rousses. Il sentit son sexe pulser à cette seule pensée et retint un gémissement.

Puis il imagina sa réaction s'il passait à l'acte. La peur et le mépris sur son visage, et ce regard vide qu'ont les prostitués quand elles font leur travail. Il ne voulait pas voir cette résignation dans les yeux de Maddie. Jamais !

— Je n'ai pas l'intention de m'imposer à elle.

— Donc, tu fais vœu d'abstinence ?

— Bien sûr que non.

— Tu es un homme marié, Caden. Tu ne peux pas coucher avec une autre femme que la tienne sans briser tes vœux.

Caden tisonna rageusement le feu avec un bout de bois.

— Tu es venu t'asseoir près de moi pour me réconforter ou pour m'enfoncer ?

Ace se resservit de ragoût tout en souriant.

— Je ne sais pas. Je n'ai pas encore décidé.

Maddie fit passer ses longs cheveux sur une épaule et les brossa avec des gestes d'une exquise féminité. En regardant attentivement, il pouvait deviner la courbe de son sein sous son corsage. Et même situer l'endroit où se trouvait son mamclon : juste à six centimètres du cinquième bouton. Il s'obligea à détourner les yeux et ramena son regard sur le feu.

— Tu as remarqué quelque chose pendant ta ronde ? demanda-t-il pour changer de sujet.

— Apparemment, on n'a pas été suivis. Je suis revenu sur nos pas pour effacer nos empreintes et mettre en place des fausses pistes. Tu devrais être tranquille pendant un petit moment.

— Des traces d'Indiens ?

Ace hocha la tête.

— Plein.

— Parfait !

— Il fallait s'y attendre. L'armée les a délogés pour donner leurs terres aux colons. Avec la guerre qui menace à l'Est, le champ est de nouveau libre et ils reviennent faire valoir leurs droits. Ce n'est peut-être pas raisonnable de garder Maddie avec nous.

Non, ce n'était pas raisonnable. Avec ou sans les Indiens en embuscade.

— On ne peut pas s'en aller maintenant. Je dois dégager un accès à la mine pour pouvoir la faire enregistrer au nom du *Hell's Eight*.

— Tu n'as pas l'intention de l'enregistrer à ton nom à toi ?

— Non.

Ace hésita puis, après avoir reposé son assiette, il prit enfin la parole.

— Tu n'es pas obligé de reproduire les erreurs de ton père, Caden.

Caden se raidit aussitôt, sur la défensive.

— Qui dit qu'il a fait des erreurs ?

— Moi. Et tu t'en rendrais compte aussi si tu ne perdais pas ton temps à te reprocher sa mort.

— J'aurais dû l'aider.

— Tu avais huit ans !

— Je savais me servir d'un revolver.

— Moi aussi, mais mes parents n'ont pas voulu que j'aille me faire tuer. Ils voulaient me protéger, tout comme les tiens.

— Et je suis en vie.

— Mais, comme ton père, tu n'as pas d'attache et tu cours après on ne sait quoi au lieu de bâtir une maison, un avenir.

— Je suis un Miller.

Ace se leva.

— Il y a des gens qui passent leur vie à chercher un foyer sans jamais avoir la chance de le trouver, Caden.

Il tourna son regard vers Maddie.

— Toi, tu as trouvé le tien. Ne passe pas à côté.

— Le mariage n'a jamais fait partie de mes projets.

— Eh bien, la vie a décidé pour toi. Et tu as épousé une fille adorable.

D'un geste du menton, il désigna les deux sacs de couchage installés côte à côte.

— Quand tu iras te coucher tout à l'heure, laisse ta colère derrière toi.

Caden se leva à son tour.

— Sinon quoi ? Tu viendras me botter le derrière ?

Ace esquissa un sourire.

— Ne me tente pas.

Caden ne répondit pas. Il n'était même pas fichu de trouver une repartie cinglante. C'était bien la preuve qu'il n'était pas lui-même.

Caden avait pensé que Maddie aurait un mouvement d'appréhension en le voyant approcher, mais elle lui sourit et tapota la couverture à côté d'elle. Il marqua un temps d'arrêt. Elle ne portait que sa fine chemise en coton et son panty. Elle n'avait vraiment peur de rien.

— Tu veux qu'on discute ?

Discuter ? C'était bien la dernière chose qu'il avait en tête !

— Pas vraiment. Pousse-toi un peu.

Elle obéit, mais pas comme il l'entendait : au lieu de lui faire de la place, elle s'allongea.

— Tu veux dormir ?

Sa poitrine libérée de la contrainte du corset ondula sous le fin tissu de sa chemise. Il ne put s'empêcher de la fixer du regard, fasciné.

— Pas vraiment.

Elle leva les yeux vers lui et il ne fit aucun effort pour masquer son trouble. Pendant quelques secondes elle resta figée devant lui. Allait-elle s'évader dans ce lieu mystérieux où elle se réfugiait quand elle était effrayée ? Contre toute attente, elle s'exprima d'une voix posée, presque froide.

— Tu veux ta nuit de noces.

— J'ai envie de toi, je ne le nie pas.

Elle délaça sa chemise avec un calme qui l'aurait abusé

s'il n'avait vu la petite veine battre follement à la base de son cou et le tremblement imperceptible de ses doigts.

— Mais il ne se passera rien entre nous, conclut-il.

Elle leva brusquement la tête. Ses beaux yeux verts le fixèrent avec incompréhension.

— Pourquoi ?

La question le prit au dépourvu. Mon Dieu ! il ne savait jamais à quoi s'attendre avec elle ! Il retira son chapeau et glissa les doigts dans ses cheveux pour se donner le temps de la réflexion. Finalement, mieux valait être franc.

— Parce que je ne sais pas quoi faire de toi.

— Tu… tu ne sais pas ?

Elle le dévisagea, bouche bée.

— Je sais ce que je ferais si je voulais faire quelque chose avec toi, évidemment, précisa-t-il. C'est pour tout le reste que je me pose la question.

— Mais je suis ta femme. Tu as promis de m'aimer, de me chérir et de m'honorer.

— Tu as trahi le *Hell's Eight*.

— En réalité, tu penses que je t'ai trahi, *toi*.

Elle mettait le doigt sur le cœur du problème, comme à son habitude.

— C'est ce que tu as fait.

— Probablement.

— Tu pourrais au moins te sentir coupable.

Elle s'humecta les lèvres, sa respiration était plus rapide.

— C'est difficile pour moi. Je dois faire appel à toute ma concentration pour ne pas… m'absenter.

— Qu'est-ce qui est difficile ?

— Il faut que je te dise quelque chose.

— Je t'écoute.

— Je ne ressens rien quand… quand je le fais.

Un aveu aussi énorme, formulé d'une voix si douce, si paisible. *Seigneur.*

Il passa un bras autour de ses épaules et l'attira à lui. C'était un geste de réconfort, il voulait la serrer contre lui comme on berce une enfant. Elle avait tellement souffert ! Mais, au lieu de se blottir contre lui, elle resta raide comme un piquet et bascula sur lui d'un seul bloc. Sa tête lui percuta l'estomac pendant que son coude s'enfonçait dans son entrejambe. La douleur lui coupa le souffle. Il la repoussa sur le côté un peu trop brusquement.

— Excuse-moi, dit-elle en rejetant en arrière les mèches de cheveux qui lui tombaient dans les yeux. Je n'ai pas…

— Donne-moi une minute, dit-il d'une voix cassante, même à ses propres oreilles.

— Il y a un problème ?

Il lui lança un regard en coin. Sa chemise à demi délacée s'était ouverte, dénudant l'un de ses seins. Il mourait d'envie de le caresser, de le lécher, de tirer sur le vêtement pour dévoiler entièrement sa poitrine. Elle était si douce, si pâle. Si vulnérable. Tous ses sens s'aiguisèrent, mais son sexe malmené protesta douloureusement. Elle baissa les yeux et parut soudain prendre conscience du problème.

— Oh !

— Oui : oh !

Une boucle de cheveux lui tombait dans les yeux. Il résista pendant deux secondes à l'envie de la repousser derrière son oreille avant de finalement céder à la tentation.

— Si tu voulais m'empêcher de conclure, tu as trouvé la parade imparable.

Elle humecta ses lèvres pulpeuses. Il aurait voulu les embrasser, les lécher, sentir son souffle se mêler au sien, caresser sa peau veloutée.

— Qu'est-ce qui te fait penser que tu ne serais pas le bienvenu ?

Il chercha à analyser la lueur qui vacillait dans ses yeux. Désir ? Peur ? Résignation ?

— Probablement le fait que je ne sens pas en toi la douceur qu'une femme témoigne à un homme qu'elle désire.

Elle le regarda dans les yeux.

— C'est sans doute parce que je ne sens pas en toi la tendresse qu'un homme montre à une femme qu'il désire.

Touché. La pique réveilla sa mauvaise conscience. Elle avait raison. Ils restèrent un instant silencieux, chacun sur son sac de couchage. Au bout d'un moment, il sentit sa main se poser sur son bras, glisser jusqu'à son poignet. Elle mêla ses doigts aux siens et les serra doucement. Il répondit à ce petit signal. Ils s'entendaient très bien quand ils ne parlaient pas.

— Maddie…

— Non.

— Non quoi ?

— Ne commence pas à me haïr.

— Je ne te comprends pas.

Elle poussa un petit soupir.

— Si ça peut t'aider, moi non plus.

Il soupira à son tour et l'enlaça. Elle sursauta quand il l'attira près de lui et resta aussi raide qu'un morceau de bois, comme si elle ne savait pas comment réagir. C'était probablement le cas, d'ailleurs.

— Tu n'as jamais été câlinée par un homme, Maddie ?

Elle secoua la tête.

— Jamais ?

— Je n'ai jamais eu d'amoureux.

Un amoureux. Un mot qui sentait bon l'enfance, les premiers émois, les premiers baisers. Les premières peines de cœur.

— Personne n'a eu le béguin pour toi ? Personne n'a voulu t'arracher à ton enfer et t'emmener avec lui ?

Elle secoua de nouveau la tête. Il avait peine à le croire. Il y avait forcément eu quelqu'un qui avait désiré garder Maddie pour lui tout seul. Elle était si belle, si lumineuse.

— Non, personne. Qui tomberait amoureux d'une prostituée ?

Elle avait chuchoté, mais chaque mot était comme une lame de rasoir.

A son arrivée au *Hell's Eight*, il avait pensé qu'elle était trop jeune pour lui, mais maintenant il n'en était plus si sûr. Son passé avait laissé des cicatrices trop profondes pour qu'un garçon sans expérience puisse la guérir.

— Je ne parle pas des prostituées, je parle de toi.

Elle baissa les yeux.

— C'est la même chose.

Il lui souleva le menton, mais elle continua à éviter son regard.

— Ce n'est pas vrai !

— Arrête, dit-elle en lui agrippant le poignet et en le serrant avec force.

— Qu'est-ce que je dois arrêter ?

Elle secoua la tête et il vit des larmes briller dans ses yeux verts.

— Arrête de faire comme si je n'étais pas celle que je suis.

Elle pensait qu'il cherchait à l'humilier ?

— Je ne veux pas te bouleverser, Maddie.

— Je sais. Tu cherches seulement une façon polie d'aborder le sujet. Mais ne t'inquiète pas, il n'y a pas de problème.

— Quel sujet ?

Elle détourna la tête.

— Ce que tu as envie de faire avec moi.

Bon sang… Elle croyait qu'il cherchait à l'amadouer pour pouvoir ensuite coucher avec elle, assouvir ses instincts. Mais pour qui le prenait-elle ? Il essaya de se représenter ce que cela devait être de se retrouver au lit avec un inconnu et de le regarder décider que vous ne méritez pas d'être respectée. Que vous n'êtes qu'un objet de plaisir, obligé de se soumettre, quoi qu'il exige.

— Maddie…

Elle ne le laissa pas terminer.

— Tous les hommes le font, même les hommes bien. Ça leur prend juste un peu plus longtemps.

— Pour quoi ?

Elle serra les poings.

— Pour faire ce dont ils ont envie.

Il sentit son cœur se serrer. Depuis qu'elle était petite, les hommes qui s'étaient imposés à elle lui avaient répété qu'elle ne valait rien, qu'elle n'était personne. Un simple objet de plaisir. Comment pouvait-on s'attaquer à une enfant ? Il n'y avait qu'un châtiment pour ces gens-là : la mort.

Il prit son menton entre ses doigts et l'obligea doucement à le regarder. Cette fois, elle résista plus que d'habitude. Parce qu'elle avait honte ?

— Donne-moi le nom de ces hommes et je leur ferai regretter d'exister.

— Ils payaient pour obtenir satisfaction. Ce n'est pas répréhensible.

Et avec leur argent, ils achetaient son âme ?

— Donne-moi leur nom, Maddie.

Sa voix devint presque inaudible.

— Je… je ne me les rappelle pas tous.

— Alors donne-moi ceux dont tu te souviens.

— Jasper Mason.

Un seul nom, mais chuchoté avec un tel effroi qu'il en eut le cœur retourné.

— A quoi ressemble-t-il ?

Elle leva vers lui un regard rempli de doute. Il était évident, qu'elle avait compris depuis bien longtemps que personne ne se battrait jamais pour elle.

— Tu serais prêt à le tuer pour moi ?

— Sans hésiter.

— Tu ne sais même pas ce qu'il m'a fait.

— Oh si ! Je le sais.

Elle frissonna. Même ses taches de rousseur semblaient plus pâles au souvenir de cet homme.

— C'est le diable réincarné.

— Décris-le moi.

— Il est un peu plus petit que toi avec de longs cheveux blonds, des yeux bleus très clairs et une grosse moustache.

Les frissons se muèrent en tremblements.

— Il ne se sépare jamais de sa cravache. Ses chevaux étaient marqués au sang.

Elle détourna de nouveau les yeux.

— Et il me faisait toujours demander.

— Il a utilisé cette cravache avec toi, Maddie ?

Elle ne répondit pas, mais c'était inutile. Un homme qui marquait ses chevaux devait prendre plaisir à marquer une femme. Il la serra contre lui et la berça tendrement en songeant à toutes ces années où il n'avait pas été là pour la protéger de la monstruosité des hommes.

— Maintenant que je te l'ai dit, tu n'as plus envie de moi.

Il n'y avait qu'une seule façon de répondre à cette remarque prononcée d'une petite voix résignée.

— J'ai toujours eu envie de toi, Maddie-Love. Pourquoi penses-tu que je m'éloignais si souvent loin du *Hell's Eight* ?

— Parce que tu ne tiens pas en place, répondit-elle sans le regarder.

— C'est toi qui me poussais à partir.

Il déposa un baiser sur ses cheveux. Il hésitait. Finalement, il décida de se montrer franc.

— J'ai des désirs comme n'importe qui, Maddie. Mais je veux que tu comprennes quelque chose.

Il attendit qu'elle lève les yeux vers lui avant de poursuivre.

— Quand je te regarde, je ne vois pas une prostituée.

Elle se raidit.

— Mais tu vois une femme qui t'a trahi.

Il soupira.

— En fait, je ne suis plus sûr de ce que je vois et ça me perturbe.

— Pourquoi ?

— Parce qu'avant je croyais te connaître et ça me rassurait.

Les mots lui avaient échappé presque malgré lui et il comprit tout à coup que c'était la stricte vérité. Il n'était pas en colère après Maddie parce qu'elle avait mis sa vie sens dessus dessous. Il ne lui en voulait pas à cause de son passé. Non, il était furieux parce qu'elle ne correspondait plus à l'idée qu'il s'était faite d'elle depuis des mois et qu'il ne savait pas comment gérer cette nouvelle équation.

— Je suis toujours ta femme.

— Exact.

— Mais tu peux faire annuler ce mariage.

— Et j'y compte bien.

Elle garda le silence un instant.

— Alors tu n'as aucune raison d'être en colère après moi, finit-elle par murmurer.

Il devinait tout juste son visage dans l'obscurité grandissante. Dommage. Il aurait bien aimé pouvoir lire dans ses yeux à cet instant.

— Pourquoi m'as-tu suivi ?

— Parce que je ne suis pas chez moi au *Hell's Eight.*

Où avait-elle été chercher une idée pareille ?

— Mais tu étais en sécurité là-bas.

Elle hocha la tête.

— Oui. Et Tia, Desi, Bella, tout le monde est très gentil avec moi depuis le premier jour. On m'a redonné la force et l'envie de me reconstruire.

Elle joua avec le ruban de son panty.

— Mais ?

Il fit glisser sa main sur son épaule, sa paume épousant tout naturellement sa courbe douce.

— J'ai passé toute ma vie enfermée à clé dans une pièce, dans un rôle qu'on m'imposait.

Elle s'interrompit, comme si elle cherchait ses mots.

— Aujourd'hui, je suis libre. Mais je ne sais pas qui je suis.

— Tu n'as pas besoin de risquer ta vie sur le territoire Indien pour trouver ta voie, Maddie-Love.

— Maintenant, je le sais. Mais sur l'instant, je n'ai pas réfléchi aux conséquences. Je voulais seulement te suivre, te rattraper.

Elle s'interrompit de nouveau, haussa les épaules.

— Vivre une grande aventure.

— Si j'avais su que tu étais seule dans la nuit, à ma poursuite, je t'aurais attendue et protégée.

Elle prit un air contrit.

— Culbart et ses hommes ont surgi de nulle part. Je chevauchais tranquillement et l'instant d'après je me suis retrouvée encerclée.

Il chercha son regard dans la pénombre. Les reflets du feu effleuraient à peine son visage pâle.

— Est-ce qu'ils t'ont fait du mal, Maddie ?

— Non.

— Est-ce qu'ils t'ont touchée ?

— Pas vraiment.

— C'est très vague comme réponse.

— Ils m'ont jetée en travers d'une selle et ramenée au ranch avec eux.

— Et à ton arrivée ?

Son regard se vida de toute expression.

— Frank a organisé une fête de bienvenue. C'était vraiment gentil de sa part.

Bon sang. Il allait tuer Culbart. Une fête ? Quel genre de fête ?

— C'est… formidable, Maddie.

— Oui. C'était bien.

Il aurait pu croire qu'elle traversait une de ses crises s'il n'avait vu ses mains : elle enfonçait ses ongles dans ses paumes. Les images qu'elle revoyait étaient loin d'être aussi plaisantes qu'elle le disait.

— Maddie…

— Oui ?

— Viens là, chérie.

Il ouvrit les bras et elle obéit sans hésiter. Elle noua ses mains autour de son cou et nicha son menton contre son épaule, comme si c'était sa place depuis toujours. Il lui caressa doucement le dos.

— Je suis content que tu aies aimé ta fête.

Il sentit son corps se détendre peu à peu. Elle était si menue entre ses bras, si fragile. Elle avait été tellement maltraitée, elle méritait de rencontrer l'amour. Il s'écoula une bonne dizaine de minutes avant qu'elle chuchote :

— Je suis prête.

Ce fut à son tour de se raidir.

— Prête pour quoi ?

Elle délaça sa chemise.

— Pour notre nuit de noces.

Il était rompu de fatigue et, à en juger par les ombres sous ses yeux, elle était épuisée elle aussi. Et pourtant elle était prête à faire son devoir, à le laisser se satisfaire et à faire d'elle tout ce qu'il voulait. Il se remémora ses aveux, son dégoût pour ces hommes, son dégoût d'elle-même. Ace avait raison. Maddie était la douceur même et elle n'avait jamais eu le choix. Elle méritait mieux. Beaucoup mieux.

— Laisse-moi faire.

Il l'enlaça plus étroitement et l'allongea sur le sac de couchage. Elle atterrit sur son torse, toujours aussi raide qu'un bout de bois. Il attrapa la couverture et les couvrit tous les deux — la nuit serait froide. Elle n'opposa pas de résistance quand il l'obligea d'une pression à nicher son visage dans son cou et ne se rebella pas non plus quand il fit glisser sa cuisse entre les siennes et cala sa nuque sur la couverture roulée dont il se servait comme oreiller.

— Qu'est-ce que tu fais ? demanda-t-elle comme il s'installait le plus confortablement possible.

— Je me prépare à dormir.

— Tu ne veux pas…

— Assouvir mon désir ? Non. Mais préviens-moi quand tu auras envie de faire l'amour.

Pas de réponse. Il s'écoula une bonne heure avant qu'il sente son corps s'abandonner dans ses bras. Elle dormait enfin. Il effleura ses cheveux d'un baiser, calqua sa respiration sur la sienne et s'endormit en souriant.

# Chapitre 9

Ils n'étaient pas seuls.

Caden ouvrit les yeux et chercha à définir ce qui venait de le tirer de son sommeil. Maddie dormait paisiblement contre lui. De l'autre côté du feu, il apercevait la silhouette immobile d'Ace dans son sac de couchage. A en juger par la position de la lune, il restait plus de trois heures avant le lever du jour. Il glissa sa main libre sous la couverture et la referma sur son colt. Il n'y avait aucun bruit du côté nord, même les criquets étaient silencieux. Quelle que soit la menace, elle venait donc de là.

— Ace, souffla-t-il d'une voix presque inaudible.

La réponse fusa aussitôt, tout aussi imperceptible.

— Je sais.

Des années sur le terrain, à traquer ensemble les hors-la-loi, les avaient soudés. Ils n'avaient même plus besoin de communiquer pour savoir ce qu'ils avaient à faire. Caden vit Ace se glisser sans bruit hors de son sac de couchage. Une ombre parmi les ombres. Caden déplaça doucement le bras de Maddie qui reposait en travers de son torse et repoussa la couverture. A la seconde où elle ouvrit les yeux, il la bâillonna de sa main. Elle sursauta et se débattit instinctivement.

— Ne fais pas un bruit, lui chuchota-t-il à l'oreille, et ne bouge pas jusqu'à ce que je te le dise.

Elle battit des cils, les yeux écarquillés.

Il recula, veillant à ne pas écraser de brindille. Ils avaient peut-être affaire un ours, mais il pouvait aussi s'agir d'une attaque d'Indiens ou de voleurs de concession. Quoi qu'il en soit, ils allaient être fixés très vite. Ace était en train de les contourner par la droite pour les prendre à revers. A sa charge de couvrir les abords du campement et de les attirer au centre. Leur technique était parfaitement rôdée, ils l'avaient mise en pratique des dizaines de fois. Seulement voilà, aujourd'hui, il y avait Maddie.

Après avoir vérifié que personne n'était caché derrière le tronc d'arbre couché, il retourna auprès de Maddie. Elle avait enfilé sa robe. Il lui avait pourtant dit de ne pas bouger ! Posant un doigt sur ses lèvres, il l'entraîna dans l'ombre en lui faisant un bouclier de son corps. Il la conduisit jusqu'au tronc d'arbre et lui fit signe de se coucher à plat ventre. Ce n'était pas l'idéal, mais il n'avait pas mieux.

Elle se redressa sur les coudes et articula silencieusement : « Qu'est-ce que c'est ? »

Elle avait l'air terrifiée. Il l'embrassa rapidement avant de lui murmurer :

— Reste ici. Et cette fois, ne bouge pas.

Docile, elle s'aplatit sur le sol. Il distinguait à peine la lueur de ses yeux inquiets dans l'obscurité. Il hocha la tête, satisfait. En cas de fusillade, au moins, elle serait protégée.

Les criquets se turent : Ace avait atteint son poste. Caden se coula alors sous les arbres. Il était prêt à parier son dernier dollar que leurs visiteurs étaient des blancs. Il les sentit avant même de les voir — une odeur aigre de sueur froide et de whisky. Des blancs, à n'en pas douter. Dégainant doucement son couteau, il le glissa entre ses dents, agrippa le tronc flexible d'un arbrisseau, devant lui, et le tira en arrière. L'homme pénétra sur le campement avec la subtilité d'un pachyderme.

Ils n'avaient pas affaire à des tueurs professionnels, plutôt à des voleurs de concession.

Merde ! Il avait espéré garder l'existence de la mine secrète plus longtemps.

Il lâcha l'arbrisseau. Le tronc fouetta l'air en sifflant avant de frapper l'homme en pleine face. Celui-ci tomba à la renverse avec de grands moulinets de bras. Caden bondit, le plaqua au sol et lui trancha la gorge avant même qu'il ait eu le temps de comprendre ce qui lui arrivait. Le sang jaillit.

— Tu les as eus, Burt ? claironna une voix à l'autre bout du campement.

Caden lâcha le cadavre. Burt ne répondrait plus jamais à personne. Il se redressa et se fondit dans l'obscurité tout en observant les ombres qui se déplaçaient entre les arbres.

Ils commencèrent à paniquer en constatant que Burt ne répondait pas et s'interpellèrent les uns les autres, trahissant leur position. Ils étaient quatre. Peut-être cinq. Tous terrifiés. Ils n'avaient pas choisi la bonne profession. On ne sortait pas chasser la nuit quand on n'avait pas les épaules. La supériorité numérique ne valait plus rien dans l'obscurité.

L'homme qui recherchait le fameux Burt appela de nouveau ; la peur faisait monter son timbre d'une octave. Son cri s'arrêta net au milieu d'une syllabe. Un sourire aux lèvres, Caden essuya la lame ensanglantée de son couteau sur le pantalon de Burt : Ace venait d'entrer en action. Il se cacha derrière un arbre et analysa la situation. Les bandits encerclaient le campement, ce qui signifiait qu'ils étaient tout autour de Maddie. Il se remémora la terreur dans ses yeux, la confiance avec laquelle elle s'en était remise à lui quand il lui avait fait signe de rester cachée derrière le tronc d'arbre. Pourvu qu'elle ne bouge pas ! Elle serait en sécurité aussi longtemps qu'on ne soupçonnerait pas sa présence.

Comme sortie d'un mauvais rêve, une voix s'éleva dans la nuit :

— Etranger !

Ça devait s'adresser à lui. Il se déplaça silencieusement pour prendre la voix à revers.

— Sors de là !

L'homme espérait-il vraiment qu'il lui obéisse ?

— Dépêche-toi ou ta petite amie va avoir un vilain trou à la place de son œil.

Caden se figea. Maddie !

— Tu ne me crois pas ? Dis bonjour à ton homme, beauté.

Il entendit Maddie crier. Un cri aigu de douleur qui lui transperça le cœur. Puis il y eut un juron étouffé et la supplique étranglée de Maddie.

— Caden, sauve-toi !

Bon sang, elle luttait avec eux pour lui donner le temps de s'enfuir ! Mais qui lui avait demandé de commettre une folie pareille ? Il entendit le bruit reconnaissable d'une gifle et d'un corps qui s'effondre à terre.

— Oh ! Maddie..., chuchota-t-il en fermant les yeux.

— Si tu ne veux pas que je lui coupe un de ses jolis doigts, tu ferais mieux de rappliquer en vitesse.

— Je viens, lança-t-il sans bouger.

Il devait donner à Ace le plus de temps possible pour organiser la riposte.

— Attention, je vais commencer à compter ! l'avertit le voleur.

Caden avança jusqu'à la clairière et aperçut Maddie debout dans la lumière mourante du feu, sa frêle silhouette écrasée contre une autre, plus massive, sa jupe jaune entortillée autour de ses jambes. Elle se tenait la joue. Il serra les poings. Il y avait encore quelques minutes, elle dormait paisiblement dans ses bras, son souffle tiède sur sa joue. Et maintenant, elle était aux mains d'un bandit dépourvu de conscience, totalement terrifiée. Ce territoire était impitoyable, il balayait les plus faibles et Maddie n'était pas de force contre le vent du malheur. Elle s'était fiée à lui et il avait failli à sa mission. Mais cela ne se reproduirait plus !

— Il t'a dit son nom pour qu'on puisse l'ajouter à la liste, Maddie ? demanda-t-il d'une voix calme.

Elle secoua la tête.

— Ce n'est pas grave, chérie. Il paiera quand même.

— Lâche ton arme, cow-boy.

Caden se baissa et posa son revolver sur une pierre.

— Le couteau aussi.

Ce type avait des yeux de chat pour voir dans l'obscurité ? Il obéit et posa le couteau à côté de son revolver.

— Maintenant mets les mains sur ta tête.

Il obéit.

— Qu'est-ce que vous voulez ?

Il tenait Maddie par le cou avec une telle brutalité qu'il la soulevait littéralement du sol. Il paierait pour ça aussi.

— On était venus pour l'or, mais maintenant on a un bonus. Il paiera un extra pour qu'on lui ramène la fille vivante.

— Qui ?

— Ça ne te regarde pas.

— Quelqu'un vous a envoyés ici enlever ma femme ?

— Et récupérer l'or. Mais on n'est pas idiots. On gardera l'or pour nous et on lui dira qu'on n'a rien trouvé.

Qui diable était ce « il » ?

— Il n'y a pas d'or.

— Ne nous prends pas pour des imbéciles. A ce qu'on dit, il y en a même des paquets !

— Fausse rumeur.

Il sentait la présence de son deuxième couteau, entre ses omoplates. Les doigts le démangeaient de s'en servir. Il suffirait d'une fraction de seconde pour que le chef de la bande ne soit plus qu'un cadavre étendu sur le sol. Ce serait facile de l'atteindre. Mais Maddie se débattait comme une diablesse et il ne pouvait pas prendre ce risque.

— Maddie, murmura-t-il pour attirer son attention. Laisse-moi régler le problème.

Elle cessa lentement de se débattre. Son tortionnaire la souleva un peu plus. Caden s'obligea à ne pas bouger un muscle. A un moment ou à un autre, l'homme allait commettre une erreur et il ne le louperait pas.

— Laisse-la partir et tu auras la vie sauve.

Il mentait, bien sûr. Cette fripouille allait mourir et il veillerait à ce que ce soit lent et douloureux. Personne ne venait impunément la nuit sur son campement pour faire du mal à sa femme et le voler.

L'homme éclata de rire, découvrant des dents jaunies.

— Tu plaisantes ? Je n'ai rien vu d'aussi mignon depuis des mois.

Plusieurs ombres sortirent peu à peu de l'obscurité. Une, deux, trois, quatre…

— Et tu n'es pas en position de marchander. Tu es seul contre cinq.

Exact. Sauf qu'Ace ne faisait pas partie des ombres qui avançaient vers le feu de camp.

— Je vous le redis : qu'est-ce que vous voulez ?

— Et je te le répète : l'or et la fille.

— Il n'y a pas d'or.

— On verra ça quand il fera jour. Gordon, attache-le.

Un homme maigre, à l'haleine pestilentielle, lui enfonça son colt dans le cou et le poussa vers un arbre. Caden fit mine de trébucher — mieux valait se montrer moins costaud qu'on ne l'était réellement.

— Vérifie d'abord qu'il n'a pas d'armes.

Le dénommé Gordon plongea la main dans sa botte gauche et en retira un poignard. Il inspecta la droite et en sortit le derringer. Il palpa ses flancs, ses poches, inspecta ses poignets.

— Ça va, j'ai fait le tour, annonça-t-il à son chef.

Un autre type lui lia les mains dans le dos puis ils le plaquèrent contre le tronc d'un arbre pour l'y ficeler. Le couteau logé entre ses omoplates s'enfonça durement dans son dos. Grosse négligence de ne pas avoir vérifié à cet endroit, une omission qui allait leur coûter cher. Au lieu de l'attacher au tronc, Gordon lui asséna un coup de poing dans le ventre qui le cassa en deux. Il n'eut pas besoin de feindre le râle qui lui échappa.

— Ne lui faites pas de mal ! cria Maddie.

— Ça va, Maddie, ne…

Un coup de crosse de fusil dans les reins lui coupa la respiration. Sans tenir compte de son avertissement, Maddie planta ses dents dans le bras de son tortionnaire et se débattit comme une tigresse.

— Tiens-toi tranquille, la rouquine, ou je colle une balle entre les yeux de ton amoureux !

Elle se figea avec une soudaineté qui alarma Caden. Son regard se voila. Oh non ! Elle était en train d'avoir une crise. Et on ne pouvait jamais prévoir ce qu'elle allait faire dans ces moments-là. !

Pétrifié, il regarda son visage se transformer et devenir peu à peu celui d'une séductrice. Un sourire aguicheur se dessina sur ses lèvres.

— Alors, messieurs, on est venus prendre du bon temps à La Pantoufle de velours ? susurra-t-elle d'une voix charmeuse.

Personne ne répondit et pour cause : ils étaient tous bouche bée.

— Inutile de vous chamailler. Il y en aura pour tout le monde.

Elle caressa du doigt la joue hirsute du chef de la bande.

— Qui veut passer le premier ? Toi ? Tu t'appelles comment ?

— Alan.

Un boutonneux avec le nez de travers recula.

— Bon sang, elle est fêlée ! Moi, je ne touche pas une folle, ça porte malheur.

— Tu n'es qu'une poule mouillée, Skeeter.

— En tout cas, moi, fêlée ou non, je suis preneur, grogna le dénommé Gordon en déboutonnant son pantalon.

— Tu devras attendre ton tour.

— Je prends celui de Skeeter !

— Tu ne prends rien du tout tant que tu n'as pas ligoté ce type.

Gordon reboutonna son pantalon en maugréant et détacha le lien de cuir accroché à sa ceinture.

— Merde. Ne commencez pas sans moi.

— Je fais ce que je veux : je suis le chef, répondit Alan en ricanant.

Joignant le geste à la parole, il empoigna brutalement les seins de Maddie à travers le corsage de sa robe. Caden étouffa un hurlement de rage. Gordon lui attrapa les bras pour le plaquer contre le tronc. Il dut s'y reprendre à deux fois, trop occupé qu'il était à guetter ce que faisait son chef.

— Tu aimes ça, hein ? grogna ce dernier en écrasant la poitrine de Maddie dans sa grosse main.

Elle roucoula de volupté.

— Oh…

Elle ne dit rien de plus, mais cette petite syllabe suffit à enflammer les cinq hommes.

Alan éclata de rire et lança à Caden un regard triomphant par-dessus son épaule.

— Tu t'es livré pour sauver une pute ?

Les hommes éclatèrent de rire.

— Ça doit être un sacré coup.

— Ou c'est un sacré idiot. Ouvre ta robe, beauté, et laisse-moi voir tes tétons.

Maddie lui décocha un sourire de sirène et recula vers le feu. Tous les regards la suivirent. Il n'aurait pas pu rêver meilleure diversion, Ace avait tout le temps de se mettre en position.

Comme si elle avait pu lire dans ses pensées, elle se mit à onduler des hanches au rythme d'une musique imaginaire. Elle joua avec le ruban de son corsage, l'entortilla autour de son doigt et le déroula avec une sensualité torride qui enflamma l'imagination de son public.

— Ne nous fais pas languir, commanda Alan d'une voix rauque. Montre-nous tes trésors cachés.

— Bien sûr.

Et elle déboutonna son corsage avec un art consommé de l'effeuillage. Caden se figea. Ce n'était pas la Maddie qu'il connaissait ce qu'il avait sous les yeux, c'était la prostituée qui avait travaillé dans un bordel depuis sa plus tendre enfance ! Sans cesser de sourire, elle fit un pas sur le côté et continua à onduler tout en dégrafant son corsage avec une lenteur ensorcelante.

De sa place, Caden ne voyait que son dos et l'ondulation de ses reins, mais le spectacle était si érotique qu'il imaginait sans peine ce que devaient ressentir ces types autour d'elle. Il avait besoin d'une diversion, mais ça allait trop loin ! Il se rendit compte tout à coup qu'en se décalant légèrement, elle s'était placée dans la ligne de tir. Elle se sacrifiait pour lui, encore une fois !

— Maddie, arrête !

— Je suis à toi dans une minute, Caden, susurra-t-elle. Je dois d'abord m'occuper de ces deux gentlemen. Ils ont l'air terriblement… affamés.

Le sous-entendu vulgaire le rendit malade. La robe de Maddie glissa le long de ses hanches et tomba à ses pieds dans un froissement d'étoffe, dévoilant sa chemise délacée. Elle n'avait pas eu le temps de l'ajuster quand elle s'était habillée en hâte.

Des sifflets admiratifs s'élevèrent dans l'obscurité.

— Hé ! ça c'est de la femme !

Bon sang, où était Ace ?

— Remets un peu de bois dans le feu qu'on la voie mieux !

— De quelle couleur sont ses tétons, Alan ? gémit Gordon toujours posté à côté de Caden. Rose pâle ou rouge vif ?

Maddie enjamba sa robe. Son panty et sa chemise dessinaient un halo clair dans la pénombre. Elle ressemblait à une divinité de la forêt.

— Je ne peux pas dire, elle a encore sa chemise. Enlève-la, bébé. Montre-nous tes jolis nénés.

Maddie lâcha un petit rire de gorge qui était de la séduction à l'état pur. Il flotta dans la nuit et s'enfonça dans le cœur de Caden comme la lame d'un poignard.

— Maddie, stop !

Alan leva son colt et le pointa sur lui, par-dessus l'épaule de Maddie. Le barillet brilla dans la nuit.

— La ferme !

Maddie roucoula.

— Tout doux, mon beau, quelle impatience…

Elle posa sa main sur le canon du colt et se mit à le caresser sur toute sa longueur dans un lent va-et-vient. Alan émit une sorte de grognement. Gordon faisait cinq nœuds au lieu d'un pour l'attacher au tronc : il était hypnotisé par le numéro insensé de Maddie et recommençait les mêmes gestes sans même s'en rendre compte. Tout le monde avait les yeux fixés sur ses épaules ivoire, sa taille étroite et ses fesses voluptueuses. Caden se mordit la lèvre jusqu'au sang. Quand tout cela serait terminé, il lui dirait sa façon de penser. Le corps qu'elle livrait en pâture à ces bêtes était *à lui* !

Elle avança d'un pas, puis d'un autre, jusqu'à ce que son ombre se confonde avec celle d'Alan. Le chef de la bande s'humecta les lèvres, sans pour autant lâcher son arme.

— Hello, ma petite chatte. Laisse-nous voir ces beaux tétons.

— Si tu ne poses pas ton arme, chéri, on ne va pas pouvoir faire grand-chose, toi et moi.

Elle envoya voltiger son chapeau d'une pichenette et enfouit voluptueusement ses doigts dans sa tignasse crasseuse. Comment pouvait-elle supporter sans vomir son odeur répugnante ? Caden serra les dents. Il était à l'agonie. C'était une chose de savoir que Maddie avait travaillé dans un bordel, mais c'en était une autre de la voir en action.

Gordon s'avança.

— J'ai fini.

Alan remit son colt dans son étui.

— Alors je crois qu'on a de quoi s'amuser avant le lever du soleil.

Il restait deux bonnes heures avant l'aube. Caden préférait ne pas savoir ce que des hommes comme ceux-là pouvaient faire à une femme en deux heures.

Alan commença à lui en faire la démonstration. Il empoigna la tresse de Maddie et lui tira la tête en arrière jusqu'à ce qu'elle se cambre, sa poitrine saillante, offerte. Cette brute devait lui faire très mal, mais elle n'eut pas même un tressaillement. Elle continua à se frotter contre lui, à l'exciter. Et soudain, il eut comme une révélation. Un véritable choc. Maddie faisait *réellement* diversion. Elle était parfaitement lucide. Elle leur achetait du temps avec son corps.

Il tira sur ses liens pour tenter de desserrer les nœuds que Gordon avait faits à la va-vite.

— Maintenant, enlève ta chemise, poupée, ordonna Alan, la voix rauque de désir.

Elle tira sur les lacets avec une lenteur savamment orchestrée, jouant de leur impatience, riant comme une coquette en les entendant jurer. Alan saisit son corsage à pleines mains et le déchira d'un geste brutal. Les seins de Maddie jaillirent, splendides, voluptueux, d'un blanc crémeux. Il lui fut impossible de distinguer la couleur de ses mamelons dans l'obscurité, mais il se rendit compte qu'il était aussi curieux que les autres. La honte le submergea. Il ne valait pas mieux que cette racaille !

— Enlève tes sales pattes de ma femme ! gronda-t-il.

— Je ne la touche pas, fit Alan en ricanant. Pas encore…

Il disait vrai. C'était Maddie qui faisait tout le travail, caressant sensuellement ses seins, pinçant ses mamelons, les tirant, enchaînant tous les regards. Ace ? Où diable était Ace ?

— C'est deux dollars la passe, roucoula-t-elle.

— Tu n'auras pas un clou, trancha Alan.

Elle ne réagit même pas.

— Il faudra quand même que tu paies.

— Et qui va m'y forcer ? Toi ?

Elle fit glisser sa langue sur ses lèvres tout en continuant à pincer et à tirer délicatement ses mamelons.

— Pas moi, non.

Elle montra Caden d'un petit signe du menton.

— Lui. Il te tuera si tu ne le fais pas.

Il n'y avait que Maddie pour penser à le présenter comme son souteneur.

Alan cracha un jet de salive sur le sol.

— Lui ? C'est un toquard !

Les nœuds commençaient à lâcher. Caden continua à tirer comme un fou pour se détacher.

Maddie tournoya sur elle-même en riant. Sa tresse virevolta sur son épaule.

— Tu ne sais pas de quoi il est capable. Je l'ai vu tuer des hommes avec ses mains nues. Et tu ne connais pas Madame Tia, ma patronne. Il travaille pour elle.

Seigneur, maintenant voilà qu'elle faisait de Tia une mère maquerelle !

— Elle ne tolère pas qu'on manque de respect à l'une de ses filles.

Cela au moins était vrai. Tia se transformait en tigresse si on touchait à quelqu'un qu'elle aimait.

— Ta Madame Tia n'est pas là cette nuit, et ton protecteur est ligoté à un arbre. Alors viens ici et embrasse-moi.

Elle secoua la tête.

— Je n'embrasse pas.

Il fronça les sourcils.

— Et moi je te dis que tu vas m'embrasser !

— Pas sur la bouche. Je n'embrasse jamais sur la bouche.

Gordon se mit à rire et déboutonna sa braguette.

— Pas de problème pour moi.

Caden tira plus fort sur ses liens. Ses poignets étaient en sang, mais les nœuds ne cédaient pas. Il n'eut pas d'autre choix que de regarder Maddie, sa douce, sa tendre Maddie, s'agenouiller devant ce porc avec la grâce d'une colombe. Cette vision le rendit malade.

— Maddie, relève-toi !

— Dans une minute, Caden, répondit-elle d'une voix mélodieuse.

— Non, tout de suite !

Autant parler à un mur. Où était Ace, bon Dieu ?

Alan sortit son sexe de son pantalon et l'exhiba.

— Il va te falloir plus d'une minute pour me satisfaire, poupée.

— Oh…

De nouveau, ce « Oh » que Caden ne voulait pas entendre. Il ne voulait pas non plus voir la main d'Alan se poser sur la tête de Maddie, ses gros doigts sales s'enfoncer dans ses cheveux flamboyants pour l'incliner vers lui. Il ne voulait pas se rappeler plus tard de Maddie, à genoux, en train de sucer cet homme pour le sauver. Il tordit les mains comme un fou, le cuir entamant sa chair.

— Maddie, arrête. Tu n'es pas une marchandise, pour personne !

Alan le regarda en riant par-dessus la tête de la jeune femme.

— Rince-toi l'œil, mon joli. C'est le seul plaisir que tu auras ce soir.

Non. Son plaisir il le prendrait en le massacrant. Dès qu'il serait libre. Le couteau s'enfonçait entre ses omoplates pendant qu'il frottait ses poignets contre l'écorce du tronc pour trancher ses liens. Les muscles de ses épaules étaient en feu. La sueur perlait sur son front. Le cuir lui lacérait les poignets, mais il était en train de céder. Encore un peu… Juste un peu…

— Maddie, ne fais pas ça !

Elle ne l'écoutait pas. Elle ouvrit ses lèvres dans un sourire séducteur, enserra délicatement ses doigts autour de la base du sexe de l'homme et se pencha pour le prendre dans sa bouche. Alan gronda de plaisir. Caden détourna les yeux. Il ne pouvait pas regarder, il ne pouvait pas la voir vendre son âme pour le sauver.

— J'en peux plus, grogna Gordon en glissant la main dans son pantalon pour se caresser.

Dans un ultime sursaut de désespoir, Caden réussit enfin à rompre ses liens. Il allait bondir quand Alan poussa un hurlement à glacer les sangs, ses doigts comme des griffes dans les cheveux de Maddie.

— Espèce de salope !

Il hurla de plus belle en essayant de se dégager. Ses gestes étaient saccadés, il roulait des yeux de dément.

— Enlevez-la ! Enlevez-la !

Maddie se leva d'un bond, aussi rapide qu'un éclair, et lui agrippa la main pour l'empêcher de dégainer son arme. Un coup de feu claqua. Alan s'effondra. Un deuxième coup de feu retentit et Skeeter roula sur le sol. Gordon ressortit précipitamment la main de son pantalon et tenta se sortir son colt, mais Caden fut plus rapide. Il attrapa le couteau entre ses omoplates et le lança. Gordon tomba en arrière, la gorge transpercée. Un troisième coup de feu retentit. Une ombre s'écroula sous les arbres, fauchée en pleine course.

Le silence retomba.

— Ace ? Il y en a d'autres ?

Il y eut un râle, puis la voix d'Ace qui lui répondait.

— Plus maintenant.

Alan agonisait à terre, les mains crispées sur son sexe ensanglanté. Du sang jaillissait de sa poitrine. La blessure était mortelle, il n'en avait pas pour longtemps.

Caden ramassa une couverture et se précipita vers Maddie. Elle ressemblait à un ange brisé, ses seins nus tremblant sous sa chemise déchirée, un colt à la main. Elle tournait la tête de tous côtés comme si elle s'attendait à voir un ennemi surgir à chaque instant. Sa bouche était barbouillée de sang et elle tremblait de tous ses membres.

— Chérie, ça va. C'est terminé.

Il lui prit doucement l'arme des mains avant de l'envelopper dans la couverture.

— Je ne sais pas où tu as appris tout ça, mais tu es une sacrée bonne femme, Maddie Miller, murmura-t-il avec émotion.

Elle leva les yeux vers lui et il lut toute la souffrance et l'horreur de son passé dans son regard tandis qu'elle répondait :

— Une prostituée doit apprendre à se défendre toute seule.

# Chapitre 10

« Une prostituée doit apprendre à se défendre toute seule. »

Caden ne cessait de ressasser ces mots terribles. Il n'ignorait pas comment Maddie avait vécu avant son arrivée au *Hell's Eight*, mais la voir s'offrir à ces porcs pour le protéger l'avait bouleversé… Il serra les dents tout en attachant un cordage autour d'un rocher. Il avait cru tout savoir, mais en réalité il découvrait qu'il ne savait rien.

Maddie Miller avait une personnalité très complexe. A la fois une enfant perdue, un ange vengeur et une femme vibrante de passion. Un cocktail détonant enveloppé dans un cœur sincère et droit. Il enfila le harnais et s'arc-bouta, traînant la roche derrière lui.

Depuis cette fameuse nuit, Maddie le fuyait. Dans les minutes qui avaient suivi l'attaque, elle s'était effondrée dans ses bras, bouleversée. Il l'avait serrée contre lui pendant qu'elle sanglotait éperdument : il voulait la consoler, chasser son désespoir. Mais ensuite elle s'était réfugiée derrière ce mur invisible qu'elle dressait entre elle et le monde extérieur, et il n'avait pas réussi à l'approcher de nouveau. Impossible de savoir si elle se cachait d'elle-même ou de lui, mais une chose était certaine : cela ne pouvait plus durer. Elle était sa femme et il était normal qu'il veille sur elle.

Il tourna les yeux vers le petit tas de gravats qu'elle avait décidé toute seule de dégager. Sa robe jaune était déchirée et ses cheveux tombaient en fouillis sur son visage en sueur. Depuis cette fameuse nuit, elle travaillait sans relâche, comme si elle avait quelque chose à prouver ou à se faire pardonner. Mais bon sang, quoi ? Lui avoir sauvé la vie ?

Il lança un autre coup d'œil vers Ace, occupé à charrier des pelletées de cailloux. Ce dernier lui jeta un regard noir, qui lui disait clairement : « Ne reste pas planté là, fais quelque chose. »

Maddie laissa échapper un cri et se tint la main en se mordant la lèvre. Elle s'était encore écrasé les doigts en soulevant une pierre trop lourde. Mais de quoi se punissait-elle à la fin ? S'il allait la voir, il savait par avance qu'elle l'enverrait au diable. Elle n'aurait même pas besoin de sortir de son mutisme : un regard suffirait.

Ace posa sa pelle et s'avança.

— Tu attends quoi, exactement ? lui lança ce dernier en passant devant lui. Qu'elle se fasse vraiment mal ?

— Mêle-toi de ce qui te regarde.

Ace repoussa son chapeau en arrière et essuya son front ruisselant de sueur.

— Justement, ça me regarde. Maddie est l'une des nôtres. Elle l'a prouvé l'autre nuit en sauvant ta misérable peau.

— Je sais.

Ace continua, impitoyable.

— Elle ne nous avait jamais vus travailler en équipe, elle n'avait aucun moyen de savoir que j'étais en embuscade, elle n'attendait aucun secours. Elle a vu qu'on te tabassait, qu'on t'attachait, alors elle s'est sacrifiée pour toi parce que c'est dans sa nature.

— Qu'est-ce que tu veux que je fasse ?

— Dis-lui d'arrêter de se punir. Tu es mon mari, non ? Si quelqu'un doit lui expliquer qu'elle ne doit pas avoir honte de ce qu'elle a fait, c'est toi.

Ace était toujours convaincu de détenir toutes les réponses. Il était souvent exaspérant mais, aujourd'hui, il avait raison.

— Un de ces jours, bougonna-t-il, une fille va te mettre K.-O. avant que tu aies compris ce qui t'arrive et tu pourras dire adieu à toutes tes belles certitudes.

— Non, sans blague ? ironisa Ace.

— Oui. Et ce jour-là, je te regarderai mordre la poussière en applaudissant des deux mains.

Ace éclata de rire.

— Tu peux attendre longtemps.

— Il ne faut jamais dire : « Fontaine… »

Si on lui avait dit qu'il épouserait Maddie, il ne l'aurait jamais cru. Mais il n'aurait jamais imaginé non plus qu'un jour il lui ferait du mal et pourtant… Il la regarda s'arrêter de travailler pour s'éponger le front. La chaleur du matin cédait peu à peu la place à la fournaise de l'après-midi. Elle n'allait pas tenir longtemps à ce rythme.

Il retira son harnais.

— Nous reprendrons cette conversation plus tard. Ma femme a besoin d'être sauvée.

— De quoi ?

Caden soupira.

— D'elle-même.

Maddie se raidit en l'entendant approcher, mais elle ne se tourna pas vers lui. Elle tenait toujours sa main blessée.

— Montre.

Elle cacha sa main dans son dos.

— Ce n'est rien.

— Je veux voir, Maddie.

— C'est sans importance.

— Laisse-moi prendre soin de toi.

Elle ouvrit la bouche et il posa un doigt sur ses lèvres pour l'empêcher de prononcer les mots.

— Non.

Il ne voulait pas l'entendre dire de nouveau qu'une prostituée savait se défendre toute seule.

Elle referma la bouche. Il promena son doigt le long de sa joue, de son épaule et de son bras, jusqu'à sa main. Elle était raide, comme s'il était un étranger. Cela lui fit mal. Il prit sa main blessée dans la sienne et constata qu'elle s'était écrasé un ongle.

— Il va probablement tomber.

Elle fixa le vide sans répondre, le visage fermé. Il soupira.

— Viens avec moi.

Elle ne fit pas le moindre geste.

— J'ai encore du travail.

— Alors disons que c'est l'heure de la pause.

— Si on fait des pauses, on n'aura jamais terminé. D'autres voleurs de concession pourraient nous attaquer.

Cette éventualité l'effrayait, il le savait.

— S'ils viennent, on les recevra.

Elle se raidit.

— Tu n'as rien à craindre, Maddie. On te protégera.

— Je peux me protéger toute seule !

Il choisit d'ignorer sa provocation.

— Je sais, mais maintenant ce n'est plus la peine.

Il l'emmena sur l'étroit sentier en pente qui conduisait à l'étang. Les arbres dispensaient une fraîcheur apaisante après la chaleur accablante de ces dernières heures.

— Je n'ai pas choisi le bon moment pour entamer des fouilles, soupira-t-il. J'aurais dû remettre à plus tard.

Le petit lac apparut derrière les arbres. L'eau scintillait sous le soleil, fraîche et tentante. Maddie s'arrêta.

— Qu'est-ce qu'on fait ici ?

Il se tourna vers elle.

— Je te l'ai dit : un break.

Elle regardait l'étang comme si c'était du poison. Elle avait eu exactement le même regard ces deux derniers soirs quand il était venu se coucher près d'elle. Elle était restée raide et hostile dans ses bras jusqu'à ce que le sommeil finisse par vaincre sa résistance. Il ne reconnaissait plus sa Maddie. Où était la jeune femme qui le regardait avec adoration, quoi qu'il fasse, et s'accommodait de son humeur — bonne ou mauvaise ? Il n'en avait aucune idée, mais il voulait qu'elle revienne.

Il frotta du doigt une traînée de terre sur sa joue, mais ne réussit qu'à l'étaler un peu plus sur sa peau moite. Ses ongles étaient cassés et noircis. Elle sentait la sueur et le désespoir.

— Maddie, je suis désolé.

Les mots sortirent tout seuls parce qu'ils venaient du cœur. Il était vraiment désolé.

— De quoi ?

— De tout. De m'être mis en colère contre toi, de t'avoir mal parlé, de t'avoir traitée de traînée.

Il secoua la tête avant de reprendre :

— Sans même savoir ce que cela signifiait.

— Tu sais très bien ce que cela signifie, répondit-elle en faisant mine de s'éloigner.

Il la retint et commença à déboutonner son corsage sans qu'elle oppose la moindre résistance.

— Je peux me comporter comme un vrai crétin quand je suis en colère.

Elle planta son regard dans le sien, mais resta passive, bras ballants, avec toujours cette défiance pleine de raideur qu'elle affichait envers lui depuis deux jours. Elle avait définitivement changé. Autrefois elle se réfugiait dans un monde imaginaire, aujourd'hui elle restait face à lui et l'affrontait sur un pied d'égalité. Il était incapable de lire dans ses pensées, mais il sentait sa rébellion.

Il continua à déboutonner sa robe. C'est bien ce qu'il pensait : le tissu était trempé de sueur. Comment avait-elle pu tenir en plein soleil avec une telle épaisseur de vêtements

— une chemise, un corset, un jupon, un panty et quoi d'autre encore ? C'était à se demander comment elle n'avait pas fait un malaise !

Il fit glisser sa robe sur ses hanches.

— Je ne veux plus que tu portes tout cet attirail.

Elle hocha la tête, les yeux baissés.

Puis, il dénoua les rubans qui fermaient son jupon, et le vêtement tomba à ses pieds.

Elle resta devant lui, aussi immobile qu'une statue, ses habits formant un petit tas vaporeux autour d'elle.

— Ce corset doit être un enfer.

— J'y suis habituée.

Le tissu était mouillé. Il entreprit de le délacer, tout en continuant à parler pour ne pas laisser le silence s'installer. Ils étaient tout proches l'un de l'autre et pourtant il y avait un gouffre entre eux.

— Comme je le disais, je suis un imbécile. Tu t'es toujours montrée beaucoup trop indulgente avec moi. Et le pire, c'est que je m'y suis habitué.

Le corset était difficile à délacer. Lorsqu'il y parvint enfin, il constata que sa peau était brûlante. Il scruta son visage avec inquiétude. Elle était très pâle, trop pâle. Pourvu qu'elle n'ait pas attrapé une insolation !

— Assieds-toi dans l'herbe, dit-il.

Elle obéit et il s'agenouilla pour délacer ses chaussures et les lui retirer doucement. Il retint un juron. Son talon et ses orteils étaient à vif, couverts d'ampoules éclatées ! Envahi par un intense sentiment de culpabilité, il prit délicatement son pied en coupe dans ses mains.

— Pourquoi ne me l'as-tu pas dit ?

— Tu ne voulais pas m'entendre gémir.

— C'est différent ! Une ampoule peut s'infecter si elle n'est pas soignée. On peut perdre son pied !

— Elles ne me font plus mal.

— Bon sang, Maddie !

Il la porta jusqu'à un rocher, au bord de l'étang. A sa grande surprise, elle se débattit quand il voulut la déposer dans l'eau.

— Non !

— Du calme, tu ne crains rien.

La gardant serrée contre lui, il s'assit sur la pierre et lui fit tremper ses pieds dans l'eau. Elle était toute crispée entre ses bras, mais elle se détendit progressivement tandis que le froid apaisait le feu de sa peau brûlante.

— Je vais bien, Caden.

— Non, ce n'est pas vrai. Tu as mal, tu es triste, tu es folle de colère, mais tu ne vas pas bien.

Il aurait tellement voulu qu'elle retrouve le sourire, qu'elle redevienne sa Maddie. Celle qui lui préparait des cookies et qui lui souriait comme s'il était le seul être fiable dans le tourbillon chaotique de sa vie.

— Tu ne m'idolâtres plus, pas vrai ?

— Je ne t'ai jamais idolâtré.

Il plongea la main dans l'eau pour asperger ses chevilles.

— C'est l'impression que j'avais.

— Tu aurais dû me dire que cela t'importunait.

— Tu es une femme complexe, Maddie, pleine de surprises. On se sent très vite désarçonné avec toi.

— Ce que tu veux dire, en fait, c'est que je suis folle.

— Non ! protesta-t-il en levant les yeux pour la dévisager. Même pendant tes absences, tu t'exprimes de manière très sensée. D'ailleurs, tu en as beaucoup moins depuis quelque temps, non ?

— Je ne veux plus fuir.

— Pourquoi ?

— Parce que ce sont les enfants qui se cachent. Une femme doit regarder la réalité en face, quelle qu'elle soit.

— Tu parles comme Bella.

— Je l'aime beaucoup.

Il prit son mollet entre ses mains et le massa délicatement. Elle poussa un petit soupir d'aise qui le soulagea. Enfin, elle se détendait.

— Vous vous entendez bien, Bella et toi, n'est-ce pas ?

Elle hocha la tête.

— Elle est très gentille avec moi et elle sait se battre pour défendre ses convictions. Je l'admire.

Il retira ses bottes et entra dans l'eau. Il aurait pu enlever son pantalon, mais il ne portait rien en dessous.

— Tu vas être trempé, observa-t-elle.

— Eh oui !

L'eau était délicieusement fraîche et le fond boueux formait un tapis tout doux sous ses pieds. Le soleil lui brûlait les épaules, mais c'était beaucoup plus supportable avec les pieds dans l'eau.

— Même si tu ne portes rien en dessous, tu peux enlever ton pantalon, tu sais. Ça ne me choquera pas.

— Qu'est-ce qui te fait croire que je ne porte rien en dessous ?

— Tu ne mets pratiquement jamais de sous-vêtements.

Comment diable savait-elle ça ? Elle avait dû drôlement l'espionner au *Hell's Eight*.

— Quand on fait la lessive, il n'y en a presque pas dans ta pile de linge.

Une explication toute simple. Une fois de plus, il l'avait soupçonnée injustement.

— Quoi qu'il en soit, je ne vais pas me mettre nu devant toi. C'est une question de respect.

Elle planta son regard dans le sien.

— Une traînée comme moi…

— Arrête !

— Pourquoi ?

— Parce que ce n'est pas vrai !

— Tu l'as dit, pourtant.

Et il lui avait brisé le cœur et l'âme. Il s'en voulait à mort.

— J'étais en colère. Je voulais te faire du mal.

Elle détourna les yeux.

— Je comprends. Je le méritais, je n'aurais pas dû t'obliger à m'épouser.

Il ne voulait pas revenir sur l'épisode de Culbart. Cela ne servait plus à rien de ressasser cette histoire.

— Tout va bien, Maddie. La page est tournée, tu as fait ce qu'il fallait faire.

— Mais je n'ai pas…

— Je ne veux pas l'entendre ! J'ignore ce qui s'est passé entre Culbart et toi et je ne veux pas le savoir. C'est de l'histoire ancienne.

Il ne voulait pas savoir qu'elle avait couché avec Culbart pour obtenir ce qu'elle voulait. Il ne voulait pas imaginer ce gros ours hirsute se démener au-dessus d'elle en ahanant. Il prit une inspiration, ferma brièvement les yeux pour chasser cette image insoutenable.

— Comment vont tes pieds ?

— Beaucoup mieux.

— Bien.

Il la prit dans ses bras et avança dans l'eau. De nouveau, elle s'agrippa à son cou, tremblante de peur.

— Ne t'inquiète pas, je ne vais pas te lâcher.

— Ce n'est pas ça.

— Qu'est-ce que c'est alors ?

— Cette eau… C'est trop dur, je ne peux pas.

— Dur ?

Il se pencha pour la plonger tout doucement sous la surface afin de rafraîchir son corps brûlant. Elle enroula ses jambes autour de sa taille. Il sentit aussitôt son sexe se durcir à ce contact. Il y avait quelque chose de tendre et de suave chez Maddie qui lui rappelait la douceur des premiers jours d'été et éveillait en lui une émotion particulière. Il s'assit lentement dans l'eau en l'entraînant avec lui. Elle ferma les yeux, les mains toujours agrippées à ses épaules pendant qu'il dénouait sa longue tresse. Ses cheveux s'étalèrent à la surface comme une fleur flamboyante. Il prit de l'eau au creux de sa paume et la fit couler sur sa tête. Lentement, elle relâcha son souffle.

— C'est agréable ?

Elle hocha la tête.

— Tu travailles trop dur, dit-il en rassemblant ses cheveux sur une épaule.

— Pas plus que toi.

— Ma douce, je pèse deux fois ton poids et je suis tout en muscles. Ce n'est pas comparable. Et, en plus, tu te charges des repas et du ménage sur le campement.

— Toi, tu t'occupes des chevaux.

Il chercha son regard.

— Ce que j'essaie de te dire, c'est que ce n'est pas une vie pour toi.

Elle pinça les lèvres.

— Je ne veux pas divorcer.

Comme toujours, elle ne s'embarrassait pas de fioritures. Mais au diable ! Il n'avait aucune envie d'avoir cette discussion maintenant.

— On abordera la question quand elle se présentera, mais pour le moment…

Il la fit basculer en arrière. Elle s'agrippa à lui, les yeux écarquillés par la terreur.

— Non !

— Pourquoi ?

Elle remua les lèvres, mais aucun son n'en sortit.

— Qu'est-ce qu'il y a ? demanda-t-il en scrutant son visage.

— Les trous d'eau sont dangereux.

— Du côté de la Louisiane, peut-être, mais ici, en dehors d'un serpent ou deux, ils sont sans risque.

Elle secoua de nouveau la tête. Les mots ne voulaient toujours pas sortir, mais à l'évidence sa terreur était profonde.

— D'accord. Je vais me contenter de te rafraîchir, alors.

Il lui mouilla délicatement le visage.

— J'aurais dû apporter du savon.

— Non, c'est bien comme ça.

Il lui caressa le dos avec douceur, pour la calmer et la rassurer. Il aimait la sentir confiante, abandonnée contre lui.

— J'ai eu tort, Maddie. Tort de te parler et de te traiter comme je l'ai fait. Je n'ai aucune excuse, si ce n'est que j'étais en colère. Je pensais que tu m'avais trahi.

— Je ne te comprends pas.

— Pas de problème. Je ne me comprends pas moi-même.

— Qu'est-ce que tu attends de moi ?

— Pour l'instant, je veux juste que tu me laisses prendre soin de toi. Appuie ta tête contre mon épaule, ferme les yeux et détends-toi. D'accord ?

Elle nc posa pas sa tête sur son épaule, mais elle resta contre lui, immobile. Il mouilla sa tête jusqu'à ce que ses cheveux ruissellent, mettant en relief la pureté de ses traits et la meurtrissure sur sa pommette, là où Alan l'avait frappée. Maddie n'était pas simplement ravissante, elle avait une âme magnifique, un cœur immense et elle avait souffert plus que quiconque.

Cédant à une impulsion, il embrassa le petit pli soucieux qui s'était formé entre ses sourcils. Elle sursauta.

— Tu veux coucher avec moi.

Elle avait l'air résignée comme si cette petite phrase résumait toute sa vie. Mais elle se trompait. Il avait envie d'elle, bien sûr, mais ce qu'il voulait, ce n'était pas du sexe. Ce qu'il voulait, c'était ce qu'elle lui avait donné il y avait encore quelques secondes : sa confiance.

— Je te désire, c'est incontestable. Mais ce n'est pas ce que je veux.

— Quoi, alors ?

— Toi.

— Je suis là.

— Physiquement, oui. Mais ton cœur s'est fermé.

Elle tressaillit et rougit légèrement.

— C'était un béguin de petite fille.

Il suivit la courbe de son sourcil avec son pouce.

— Peut-être, mais je veux tout redevienne comme avant.

— Pourquoi ? Pour que tu puisses te servir de mes sentiments pour me crucifier la prochaine fois que tu seras en colère ?

Elle secoua farouchement la tête.

— Non merci.

— Je ne veux plus me mettre en colère, dit-il en caressant ses cheveux mouillés. Je veux être gentil avec toi, pour toujours.

— Pourquoi ?

Il effleura les taches de rousseur qui saupoudraient ses joues, puis, cédant à la tentation, il les parsema de baisers légers avant de descendre lentement vers sa bouche. « Je n'embrasse pas », avait-elle dit à Alan. A la façon dont ses lèvres restèrent closes sous les siennes, il sut que c'était vrai.

— Parce que tu es la seule femme qui réussit à me faire sourire.

Il embrassa le coin de sa bouche, tout doucement, puisant dans cette tendresse qu'elle éveillait spontanément en lui. Elle ne bougea pas et il reprit espoir en constatant qu'elle ne l'envoyait pas non plus au diable. Alors, il posa ses lèvres sur les siennes et l'embrassa avec toute la douceur dont il était capable.

Quand il releva la tête, elle avait fermé les paupières et le petit pli soucieux était réapparu entre ses cils. Etait-ce bon ou mauvais signe ?

— Maddie ?

Elle ouvrit les yeux. Ils étaient vert foncé, plus sombres que d'habitude.

— Pourquoi n'embrasses-tu pas ? demanda-t-il.

Elle se figea.

— Je ne sais pas. Le jour de mon arrivée, une des filles m'a dit de ne jamais embrasser un client.

— Et tu ne l'as jamais fait ?

— Non. Elle disait que si on embrassait un homme, on lui donnait son âme.

Il suivit du bout du doigt le délicat dessin de ses lèvres.

— Quel âge avais-tu ?

— Je ne suis pas sûre. Huit ou neuf ans. Ma mère n'a jamais été très claire sur l'année de ma naissance.

— Elle t'a élevée ?

— Non. Je ne l'intéressais pas. Elle avait rencontré un rancher et elle voulait partir avec lui.

— C'est ce qu'elle a fait ?

— Je ne sais pas.

C'était une histoire si triste. Il se rappelait sa mère avec chagrin et regret, mais toujours avec amour. Il ne pouvait pas imaginer qu'on puisse livrer une enfant de huit ans à la tenancière d'un bordel. C'était monstrueux.

— J'espère qu'elle est seule et très malheureuse.

— Elle est morte.

— Tu ressens de la haine pour elle ?

— Non, pourquoi ? Chacun doit se battre pour survivre.

— C'est pour ça que tu travailles aussi dur ? Pour survivre ?

Elle acquiesça.

— Je ne veux pas être à la charge de qui que ce soit.

— Et c'est aussi pour ça que tu as appris à faire de la pâtisserie ?

— J'aime confectionner des gâteaux. C'est amusant et tout le monde est de bonne humeur.

Il sourit.

— Tu as raison.

Ils étaient bien. Le soleil leur caressait le visage, les oiseaux gazouillaient dans les arbres et les abeilles bourdonnaient. Une parfaite journée d'été.

— Plus tard, j'ouvrirai une boulangerie, lança-t-elle subitement.

Il ne lui demanda pas avec quel argent. Tout le monde avait besoin d'un peu de rêve dans sa vie.

— Où ?

— Je n'ai pas encore décidé.

Il s'adossa au rocher, désagréablement surpris par la tournure que prenait la conversation. Il n'aimait pas qu'elle fasse de projets sans lui.

— Je me situe où dans ton avenir de boulangère ?

Son silence lui apporta sa réponse.

— Je n'en fais pas partie parce que tu penses que je n'ai pas envie d'être là, ou parce que tu ne veux pas que j'y sois ?

Elle ne répondit pas, pas plus qu'elle ne réagit lorsqu'il l'attira à elle. Il aurait tant souhaité pourtant qu'elle montre un peu d'enthousiasme et de chaleur, qu'elle lui caresse le poignet, comme avant. Il avait pensé que sa femme était folle, mais en réalité elle était seulement très abîmée par la vie.

Il l'entoura de ses bras et la serra tendrement contre lui.

— Tu n'as plus à t'inquiéter, Maddie. Personne ne te fera du mal. Plus jamais.

Il anticipa sa question avant même qu'elle ne la formule, d'une voix basse et résignée :

— Pas même toi ?

# Chapitre 11

Maddie attendit une réponse qui ne vint pas.

— C'est bien ce que je pensais.

Folle de rage, elle s'échappa de ses bras et se redressa. Elle vacilla lorsque ses pieds s'enfoncèrent dans la vase de l'étang. Il tendit la main pour l'aider, mais elle se détourna et regagna la rive, ignorant ses appels.

Il n'avait pas le droit d'entretenir ses espoirs pour mieux les piétiner ! Il racontait qu'il ne voulait pas la faire souffrir, mais ce n'était pas vrai. Il n'arrêtait pas de lui faire du mal ! Elle n'avait pas oublié la façon dont il lui avait jeté le mot *traînée* à la figure, comme les clients du bordel, avec le même mépris. Maintenant il voulait passer à autre chose parce qu'il se sentait coupable, mais à la première dispute il lui lancerait son passé au visage. Elle ne s'y connaissait peut-être pas en maris, mais elle savait à quoi s'en tenir sur les hommes. Ils avaient toujours une bonne raison de se mettre en colère.

Elle l'entendit sortir de l'eau en criant son prénom, mais ne se retourna pas. Oui, elle avait été une prostituée. Elle n'avait pas eu le choix, mais aujourd'hui elle était libre et, contrairement à ce qu'ils pensaient tous, elle allait devenir quelqu'un de bien. Une femme respectable !

Caden la rattrapa au moment où elle se baissait pour

ramasser son jupon. Il le lui prit des mains et elle tira pour le récupérer.

— Laisse-moi tranquille !

— Il fait beaucoup trop chaud pour porter un jupon, Maddie.

— Une femme convenable ne se promène pas sans jupon.

Si jamais il lui disait qu'elle n'était pas quelqu'un de convenable, elle allait le gifler. Elle ne se souvenait pas avoir ressenti une telle colère de toute sa vie. Et puis, finalement, elle lui abandonna le jupon. Pas parce qu'elle cédait devant lui, mais parce qu'elle ne se sentait pas le courage d'enfiler des sous-vêtements trempés de sueur.

Elle se détourna pour ramasser sa robe, mais il l'attrapa par le bras et la força à lui faire face.

— Qu'est-ce qui te met aussi en colère ?

— Toi !

Elle aurait voulu se réfugier sur les bords de son étang. Pas celui-là, l'autre, son sanctuaire, mais elle refusa de céder à la tentation. Même si sa vie était un désastre, elle n'avait pas d'autre choix que de l'affronter parce que c'était la sienne et qu'elle devait aller de l'avant.

— Pourquoi ?

Comment pouvait-il lui poser cette question ? Après ce qu'il avait fait !

— Parce que tout ça n'est qu'un jeu sans conséquence pour toi.

— Je suis ton mari.

— Pas pour longtemps, si j'ai bien compris.

Il la lâcha enfin et elle se détourna pour enfiler sa robe. Mais il l'enlaça par-derrière et la tint serrée contre lui. Elle se raidit. Il n'avait pas le droit de lui faire croire qu'elle comptait pour lui et qu'il la chérissait.

— Maddie ?

Elle ne répondit pas.

— Maddie-Love ?

Comment osait-il ?

— Ne m'appelle pas comme ça !

Elle ne voulait plus jamais qu'il lui donne ce petit nom tendre.

— Je suis un imbécile, dit-il en frottant sa joue contre la sienne.

Un geste tendre qui malgré elle la fit trembler d'émotion.

— Oui.

— Je me suis comporté comme le dernier des crétins.

Ce n'était pas elle qui allait le contredire.

— Mais je suis toujours ton mari.

— Pour combien de temps ? Un jour ? Une semaine ? Un mois ?

Il la tourna vers lui.

— Jusqu'à ce que la mort nous sépare.

Non. Elle ne voulait pas qu'il entretienne un espoir impossible. Elle n'y croyait plus.

Elle redressa le menton.

— Jusqu'à ce que tu te rappelles que je suis une traînée et que je t'ai forcé à m'épouser. Tu m'annonceras alors que tu veux divorcer ou bien tu monteras sur ton cheval en me disant que tu vas revenir et je ne te reverrai jamais !

Il recula comme si elle l'avait giflé.

— Jamais je ne ferai une chose pareille.

— Bien sûr que si. C'est ta spécialité.

Il fronça les sourcils.

— Mais qu'est-ce que tu racontes ?

— Chaque fois que tu commences à te sentir bien quelque part, tu fais ton sac et tu disparais. Tu veux partir ? Très bien, va-t'en. De toute façon, je sais qui tu es à présent.

— C'est-à-dire ?

— Un égoïste qui ne pense qu'à lui.

— Ce n'est pas vrai.

— Oh si ! c'est vrai ! Et mon adoration stupide pour toi…

Elle fit un geste définitif de la main.

— C'est terminé ! Alors maintenant, laisse-moi.

— Je ne peux pas.

Il y avait plus d'émotion dans ces quatre petits mots que dans tous les discours qu'il avait pu lui tenir. Surprise, elle leva les yeux et s'aperçut qu'il regardait sa poitrine. Elle comprit pourquoi : sa chemise trempée collait à ses seins et moulait leurs courbes généreuses. Ses mamelons dressés par le froid pointaient sous le tissu. Elle croisa les bras, les joues en feu.

— Ce n'est pas comme ça que tu vas m'amadouer.

Il resta imperturbable.

— Tu en es sûre ?

Il avança d'un pas, elle recula de deux. Il fit un nouveau pas vers elle et elle s'apprêtait à reculer une nouvelle fois quand il la retint d'un geste de la main.

— Stop ! Ou tu vas tomber dans l'étang.

Elle jeta un coup d'œil par-dessus son épaule. Il avait raison, elle était tout près du bord.

— Alors n'avance plus.

— Sinon quoi ?

Il avança encore d'un pas.

— Tu as raison sur certains points, Maddie, et tort sur d'autres. Je peux être têtu et coléreux, c'est vrai. Mais je peux aussi être loyal et sincère.

— Pas avec moi.

— C'est un mensonge et tu le sais très bien.

Troublée par cette affirmation, elle se mordit la lèvre. Mais elle ne céda pas.

— C'était vrai avant, plus maintenant.

Il soupira.

— Je te veux, Maddie.

— Tu m'avais.

— C'est vrai, et j'ai eu tort d'estimer que ton amour m'était acquis. Je le regrette.

Il fixait toujours sa poitrine. Elle rassembla ses jupes, prête à sauter dans l'étang.

— Arrête, dit-il en secouant la tête.

Elle le défia du regard.

— Je n'ai pas à t'obéir.

Il lui décocha un sourire. Ce sourire qui avait toujours le don de faire battre son cœur un peu trop fort.

— Oh si !

En une enjambée, il fut près d'elle, si proche qu'elle eut l'impression de sentir la chaleur de son corps malgré la fournaise. Le soleil faisait étinceler ses beaux yeux. Elle s'interdit de les regarder, elle ne voulait pas se laisser attendrir… mais Dieu que c'était difficile !

Elle s'efforça de penser à son étang-refuge, sa fraîcheur délicieuse. Sa surface polie comme un miroir se ridait quand elle y lançait un caillou. L'air était si doux, là-bas, si calme… Caden lui caressa la joue et l'image se brisa comme du verre, en un millier de petits morceaux. Elle se retrouva face à lui, exposée à son regard brûlant de désir.

— Tu es ma femme, Maddie.

— Maintenant, tu t'en souviens.

— Je ne l'ai jamais oublié.

— Mais demain, tu oublieras. Ou le jour d'après, quand tu iras en ville et que tu rencontreras une femme respectable et belle. Tu penseras à la pauvre fille à qui tu as lié stupidement ta vie et tu n'auras qu'une envie : l'oublier.

Il glissa ses doigts dans ses cheveux et les referma sur sa nuque.

— Tu te trompes, répondit-il en l'attirant à lui.

Puis d'un mouvement naturel, avec une confiance telle qu'elle eut envie de le frapper, il se pencha vers elle.

— Non !

Son souffle lui caressa les lèvres.

— Si.

— Je n'embrasse pas.

Elle sentit son sourire contre sa bouche.

— Avec moi, si.

Sous ce tendre assaut, elle n'eut pas d'autre choix que de s'agripper à lui pour ne pas perdre l'équilibre. Paniquée, elle essaya de rester indifférente, mais d'un simple frôlement de ses lèvres sur les siennes il anéantit tous ses efforts.

Son baiser était très différent de ce qu'elle avait imaginé — doux, attentif, léger comme une caresse. Il accentua un peu la pression et elle crut qu'il allait forcer l'ouverture de ses lèvres comme le faisaient si souvent les hommes quand elle refusait de leur donner ce qu'ils voulaient. Mais une fois encore, elle s'était trompée. Il continua à l'embrasser doucement, tendrement, comme s'il avait des sentiments pour elle.

— C'est cruel, chuchota-t-elle.

Ses mots moururent contre ses lèvres, se mêlèrent à son souffle. C'était si intime qu'elle frissonna.

— C'est comme ça que je te vois, Maddie.

Elle poussa un cri étouffé. Colère, espoir ? Elle ne parvenait pas à mettre un nom sur ce qu'elle ressentait. Tout était si confus qu'elle avait envie de pleurer. Pour la première fois de sa vie, elle découvrait le bonheur d'être chérie. C'était à cela qu'elle rêvait autrefois, enfin quand elle osait rêver. Elle gémit quand il l'étreignit plus fort. La douceur de ses mains dans ses cheveux, la tendresse de son baiser, la chaleur de son corps à travers ses vêtements mouillés… Un frisson exquis la parcourut.

Elle tenta de résister à l'illusion, de s'échapper de son étreinte. Ce baiser n'était pas plus réel que son étang imaginaire. Caden cherchait simplement à obtenir ce qu'il voulait, il s'amusait avec elle. Même une prostituée avait besoin de se sentir aimée, ne serait-ce qu'un tout petit peu. Ce besoin d'amour la rendait vulnérable et Caden était trop fin psychologue pour ne pas avoir décelé cette faille en elle. Et elle,

elle était trop lâche pour le repousser. Réel ou imaginaire, elle voulait ce souvenir.

Il continua à l'embrasser avec cette tendresse qui la bouleversait, anéantissant une à une ses défenses. Elle poussa un petit cri quand il lécha le coin de ses lèvres avec sa langue.

— J'aime bien ce son, murmura-t-il.

Il recommença et elle ne put retenir un autre petit cri voluptueux. C'était si bon de sentir sa bouche sur la sienne. Une expérience si douce et si intime. Comme s'il avait senti sa faiblesse, il fit descendre sa robe le long de ses hanches. Le vêtement tomba en corolle à ses pieds. Lorsqu'il la souleva dans ses bras, elle eut un petit hoquet de surprise.

— Qu'est-ce que tu fais ?

— Je courtise ma femme.

« Courtiser » ! C'était un mot qu'elle n'aurait jamais associé à Caden. Il était têtu, autoritaire. Protecteur. Viril. Il incarnait son rêve masculin depuis le premier jour où elle l'avait rencontré. Elle avait cru sottement que son rêve était devenu réalité, mais elle s'était trompée.

Elle resta raide dans ses bras pendant qu'il la portait jusqu'à la clairière comme si elle ne pesait pas plus lourd qu'une plume. Il s'assit à l'ombre d'un arbre et elle en profita pour s'échapper de son étreinte, mais avant qu'elle ait pu savourer cette brève victoire, il la força à s'asseoir sur ses genoux en souriant malicieusement. Elle sentit son sexe durci à travers son pantalon. Son panty ne lui était d'aucune protection — tout au contraire.

— Tu veux coucher avec moi, lança-t-elle crûment, en se servant des mots comme on se sert d'une dague.

— Bien sûr.

Il passa un bras autour de sa taille pour la maintenir contre lui et referma sa main sur sa nuque d'un geste tendre qui la fit trembler.

— Mais pas maintenant, Maddie-Love. Maintenant, je veux t'embrasser.

— Tu l'as déjà fait.

Il secoua la tête.

— Je n'ai même pas encore commencé.

Il caressa sa bouche avec son pouce, faisant éclore sous son doigt un fourmillement délicieux. Il avait de grandes mains, fortes et douces à la fois. Des mains qui sauraient la protéger quoi qu'il arrive et la garder en sécurité. En cet instant, elles la retenaient prisonnière, mais cette douce contrainte était excitante. Une onde de chaleur prit naissance entre ses cuisses et se répandit jusqu'à sa poitrine tandis que sa caresse se faisait plus insistante. Le fourmillement devint une brûlure. Quand il retira son doigt, elle ne put s'empêcher de toucher sa lèvre avec sa langue.

Son rire caressa son visage comme la plus douce des brises. Il se pencha vers elle jusqu'à ce que leurs deux souffles ne fassent plus qu'un. Elle crut qu'il allait l'embrasser, mais il se contenta de lui caresser la nuque, et elle resta pétrifiée, le cœur battant à tout rompre, incapable de bouger. Finalement, elle posa son regard sur sa bouche et ce fut comme si l'air lui manquait. Il avait une bouche magnifique. Une bouche d'homme, virile, sensuelle.

— La bouche de ton mari, dit-il.

Oh Seigneur ! elle avait dû parler tout haut !

— Passe ton bras autour de mon cou.

Elle fit lentement glisser ses doigts sur son torse, suivant le relief dur de ses muscles et de ses épaules. Toute sa féminité répondait à sa masculinité. Quand elle noua ses mains autour de sa nuque, il sourit.

— Maintenant, viens là, Maddie-Love.

Et elle lui donna ce qu'il voulait : elle s'abandonna à son étreinte, bouche contre bouche, leurs deux corps soudés l'un à l'autre, de la pointe tendue de ses seins jusqu'à son sexe vulnérable lové contre le sien. Une tentation si délicieuse. Elle se crispa, mais il resserra son étreinte. Elle s'était attendue à un baiser brûlant, mais il se contenta de butiner le coin de ses lèvres.

— Je me suis conduit comme un imbécile, Maddie.

— Tu l'as déjà dit.

Il embrassa l'autre coin de ses lèvres.

— Une vraie buse.

Il sourit et lui lança un regard amusé. Elle ne répondit rien.

— Pas d'objection ?

— Non.

— Bien. J'aime les femmes obéissantes.

Cette réflexion la hérissa.

— Alors tu es mal tombé.

Mais il ignora sa colère et délaça sa chemise, dénudant ses seins. Durant un court instant, elle ne sut pas si elle devait se couvrir ou s'exhiber.

— Ce n'est pas ce que tu penses, dit-il tout en déboutonnant sa propre chemise avec des gestes rapides.

Son torse était hâlé par le soleil, musclé, recouvert d'un triangle de poils bruns. Absolument magnifique.

— J'ai seulement besoin de sentir le contact de ces seins splendides sur ma peau pendant notre premier baiser. Juste ça, ma douce.

Troublée, elle avala sa salive avec difficulté.

— Nous nous sommes déjà embrassés.

— Ce n'était qu'un prélude.

— Bon.

Incapable d'esquisser le moindre geste, elle resta figée devant lui comme un brave petit soldat. Il rit et déposa une pluie de baisers sur le bout de son nez.

— Maddie, Maddie, Maddie. Je ne suis pas en train de me servir de toi. Et tu n'es pas là pour endurer stoïquement ma volonté. Je ne suis qu'un mari qui témoigne sa tendresse à sa femme.

— Tu penses que je suis une traînée.

— Je pense que tu es la douceur faite femme.

— Tu te punis toi-même.

— Tu es la plus belle des récompenses.

— Je ne veux pas être ta récompense.

— Et je ne veux pas être ta punition. Tu as fini ? On peut continuer ?

Elle pinça les lèvres. Il pouvait l'embrasser si ça lui chantait. Elle n'était pas de force à l'en empêcher, mais cela ne signifiait pas qu'elle devait aimer ça.

— Bien.

Il la serra un peu plus fort dans ses bras, leurs bouches n'étaient plus qu'à un cheveu l'une de l'autre. Elle avait le choix : soit elle cédait, soit elle se dérobait. Elle opta pour la deuxième solution. Sauf que ce mouvement de recul eut pour effet d'ancrer plus profondément le sexe de Caden entre ses cuisses, et cela ne fit qu'accentuer la palpitation fiévreuse qui l'habitait. Elle bougea légèrement pour changer de position et, à sa grande surprise, elle l'entendit pousser un petit gémissement. Il était donc vulnérable, lui aussi ? Jamais elle n'aurait jamais imaginé que ce soit possible et cette pensée lui plaisait.

Alors, il l'embrassa, encore et encore. Des baisers tantôt doux, tantôt voraces. Il continua jusqu'à ce qu'elle ne puisse plus s'agripper à sa méfiance pour se protéger, parce que ce moment était trop beau, trop tendre. Elle se détendit sans même s'en rendre compte.

— Tu as fini de te battre ? lui dit-il au bout de ce qui lui sembla une éternité.

Cela ne servirait à rien de mentir.

— Oui.

— Bien.

Il se remit à l'embrasser, mais cette fois elle sentit une émotion inconnue s'éveiller en elle tandis qu'il pressait ses hanches contre les siennes et insinuait doucement sa langue entre ses lèvres. Elle savait maintenant pourquoi les prostituées n'embrassaient jamais. Les baisers étaient une fenêtre ouverte sur l'âme. Ils révélaient des secrets intimes que personne n'était censé connaître.

Elle voulut tout arrêter — mais il était déjà trop tard. Son amour pour Caden avait pris le contrôle de son esprit et la faisait fondre dans ses bras, la rendant consentante et docile alors qu'elle aurait dû être furieuse et révoltée.

— Oui, comme ça… Tu es magique.

Oh ! mon Dieu ! Quand il lui parlait avec cette voix-là, elle perdait tout sens commun. Elle était prête à lui donner son cœur, son âme, pour l'entendre encore lui murmurer des mots doux. Il mordilla ses lèvres et sourit quand elle se mit à onduler contre lui. Il ne parlait pas, il voulait la laisser ressentir ce qu'il lui disait avec ses baisers.

Elle ne savait quel nom donner à l'émotion qu'il cherchait à exprimer. Le seul mot qui lui vint à l'esprit fut « tendresse ». Mais cela ne lui suffisait pas, elle en voulait plus. Elle lui caressa le torse, mais il lui saisit les mains et les noua sur sa nuque.

— Je veux mon baiser, Maddie.

Ses mots vibrèrent contre sa bouche.

— On n'est pas obligés de ne faire que s'embrasser, protesta-t-elle.

— Je suis ton mari et je veux mon baiser.

— Mais je t'embrasse.

— Tu commences à peine.

Elle commençait ? Mais que voulait-il d'elle ?

— Je ne comprends pas. Montre-moi ce que tu veux.

— Doucement, on a le temps.

— Non : maintenant !

Il se mit à rire.

— Quelle impatience. Ne t'en déplaise, j'ai l'intention de suivre mon propre tempo.

Mais elle voulait connaître l'étape suivante. Par curiosité ou pour en finir, elle n'aurait su le dire, mais finalement quelle importance ? Elle voulait sentir ses mains sur son corps, sa bouche sur la sienne. Elle voulait respirer son odeur, s'enivrer de sa passion. Plus il l'embrassait, plus sa fièvre montait. Finalement, ce fut elle qui ouvrit les lèvres et goûta sa bouche, le faisant gémir.

— Oui, murmura-t-il d'une voix rauque qui l'enveloppa comme une caresse. Maintenant, tu commences vraiment à m'embrasser.

— Tu voulais que je prenne les commandes ?

— Non, ma douce. Je voulais que tu aies envie de le faire.

Son baiser devint plus passionné, plus exigeant. Il fit glisser sa main jusqu'à ses fesses et les pétrit doucement pour la plaquer plus étroitement contre lui. Elle sentit la fièvre derrière cette douceur et elle devina alors que cette tendresse était un cadeau qu'il lui offrait.

— Je ne comprends pas.

Il secoua la tête en riant.

— J'aime t'embrasser, Maddie-Love. J'aime t'entendre gémir. J'aime sentir tes hanches frémir contre les miennes. J'aime ce petit cri de gorge quand je caresse ta langue avec la mienne. J'aime ce que tu me fais ressentir quand tu deviens vivante dans mes bras.

*Vivante*, oui. Pour la première fois de sa vie, elle se sentait vivante. Instinctivement, elle frotta ses hanches contre les siennes, mais il l'immobilisa.

— Non. On s'embrasse, rien d'autre.

— Mais ce n'est pas comme si j'étais une…

Il lui mordit doucement la bouche, l'empêchant de finir sa phrase, puis il la couvrit de petits baisers, l'excitant jusqu'à ce qu'elle enfonce ses ongles dans sa nuque, ivre de désir. Cette fois, ce fut elle qui chercha sa langue et qui exigea qu'il réponde. Comme s'il avait reçu son signal, il fit courir ses mains sur son corps, le long de ses bras, de ses épaules, de son dos, dans un mouvement lent et sensuel qui l'enflamma tout entière.

Elle n'avait que sa bouche et ses baisers pour lui dire à quel point il la consumait et pour le supplier d'apaiser ce feu dévorant, mais il ne céda pas à sa requête. Il l'embrassait seulement, et avec une ferveur qui lui donnait envie de pleurer. Il n'exprimait pas simplement son désir pour elle. Il lui montrait qu'elle était plus importante que tout à ses yeux, plus importante même que son propre plaisir.

— Voilà comment un homme embrasse une femme qu'il respecte, murmura-t-il. Voilà comment un homme embrasse une femme qui compte vraiment pour lui.

La flamme monta, dévorant tout ce qui les entourait jusqu'à ce qu'il n'y ait plus que leurs deux bouches l'une contre l'autre, lèvres contre lèvres, souffle contre souffle. Finalement, alors qu'elle gémissait, pantelante, il rompit leur étreinte. Doucement, il l'embrassa sur la joue, le nez, le menton, avant de presser ses lèvres sur son front.

— Voilà comment un homme embrasse la femme avec laquelle il a l'intention de passer le reste de sa vie.

Il lui fallut quelques instants pour comprendre ce qu'il venait de dire. Ce fut comme si la lame d'un couteau déchirait le voile de sa passion, la laissant glacée et effrayée. Pas ça ! Elle se tortilla pour descendre de ses genoux. Peut-être était-il sincère en cet instant mais demain ? Ou la semaine prochaine ? Tôt ou tard, un de ses anciens clients la reconnaîtrait dans la rue et se moquerait de lui en ricanant. Et ce jour-là, il n'aurait qu'une envie : se débarrasser de cette traînée à laquelle il s'était enchaîné.

Il eut l'air consterné en la voyant se rajuster fébrilement.

— Maddie…

Elle détourna le regard, laça sa chemise et ramassa sa robe. Elle n'aurait pas dû l'embrasser. Ses baisers l'avaient rendue si vulnérable qu'elle avait failli croire au mirage qu'il faisait miroiter devant ses yeux.

Elle se rappela un jour où elle était tombée amoureuse d'un client. Elle avait quinze ans et les autres filles se moquaient d'elle. Elle avait cherché du soutien auprès d'Hilda, la prostituée la plus âgée du groupe. Elle l'avait regardée dans les yeux en disant : « Qu'est-ce que tu t'imagines ? Personne ne veut d'une pute. Elles sont faites pour baiser et rien d'autre. »

Cette réalité la rattraperait toujours, quoi qu'elle fasse.

— Les putes sont faites pour baiser et rien d'autre, articula-t-elle tout haut.

Il sursauta comme si elle l'avait frappé.

— Si tu veux baiser avec moi, ne te gêne pas. Je suis ta femme et je ne peux pas t'en empêcher. Mais je ne veux pas que tu me racontes des histoires pour petite fille trop crédule et je ne veux pas t'entendre me faire des promesses que tu ne tiendras pas !

— Arrête, Maddie !

— Tu me parles de respect, mais tu me crois assez idiote pour avaler tes mensonges ?

Il se redressa sur un coude et l'observa de ses yeux trop perspicaces.

— Pourquoi te mentirais-je ?

— Je ne sais pas. Peut-être pour avoir l'impression d'avoir gagné.

— Et pour que je gagne il faut que tu perdes, c'est ça ?

Elle affronta son regard.

— Les putes sont faites pour baiser. Ce n'est pas une défaite d'accepter la vérité.

— Si tu répètes cette phrase encore une fois, je te lave la bouche avec du savon !

— Si tu m'embrasses encore une fois, je te coupe les couilles !

Son langage cru lui fit froncer les sourcils, mais ça lui était bien égal de le choquer.

— Non, sans blague, ironisa-t-il d'une voix grinçante.

Elle s'éloigna, le cœur serré par la colère et l'amertume.

— Tu ne me connais pas !

# Chapitre 12

Caden faillit rattraper Maddie puis il se ravisa. Il ne voulait pas la brusquer et elle était partie bouleversée, au bord des larmes. Pendant trop longtemps, il avait accepté comme une fatalité de voir Maddie sourire à tout, le regard dans le vague, perdue dans son monde imaginaire. Il n'avait pas voulu voir le mur qu'elle dressait entre elle et le reste du monde pour se protéger. Mais aujourd'hui, la situation avait changé. Maddie ne fuyait plus la réalité, elle encaissait les coups. Seulement voilà, elle était aussi fragile qu'une porcelaine fine.

Lorsqu'il passa la main dans ses cheveux, il sentit des particules de boue et de feuilles sous ses doigts. Il était entré dans l'étang pour se rafraîchir et il en ressortait plus échauffé que jamais. Il retira son pantalon trempé et tressaillit au contact de son sexe bandé. Il était si sensible que la brise tiède lui fit l'effet d'une caresse. Il s'imagina, pénétrant la chaleur veloutée de Maddie. Elle l'épouserait parfaitement, il le savait d'avance : elle avait été créée pour lui, de ses seins généreux à ses hanches si douces. La femme parfaite. Il enserra son sexe entre ses doigts, frissonnant de désir. Ce serait facile de chercher l'apaisement de cette façon, de se caresser en pensant à elle, mais il ne le ferait pas. S'il devait jouir, ce serait avec elle. Il entra dans l'eau glacée, plongea sous la surface et émergea plusieurs mètres plus loin. Il nagea d'une rive à l'autre pour apaiser ses sens enflammés. Plusieurs allers-retours lui permirent de retrouver une certaine sérénité. Il reprit pied, rejeta ses cheveux en arrière.

— Besoin de te rafraîchir les idées ? demanda Ace depuis la rive.

Il connaissait cette fausse désinvolture dans la voix de son compagnon. Elle n'annonçait jamais rien de bon.

— Il y a un problème ?

— C'est à toi qu'il faut poser la question si j'en juge par le visage de Maddie quand elle est rentrée au camp.

— Rien d'insurmontable. Dis-moi plutôt ce qui t'amène.

— On a eu de la visite.

Caden se figea.

— Qui ?

— Un des hommes de Culbart. Il est venu jusqu'ici.

— Dickens ?

— Non.

— Qu'est-ce qu'il voulait ?

Ace repoussa son chapeau en arrière.

— Les Indiens sont sur le sentier de la guerre. Ils ont brûlé une colonie à quelques kilomètres du ranch de Culbart.

Caden rassembla ses souvenirs. Il devait s'agir de New Haven. Dix familles s'étaient regroupées pour construire cette petite ville isolée mais bien fortifiée. Si les Comanche l'avaient attaquée, c'était que la menace d'un soulèvement était réelle.

— Culbart nous fait dire qu'on n'est pas en sécurité ici, ajouta Ace.

Culbart pouvait garder ses conseils pour lui, mais en l'occurrence il n'avait pas tort : garder Maddie ici devenait trop risqué.

— L'attaque s'est produite il y a combien de temps ?

— Trois jours. Il se dit prêt à accueillir Maddie chez lui.

Le Fallen C était bien gardé, mais si les Comanche étaient

réellement en train de se révolter, ni Culbart ni ses hommes, aussi aguerris soient-ils, ne pourraient résister. Et de toute façon il était hors de question qu'il lui confie Maddie.

— On se passera de Culbart.

— Il y a deux jours de cheval jusqu'au *Hell's Eight*.

— Je sais.

— C'est jouable.

— Mais il faudra traverser le territoire indien et tu as vu des traces attestant leur présence.

Ace hocha la tête.

— Ils sont nombreux et avancent très vite. J'ai dans l'idée que ce sont eux qui ont attaqué New Haven.

— Tu penses qu'ils nous ont repérés ?

— Je pense que ce serait de la folie de ne pas l'envisager.

Exact. Et Caden n'était pas fou — surtout quand la vie de Maddie était en jeu.

— Stirple n'est qu'à une journée de cheval.

— Et c'est une ville trop importante pour que les Comanche se risquent à l'attaquer, conclut Ace.

Caden réfléchit. Il ne pouvait pas abandonner la mine. Il avait besoin de cet or, ne serait-ce que pour dédommager Caine maintenant qu'il avait promis le poulain à Culbart. Il allait devoir rester… mais sans Maddie.

— Je vais conduire Maddie à Stirple et l'installer dans un hôtel. Je ne vois que cette solution.

— Ça ne va pas lui plaire.

— Je sais. Elle refuse de mettre les pieds dans une ville depuis son arrivée au *Hell's Eight*.

— Elle doit avoir peur que quelqu'un la reconnaisse, dit Ace.

C'était probable.

— Quand comptes-tu partir ?

— Demain, à la première heure.

— Et tu as l'intention de le lui annoncer quand ?

Caden sortit de l'eau et attrapa ses vêtements. Il enfila sa chemise sur son torse trempé.

— Demain à la première heure.

Ace fit sauter en l'air sa pièce fétiche. Elle tournoya dans la lumière.

— C'est une façon de te défiler, à moins que tu aies des projets pour cette nuit ?

— A ton avis ? rétorqua Caden en reboutonnant sa chemise.

— Je sens que je vais encore être de garde, bougonna Ace en rattrapant habilement la pièce.

— On va déplacer le camp sur la hauteur, jusqu'à la plate-forme rocheuse. Au moins on sera sûrs que personne ne pourra nous tomber dessus à l'improviste ou nous prendre à revers.

— J'ai demandé à Maddie de rassembler les affaires.

— Elle sait pourquoi ?

— Elle pense que c'est pour nous protéger d'un retour des voleurs de concession.

Caden n'aurait su dire s'il devait se réjouir ou se désoler qu'elle soit aussi crédule.

— Ils sont tous morts.

— Elle va sûrement finir par s'en rendre compte, mais pour l'instant elle plie bagages sans poser de questions, c'est l'essentiel.

— Elle a peur ?

— Elle ne me l'a pas montré, en tout cas. Et elle n'est pas partie dans un de ses délires.

Caden enfila son pantalon. La tâche était loin d'être aisée quand on était mouillé.

— Elle ne se réfugie plus dans son monde imaginaire.

— C'est vrai ?

— Je suppose qu'elle n'en a plus besoin.

— Dommage. Il aurait mieux valu qu'elle ne soit pas trop lucide dans les heures qui viennent.

— Tu vas peut-être avoir du mal à le croire…

Il enfila ses chaussettes, avant de reprendre la parole :

— Mais j'aime quand elle est en colère.

Oui, il y avait un feu caché en Maddie, et il aimait le voir étinceler.

Ace glissa la pièce dans sa poche.

— Dois-je courir chercher un médecin pour soigner ta fièvre ?

Caden sourit.

— Inutile.

— Qu'est-ce que tu vas faire ?

— Aider Maddie à ranger les affaires, bien sûr.

— Et ensuite ?

— Je n'en ai pas la moindre idée.

Ace lui lança son chapeau.

— C'est rassurant d'avoir un équipier qui sait où il va.

Caden lui adressa un petit sourire ironique.

— Je suis toujours meilleur dans l'improvisation.

Quand il regagna le campement, Maddie avait repris le contrôle de ses émotions et rassemblé les affaires sur deux bâches étalées sur le sol. Elle lui lança un regard nerveux en le voyant approcher.

— Je ne sais pas comment les attacher.

Elle était toujours anxieuse de bien faire. Sans doute parce qu'on ne lui avait pas pardonné la moindre erreur dans le passé.

— Je vais te montrer.

Elle se pencha sur son épaule pour regarder.

— Tu fais comme ça.

Il prit les quatre coins d'une bâche et les replia au centre avant de les nouer solidement avec la corde.

— Et voilà.

Elle fronça les sourcils.

— C'est tout ?

— On ne se déplace que d'une centaine de mètres. Ce serait différent si on se préparait pour un long voyage.

— Ace dit qu'on doit changer le campement de place parce que d'autres voleurs de concession risquent de venir.

— C'est vrai. On sera plus à l'abri en hauteur, avec la paroi rocheuse derrière nous. On risque d'avoir plus chaud avec la réverbération de la pierre mais tant pis.

Maddie se mordit la lèvre et il fut incapable de détacher son regard du bout de langue rose qui venait d'apparaître. Il se rendit soudain compte qu'elle fixait sa bouche avec la même fascination. Il sourit à l'idée qu'un désir identique courait dans leurs veines.

— Tu es si douce à embrasser, Maddie-Love, si avide de découvertes.

Et il mourait d'envie d'être son professeur, de lui enseigner tous les plaisirs de l'amour. Elle ne répondit pas et il attacha la deuxième bâche sans chercher à combler le silence qui s'était abattu entre eux. Finalement, ce fut elle qui reprit la parole d'une petite voix sèche.

— Je ne suis pas vierge. Je n'ai plus rien à découvrir.

— Maddie, peu m'importe combien d'hommes ont abusé de toi. Pour moi, tu es vierge. Personne n'a jamais touché ton cœur, personne n'a jamais éveillé la passion en toi.

Il termina de nouer la corde et se retourna vers elle. Elle n'avait pas bougé, mais ses sourcils étaient froncés, ses joues pâles.

— La femme qui est en toi est intacte. Elle attend que l'homme qui t'est destiné la réveille et la ramène à la vie.

Il soutint son regard.

— Et je suis cet homme. Le seul qui te fait brûler de désir et qui te fera crier de plaisir.

— C'est ce que tu crois. Je sais feindre comme personne.

Elle était sur la défensive, prête à fuir. Il ne put s'empêcher de sourire.

— Vraiment ? Montre-moi ça. Je suis curieux de voir

comment tu t'y prends pour feindre quelque chose que tu n'as jamais ressenti.

— Ici ?

— Pourquoi pas ? Puisque c'est de la comédie, ça n'a pas d'importance.

Elle eut l'air mal à l'aise, ce qui n'avait rien d'étonnant : elle ne savait pas mentir.

— Je n'ai pas envie.

— Pourquoi ? Tu as peur de ne pas être convaincante ?

— Je n'ai pas envie, c'est tout.

— Parce que tu ne sais pas.

— Si !

Il sourit et avança d'un pas. Il s'attendait qu'elle recule, mais elle fit front. Il la toisa d'un regard amusé, il avait envie de voir jusqu'où elle irait dans son mensonge. Il caressa sa joue, descendit jusqu'à sa nuque et l'attira à lui.

Elle se raidit.

— Qu'est-ce que tu fais ?

— Tu sais très bien ce que je fais. Et tu en as envie.

— Non, ce n'est pas vrai, chuchota-t-elle contre sa bouche.

Il sourit et l'embrassa comme il embrassait une femme qu'il désirait : avec passion, explorant sa bouche, invitant sa langue à jouer avec la sienne, léchant le coin de ses lèvres, la mordillant et la butinant jusqu'à ce qu'elle gémisse et lui rende ses baisers avec fièvre. Sa reddition fut le plus précieux des cadeaux.

Il recula lorsqu'il la sentit hors d'haleine. Elle avait l'air abasourdie, comme un petit animal surpris dans l'espace sécurisé de son terrier. C'était cela son monde imaginaire : un terrier. Sans ce refuge, sa vie n'était qu'une succession d'agressions insupportables et destructrices.

— Tu sais quoi ? dit-il.

— Quoi ? souffla-t-elle d'une voix chavirée qui éveilla tous ses fantasmes.

Bon sang, il voulait l'entendre balbutier son prénom avec cette voix au moment où il la ferait sienne pour la première fois !

— Ce soir, quand on couchera ensemble, je veux que tu me montres comment tu fais semblant.

Elle le repoussa, les joues en feu.

— Va au diable !

Il la retint.

— Je n'ai pas terminé.

— Quoi encore ?

Il ne put s'empêcher de sourire devant son expression furibonde. Il lui tapota la joue avec un doigt, exigeant qu'elle le regarde. Elle était trop craquante quand elle était en colère.

— La prochaine fois que je t'embrasse, respire par le nez.

Elle fut aussi nerveuse qu'un chat sauvage pendant le reste de la journée, regardant le soleil décliner dans le ciel comme un condamné à mort contemple l'échafaud. Caden observa son manège avec une certaine stupeur. A quoi s'attendait-elle ? Qu'il se transforme en monstre à la nuit tombée et se jette sur elle ?

Le dîner terminé et la vaisselle faite, Ace partit prendre son tour de garde sur le promontoire rocheux, au-dessus d'eux. C'était à lui de jouer. Caden se redressa, épousseta son pantalon. Maddie se leva si vite que sa jupe tourbillonna autour de ses chevilles.

— Je vais faire un petit tour en forêt pour m'assurer que tout va bien.

Elle le regarda, les yeux écarquillés. Apparemment, elle n'était pas rompue aux subtilités des préliminaires amoureux.

— En langage clair, je te laisse du temps pour faire ce que les femmes font avant que leur amant les rejoigne.

— Tu es mon mari.

— Et ton amant, ne l'oublie pas.

Elle rougit.

— Je n'ai pas ce qu'il faut avec moi.

Il resta muet quelques secondes. Que diable voulait-elle dire par là ?

— Je n'ai pas besoin de parfum capiteux ni de dessous affriolants. Juste toi.

Elle fronça les sourcils comme s'il parlait une langue étrangère. Apparemment, ils ne se comprenaient pas.

— Où est le problème ?

— Je n'ai pas mon…

Elle serra les lèvres et il comprit qu'elle ne le dirait pas.

— Alors on fera sans, hasarda-t-il.

Elle écarquilla les yeux encore plus.

— Je t'assure que la chose qui te manque ne refroidira pas mon ardeur.

Elle croisa les bras sur sa poitrine d'un air têtu. Pas exactement l'image qu'il se faisait d'une épouse impatiente.

— Je risque de me retrouver enceinte.

C'était donc cela ! L'explication le surprit tout d'abord avant de susciter en lui un frisson d'excitation. Il adorerait concevoir un bébé aux cheveux roux avec Maddie, voir son ventre s'arrondir…

— Qui te dit que je n'ai pas envie de fonder une famille ?

— Mais… je suis… enfin, je ne suis pas…

Il la coupa.

— Tu es ma femme. Si je m'écoutais, je te prendrais là, tout de suite, et je serais ravi que cette nuit porte ses fruits. Mais, comme je suis un gentleman, je vais prendre mon temps.

— Pourquoi ?

— Parce que tu mérites d'être traitée avec douceur et respect.

Elle secoua la tête comme si elle ne croyait pas à ces nobles sentiments.

— Qu'est-ce que tu me trouves ?

— Tu es belle.

— Non. Je suis banale et j'ai des taches de rousseur.

— Tu es belle, et bonne, et si je t'avais connue dans d'autres circonstances, je t'aurais fait une cour effrénée. Mais tu étais fragile à ton arrivée au ranch, malade, et je me suis interdit de penser à toi. Ensuite, Culbart t'a enlevée et j'ai eu terriblement peur de te perdre. Je pensais retrouver une enfant brisée et perdue, mais j'ai découvert une jeune femme courageuse, prête à jouer la comédie pour nous sortir de ce pétrin. Et j'ai enfin ouvert les yeux.

Elle se tordit les mains.

— Je n'imaginais pas qu'il t'obligerait à m'épouser.

— Je sais. Et je commence seulement à comprendre que tu as accepté cette mascarade parce que tu avais peur que je me fasse tuer en tentant un coup de force.

Elle eut l'air abasourdie qu'il ait deviné si vite.

— Je reconnais que j'ai parfois tendance à foncer et à réfléchir après, admit-il. Mais imaginer que tu aies pu t'allier avec Culbart et trahir le *Hell's Eight* ? Cela n'avait pas de sens.

— C'est parce que tu as compris ça que tu veux coucher avec moi ?

Elle recula d'un pas, mais il lui attrapa la main et la ramena vers lui.

— Cette perspective est censée t'exciter, pas te terroriser.

Elle hésita.

— Tu veux que je ressente du plaisir, je sais.

— C'est le minimum.

— Mais je n'aime pas coucher avec un homme.

Il lui tapota le nez d'un geste taquin.

— Je te donne la permission de faire semblant.

— Mais maintenant tu sauras que c'est de la comédie.

— Chérie, tout homme est préparé à cette éventualité.

— Ah ?

Elle avait l'air sincèrement surprise.

— Bien sûr. Ça fait partie du défi. Combler sa partenaire pour qu'elle ne soit pas obligée de simuler.

— Et tu penses pouvoir me faire ressentir du plaisir ?

— Je l'espère. Il y a tant de passion en toi ! Mais si je n'y arrive pas, nous aurons beaucoup d'autres choses à explorer et à partager.

— Comme quoi ?

— Nous sommes mariés. Nous avons un avenir à construire.

— Tu as dit que tu voulais te débarrasser de moi.

— J'ai changé d'avis.

— Moi aussi j'ai changé d'avis. Je n'ai plus envie d'être mariée avec toi !

Il ignora son coup de bluff et s'éloigna en souriant. Il avait sa confirmation : elle n'était pas douée pour faire semblant.

Maddie resta plantée devant le sac de couchage et se concentra sur sa respiration pour ne pas paniquer. Cinq minutes. Elle n'avait que cinq minutes devant elle pour se mettre en condition et essayer de deviner ce que Caden attendait d'elle. Il lui avait parlé de sa virginité tout à l'heure. Certains de ses clients aimaient qu'elle fasse comme si c'était sa première fois. Etait-ce cela qu'il voulait ?

Oui, plus elle y pensait, plus elle était convaincue d'avoir trouvé. Faire semblant d'être vierge n'était pas compliqué. Les hommes avaient une idée très précise de la virginité et de ses codes.

« Laisse-moi dénouer tes cheveux. »

Elle allait commencer par natter ses cheveux. Pas trop serré pour que ce soit plus facile à défaire. Les hommes aimaient libérer ses cheveux, ils avaient l'impression de libérer sa passion.

« Ne sois pas timide. »

Et ils aimaient la déshabiller, aussi. Etre celui qui lui ferait perdre ses inhibitions.

« N'aie pas peur. »

D'autres voix résonnaient dans sa tête.

« Ne bouge pas. Je sais ce que je dois faire. Reste allongée. »

Elle prit une grande inspiration et remit de l'ordre dans ses pensées jusqu'à ce que sa confiance revienne. Caden était un homme comme un autre et elle savait ce que les hommes attendaient d'une vierge. Elle sortit sa brosse de son sac et disciplina ses cheveux en une natte souple. Un de ses clients était obsédé par la petite veine qu'il voyait battre à la base de son cou. Il aimait qu'elle ait peur et sur ce point elle n'avait pas besoin de feindre : il était brutal et vicieux. Elle défit les deux premiers boutons de son corsage.

Elle ne se rappelait pas l'époque où elle avait été vierge. Les premières années au bordel avaient été si terribles qu'elle avait fait en sorte de les effacer. Celle qu'elle avait été avant son premier client n'existait plus. Elle était détruite à jamais.

Elle entendit soudain Caden revenir vers le campement. Déjà ! Elle s'assit précipitamment sur le sac de couchage, étala soigneusement sa jupe autour d'elle, joignit les mains sur ses genoux et redressa le dos. Elle voulait paraître sage et innocente, mais elle se sentait surtout nerveuse et très effrayée. Elle avait tellement peur de le décevoir !

Il avança dans la lumière du feu, son ombre s'étirant derrière lui comme un double sinistre. Elle scruta son expression. Il n'y avait pas de colère dans ses yeux, seulement de la douceur. Elle s'affola. Comment réagissait-on face à la douceur ? Elle n'avait pas l'habitude.

Elle lui sourit timidement, sans avoir besoin de feindre la rougeur embarrassée qui lui monta aux joues. C'était étrange de se dire qu'elle allait coucher avec Caden, et plus étrange encore de penser à lui comme à son mari. Bien sûr, ce n'était pas pour toujours, mais elle aurait ce souvenir à chérir pour les années à venir et elle voulait qu'il soit parfait.

— Bonsoir, dit-elle.

Il la regarda d'un air consterné.

— Tu es prête, telle que tu es là ?

— Oui.

Il soupira.

— A ce compte-là, je préfère encore que tu fasses semblant.

La panique lui noua l'estomac. Elle l'avait déçu !

— Je ne comprends pas.

Il s'assit à côté d'elle et elle sentit sa gorge se nouer. Elle ne lui plaisait pas ! Il enleva ses bottes, l'une après l'autre. La deuxième lui donna plus de fil à retordre.

— Maddie ?

— Oui ?

Il l'observa, son regard était indéchiffrable.

— Comment penses-tu que les choses vont se passer ce soir ?

— Je vais faire semblant d'être vierge.

*Et toi tu vas faire semblant de le croire*, ajouta-t-elle mentalement. *Et moi je ferai semblant de prendre du plaisir.*

— C'est ce que je veux, selon toi ? Que tu joues un rôle ?

— Tu m'as dit de feindre.

— Tu auras sûrement compris que c'était de l'humour.

Elle secoua la tête, atterrée.

— Je n'ai rien compris du tout.

Elle serra les poings, brusquement submergée par une colère venue de nulle part.

— Tu es convaincu que je devrais tout savoir, tout deviner, alors que je ne sais rien du tout. Je ne sais pas ce que tu veux. Je ne sais pas ce que tu attends de moi. Je ne sais pas combien de temps ce mariage va durer. Je ne sais pas ce que je vais devenir quand ce sera terminé, je…

— Du calme.

Sans la laisser terminer, il l'attira contre lui. Elle aurait voulu le repousser, frapper rageusement son torse de ses poings. Au lieu de ça, elle ouvrit la main et la pressa sur son cœur. Elle sentit sa pulsation paisible sous sa paume tandis que la chaleur de son corps se propageait lentement dans le sien.

Elle ferma les yeux, incapable de résister à la tendresse de cette étreinte. Elle n'avait jamais eu de câlins dans sa vie. C'était le même choc chaque fois. Elle sentit ses lèvres effleurer ses cheveux.

— Maddie ?

— Quoi ?

— Je veux faire l'amour avec toi. Pas… baiser avec toi.

D'accord. Certains clients aimaient ça, également.

— Dis-moi ce que tu veux que je fasse et je le ferai.

— Je ne veux pas que tu fasses quoi que ce soit.

Il lui souleva le menton, mais elle fut incapable de déchiffrer son expression dans la pénombre.

— Je veux seulement que tu sois sincère. Si tu ne ressens pas de plaisir, ne feins pas. Reste silencieuse.

— Les hommes n'aiment pas ça.

Sauf quand ils voulaient qu'elle fasse semblant d'être morte. Ça arrivait parfois. Etait-ce ce qu'il attendait d'elle ?

— Je n'aime pas faire semblant d'être morte, l'avertit-elle.

Il eut un mouvement de recul. Apparemment, elle l'avait encore choqué.

— Mais qu'est-ce que tu racontes ?

— Tu viens de dire que tu voulais que je reste silencieuse et…

— Bon sang, Maddie !

— Quoi ?

— On pourrait peut-être commencer par un simple câlin ? se contenta-t-il de répondre.

Elle hocha la tête. Elle aimait bien les câlins.

— Bon.

Il s'allongea et elle s'étendit un peu maladroitement à côté de lui. Il attendit une minute avant d'ouvrir les bras.

— Viens là.

Elle posa sa joue contre son épaule et retint son souffle, au bord de la panique. Il lui caressa le dos, lentement, tranquillement et elle essaya de se détendre.

Elle était si nerveuse qu'elle aurait pu hurler. La pression du silence était insupportable. Finalement, elle dit la première chose qui lui passa par la tête.

— Tu veux m'entendre faire semblant maintenant ?

Il éclata de rire et, merveille des merveilles, elle sentit sa tension refluer.

— Je crois qu'on va garder ça pour plus tard.

# Chapitre 13

« Tu veux m'entendre faire semblant maintenant ? »

Comment une femme aussi belle et sexy pouvait-elle poser une question aussi horrible ? Il ne voulait pas qu'elle fasse semblant, évidemment. Ni maintenant ni jamais ! Il voulait qu'elle soit vivante dans ses bras, sauvage et passionnée. A la voir toute figée et raide contre lui, le chemin serait long et il devrait se montrer très patient. Mais peu importait, du moment qu'ils faisaient le voyage ensemble.

Il parsema ses cheveux de baisers, et lorsqu'il posa sa main sur son bras, il la vit qui retenait sa respiration. Quand il commença à déboutonner son corsage, elle devint toute pâle.

Doucement, il la fit basculer sous lui. Il devinait son visage dans la lumière mourante du feu. Ses yeux étaient immenses.

— Qu'est-ce que tu crois que je vais faire, Maddie ?

— Je ne sais pas.

Il la sentit frissonner.

— Ce que tu veux, reprit-elle, du moment que ça te rend heureux.

— Tu penses que je suis comme les autres hommes ?

La question n'avait pas plus tôt franchi ses lèvres qu'il la regretta. Quel idiot. La dernière chose qu'il souhaitait, c'était rappeler à Maddie ses expériences passées.

Elle secoua la tête.

— Non.

— Alors pourquoi es-tu effrayée ?

— Je ne te connais pas.

Elle frissonna de nouveau. Un long tremblement qui la parcourut de la tête aux pieds. Il lui caressa la joue, attendri comme toujours par ses taches de rousseur.

— Je suis ton mari, Maddie. Mon rôle est de te protéger. Je ne veux pas te blesser, t'humilier ou te faire pleurer. Jamais.

— Tu n'en sais rien.

Il déroula sa tresse sur son épaule, effleurant son sein d'une tendre caresse.

— Qu'est-ce que je ne sais pas ?

— Si tu ne me feras pas pleurer.

Elle avait raison. Elle était si fragile, une simple parole maladroite pouvait la briser.

— Si je te fais pleurer, je t'autorise à m'emmener dans la cour et à me casser la figure.

— Il n'y a pas de cour.

— Alors derrière le gros rocher, là-bas.

Il n'obtint pas même un sourire.

— Qu'est-ce que je peux dire pour te rassurer ?

Elle détourna le regard.

— Rien.

— On pourrait continuer à faire connaissance doucement et voir où ça nous mène ?

— Si tu veux.

Ce n'était pas la proposition la plus sexy qu'une femme lui ait faite au lit, mais c'était mieux que rien. Il se pencha sur elle et vit son regard se figer.

— Qu'est-ce que tu fais ?

— Je crois que je vais t'embrasser.

Il s'attendait qu'elle lui rappelle qu'elle n'embrassait pas, mais elle garda le silence et il voulut y voir une petite victoire. Il effleura ses lèvres avec les siennes, les butina, les lécha avant de l'embrasser. Elle le laissa faire sans réagir. Il allait devoir se montrer très, très patient ce soir.

Lorsqu'il prit l'un de ses seins en coupe dans sa main, elle poussa un petit cri étranglé qui lui perça le cœur. Maddie, contrainte de se prostituer depuis l'âge de huit ans, tremblait d'effroi quand un homme lui touchait le sein. C'était terrible. Elle n'avait jamais connu la douceur ni la tendresse. Il continua à l'embrasser tout doucement jusqu'à ce qu'elle entrouvre enfin les lèvres, l'invitant à aller plus loin. Avec la même patience, il la persuada de lui rendre ses baisers, laissant sa main sur son sein, son pouce sur son mamelon, sans appuyer ni la forcer de quelque façon que ce soit. Il voulait lui laisser le temps d'apprivoiser la sensation pour l'amener à découvrir peu à peu la passion enfouie tout au fond d'elle-même sous une chape de terreur.

A force de baisers, il sentit peu à peu sa tension se dénouer et sa peur l'abandonner. Il éprouva un sentiment de triomphe quand elle se pressa contre lui pour accentuer la pression de sa main sur son sein, mais s'interdit de la caresser : c'était encore trop tôt. Et pourtant, Dieu sait qu'il en mourait d'envie. Elle avait le corps le plus sexy du monde, doux, voluptueux, épanoui aux bons endroits. Un corps fait pour l'amour, modelé pour lui.

Il l'embrassa encore et encore puis il releva légèrement la tête. Elle avait les yeux ouverts. Il lui sourit.

— Hello, Maddie-Love.

Elle hésita puis lui sourit en retour.

— Serre-moi dans tes bras, Maddie.

Nouvelle hésitation, puis elle noua ses mains autour de sa nuque et l'attira à elle. Elle s'agrippait à lui comme si sa vie en dépendait.

— C'est ça, Maddie. Tiens-toi à moi.

Elle ouvrit la bouche, mais il secoua la tête. Rien ne devait venir s'interposer entre eux.

— Tu n'as pas besoin de dire quoi que ce soit, chérie.

— Je suis désolée.

— De quoi ?

— Tu veux une femme excitante.

Il l'embrassa doucement.

— C'est toi que je veux, Maddie. Même si tu restes froide entre mes bras, ça me va.

Elle fronça les sourcils.

— Tu mens.

Il lui embrassa le bout du nez.

— Un peu. Mais ce soir est un commencement, pas une fin. On va faire l'amour tendrement et je vais essayer de te donner du plaisir. Ensuite, on fera comme tous les couples mariés.

A son regard perdu, il devina qu'elle n'avait aucune idée de ce qu'il voulait dire.

— Je te prendrai dans mes bras et je m'endormirai en te tenant serrée contre moi. Et quand tu ouvriras les yeux demain matin, je serai encore là, tout contre toi.

Il lut dans son regard qu'elle avait envie d'y croire, mais qu'elle ne pouvait céder à l'illusion. Il y avait tellement de souffrance au fond de ses yeux, comment y faire revenir la lumière ?

— Je te regarderai et j'attendrai, poursuivit-il doucement.

— Qu'est-ce que tu attendras ?

— Mon baiser du matin.

Des larmes scintillèrent dans ses yeux. Il voulait la réconforter pas la bouleverser. Mais contrairement à ce qu'il redoutait, elle ne pleura pas. Au contraire : elle leva son visage vers le sien.

— Je crois que je saurai faire ça.

Glissant sa main sous sa nuque, il approcha sa bouche de la sienne.

— Montre.

Elle obéit, mettant en pratique ce qu'il lui avait appris,

cherchant sa langue avec la sienne, mordillant sa lèvre inférieure, enfonçant ses ongles dans sa nuque. Cette fois, ce fut lui qui gémit et elle qui sourit. Elle aimait lui donner du plaisir autant qu'il aimait lui en donner, et ce constat le bouleversa.

— Tu es une femme très sensuelle, Maddie Miller.

Elle tressaillit en entendant son nom de femme mariée. Il lui caressa la joue en souriant. Il aimait qu'elle porte son nom. S'il avait pu, il aurait apposé sa marque sur tout son corps. Elle était à lui et à lui seul !

Il déposa une pluie de baisers sur son visage, butina son oreille, happa son lobe entre ses dents et le mordilla tendrement. D'abords, elle se figea, puis elle fit une chose incroyable : elle tourna la tête pour l'inviter à continuer.

— Ah ! Maddie ! Tu es magnifique.

Fou de joie, il recommença, léchant la peau toute douce derrière son oreille, descendant jusqu'à sa nuque, et peu à peu il franchit la ligne invisible entre la tendresse et la passion. Surtout ne pas la brusquer, tout était si nouveau pour elle. Il s'en rendait compte à chacun de ses soupirs, à chacun de ses gestes inachevés. Elle pensait tout savoir sur le sexe, mais sa vision était faussée, elle était emprisonnée dans ses souvenirs. Elle essayait de leur échapper et il voulait être là quand elle y parviendrait. Il voulait l'amener vers la lumière, lui apprendre à voler, la regarder s'enflammer dans ses bras.

— Je n'imagine pas me coucher le soir sans que tu sois dans mes bras, chuchota-t-il embrassant le petit creux à la base de son cou. Je n'imagine pas me réveiller le matin sans te sentir contre moi, entendre ton rire, voir ton sourire…

Hélas ! il devrait s'y habituer puisque le lendemain il allait se séparer d'elle. La quitter le tuerait, mais il n'avait pas le choix. Elle n'était pas en sécurité ici.

— Je resterai toujours avec toi, murmura-t-elle en enfouissant ses doigts dans ses cheveux.

Elle ondula sous la caresse de ses lèvres, ouvrant instinctivement les cuisses dans un geste de reddition qui le bouleversa. Il sentit le désir pulser douloureusement dans son entrejambe et il captura sa lèvre inférieure entre ses dents, imaginant quel bonheur ce serait que de glisser son sexe dans cette bouche adorable.

— Dis que tu es à moi.

— Oui.

Les boutons de son corsage cédèrent facilement. Elle se cambra pour rapprocher ses seins de sa bouche, la tension de son corps trahissant son désir.

— Dis-le. Tu sais ce dont tu as envie.

— Quoi ?

— Invite-moi à prendre tes seins dans ma bouche.

Elle secoua la tête en se mordillant la lèvre.

— Je ne le ferai pas si tu ne me le demandes pas, Maddie. Il ne se passera rien cette nuit que tu ne m'aies demandé.

Elle gémit et regarda autour d'elle.

— Ace va nous voir.

— Il est de garde.

Elle gémit de nouveau.

— Qu'est-ce que tu veux, Maddie ? Dis-le-moi. C'est toi qui décides.

Elle effleura sa bouche du bout des doigts. Il prit cela comme un encouragement et délaça sa chemise, écartant le tissu pour dévoiler sa poitrine. Elle avait des seins magnifiques ! Il aurait aimé les contempler à la lumière du soleil, mais ce qu'il voyait à la lueur du feu suffisait à faire battre son cœur de désir. Ses mamelons étaient rose tendre. On aurait dit deux fleurs pastel posées sur de la neige. Il lui tardait de les sentir durcir sous sa langue. Elle essaya de se couvrir avec ses mains.

— Non, ma douce.

Saisissant ses poignets, il lui ramena les mains en arrière puis se pencha et referma ses lèvres sur l'un de ses mamelons.

Il le titilla jusqu'à ce qu'il durcisse sous ses caresses et qu'elle gémisse. Lorsque enfin il le lécha, elle se raidit entre ses bras.

Il lâcha ses poignets et il sourit en voyant qu'elle ne cherchait plus à se soustraire à son regard. Alors il la caressa. Un sein, puis l'autre, effleurant, titillant, léchant jusqu'à ce qu'il sente qu'elle en veuille davantage.

— Demande-moi, murmura-t-il.

Il ferait tout ce qu'elle voulait, mais il fallait qu'elle demande. Il ne voulait pas la forcer et il ne voulait pas que, avec le recul, elle puisse penser qu'elle avait été forcée.

— Caden…

La petite note éraillée dans sa voix le bouleversa et lui fouetta les sangs.

— Qu'est-ce que tu veux ?

Elle secoua la tête sans répondre.

— Dis-moi.

— Je ne sais pas, dit-elle en se dérobant.

Bien sûr, il aurait dû y penser. Elle était perdue, incapable de mettre des mots sur ce qu'elle ressentait.

— Tu veux que je te caresse plus fort, Maddie-Love ?

— Oui.

— Alors demande-le-moi.

Elle hésita un court instant.

— S'il te plaît, caresse-moi plus fort.

Enfin, il avait l'autorisation espérée. Il prit son mamelon gonflé dans sa bouche, l'enserra doucement entre ses dents et, immédiatement, elle se figea de terreur. Il lui caressa la joue d'un geste apaisant.

— Du calme, ma belle, je ne vais pas te faire de mal. Tu me plais et j'ai envie de te donner du plaisir, c'est tout. C'est ce que fait un mari.

Elle resta figée puis chuchota d'une toute petite voix :

— Mais c'est moi qui suis censée te donner du plaisir.

— Qu'est-ce qui te fait croire que ce n'est pas le cas ?

— Je ne te touche pas.

— Si je n'ai pas de plaisir, comment expliques-tu que je sois aussi excité ?

Il lui prit la main et la pressa sur son sexe bandé, à travers son pantalon.

— Oh !

— Convaincue ?

Elle hocha la tête et il déboutonna sa jupe qu'il fit ensuite glisser sur ses hanches.

— Soulève-toi.

Maintenant elle ne portait plus que son panty et sa chemise. Elle était magnifique, incroyablement sexy. Parfaite.

— Je peux dénouer ta tresse ?

Elle leva les yeux vers lui.

— Je l'ai faite pour ça.

Il lui fallut plusieurs secondes pour comprendre la signification de cet aveu.

— Maddie, tu n'es pas en train de jouer un rôle ? Tu n'es pas dans un de tes mondes imaginaires ?

— Je ne fais pas semblant, si c'est ce qui t'inquiète.

— Mais tu joues un rôle.

— Tu as dit que j'étais vierge. Mais tu sais que ce n'est pas vrai.

— Chérie, j'ai dit que tu étais vierge parce que tu ne sais rien de l'amour.

— Je sais ce que je dois faire.

Il prit sa main et la porta à ses lèvres.

— Tu ne sais rien du tout. Tu as été violée, contrainte de donner du plaisir à des hommes, mais cela n'a rien à voir avec nous. L'amour, ce n'est pas ça.

— C'est différent ?

— Evidemment. Le plaisir doit être partagé. Il doit venir naturellement sans qu'on le force.

Elle se mordit la lèvre, signe qu'elle était nerveuse.

— Qu'est-ce que tu n'oses pas me dire ?

— Je ne ressens pas le plaisir.

Evidemment, elle n'avait eu affaire qu'à des brutes !

— La situation est différente aujourd'hui. Nous sommes mariés, nous avançons ensemble.

— Nous construisons notre avenir, dit-elle d'un ton plus assuré.

— Exactement.

Son expression redevint inquiète.

— Qu'est-ce que tu veux que je fasse ?

— Je veux que tu fermes les yeux et que tu te détendes. Et si tu aimes ce que je fais, je veux que tu me le montres.

— Comment ?

Il aurait voulu pouvoir dire : « En criant, en me mordant, en me griffant. » Mais mieux valait une réponse plus neutre, plus douce.

— En m'offrant un de ces sourires que j'aime tant.

Elle hocha gravement la tête.

— D'accord. Mais si je ne ressens rien ?

— Alors on essaiera autrement. C'est aussi simple que ça.

Il caressa de nouveau son mamelon avec sa langue sans la quitter du regard. Il dut attendre une seconde, mais il obtint le sourire qu'il cherchait.

— Ça te plaît ?

Elle hocha la tête.

— Un peu ou beaucoup ?

— Un peu.

— Bien. On va recommencer différemment.

Elle était comme une braise couvant sous la cendre. Son but, c'était de faire jaillir l'étincelle qui l'embraserait.

Il roula sur le dos, l'entraînant avec lui.

— Viens là, ma belle.

Elle se blottit sur lui avec une ardeur qui attisa son désir. Avait-elle seulement idée de son pouvoir sur lui ?

— C'est très bien.

Elle se passa la langue sur les lèvres. Un geste anodin, mais il eut soudain la vision de cette langue, caressant son sexe tendu et frissonna. Comme si elle lisait dans ses pensées, elle écarta les jambes pour se lover plus intimement contre lui. Il gronda, soulevé par une onde de plaisir. Elle écarquilla les yeux et il grimaça un sourire.

— Tu produis cet effet-là sur moi. Tu me rends fou, ma belle.

— N'importe quelle femme te ferait le même effet.

— J'aime le sexe, mais baiser pour baiser ne m'intéresse pas.

Il dénoua sa tresse avant de glisser les doigts dans ses cheveux pour les libérer complètement.

— J'attendais quelqu'un de spécial, la femme qui serait faite pour moi.

— Je ne suis pas spéciale.

Il sourit.

— C'est à moi d'en décider.

— Mais je sais que…

Il posa un doigt sur sa bouche pour l'empêcher de continuer.

— Tu es ma femme. Notre vie à deux commence ici. Je veux que dans vingt ans, quand notre fille te demandera comment s'est passée ta nuit de noces, tu souries en y pensant.

— Oh mon Dieu !

— Quoi ?

Elle secoua la tête et enfonça ses ongles dans ses épaules.

— Serre-moi fort.

— Pourquoi ?

— Fais-le.

— Je vais faire mieux : je vais t'aimer.

Il fit glisser son panty le long de ses jambes, mais elle resta passive alors qu'il aurait voulu la voir s'enflammer. Glissant les mains sous ses fesses, il la plaça à califourchon sur lui, son sexe pressé contre le sien. Puis il ondula des hanches et recueillit son cri sur ses lèvres quand le tissu rugueux de son pantalon frotta sa chair vulnérable.

— C'est bon ?

— Oui, avoua-t-elle d'une voix étranglée.

Il ne put retenir un gémissement quand elle se tortilla sur lui. Elle était si chaude, si sexy.

— Attends, chérie. Pas trop vite.

Pour toute réponse, elle se tortilla de plus belle.

— Maddie !

Elle rit, se pencha et lui chuchota à l'oreille.

— Tu as beaucoup trop de vêtements sur toi.

Il la fit basculer à côté de lui et se déshabilla avec une telle hâte qu'un bouton de sa chemise sauta. Avant qu'il ait pu se rallonger, elle prit son sexe dans sa main. Il la couvrit avec la sienne.

— Non. Cette nuit est pour toi.

Elle lui décocha un sourire d'ensorceleuse qui l'excita presque autant que son « je sais » murmuré d'une voix de gorge.

Au lieu de lâcher son sexe, elle le caressa sur toute sa longueur, referma sa paume sur son extrémité et recueillit une goutte translucide sur son pouce. Même s'il l'avait voulu il n'aurait pas pu bouger. Il ferma les yeux, et s'abandonna. Il s'attendait qu'elle fasse appel à son expérience passée pour le satisfaire, mais il n'en fut rien. Elle l'explora lentement comme si elle découvrait des sensations inconnues et il se rendit compte tout à coup que, en dépit de toutes ces années passées au bordel, c'était la première fois qu'elle se livrait à un jeu sexuel avec un homme.

Elle leva les yeux pour guetter sa réaction et il lui offrit le sourire qu'elle espérait visiblement.

— Tu as des mains de fée.

Elle baissa les yeux. Il connaissait son passé et pourtant il aurait pu jurer que sa timidité n'était pas feinte. Mais peut-être ne l'était-elle pas. Cette nuit était importante pour eux, elle était le point de départ de leur nouvelle vie à deux. Elle se pencha, mais il la stoppa avant qu'elle ne le touche. S'il sentait ses lèvres sur lui, il ne pourrait pas résister et il avait tant de choses à lui faire découvrir avant.

— Pas maintenant.

Croisant son regard surpris, il lui expliqua.

— Je veux te goûter, d'abord.

Elle eut un mouvement de recul.

— On n'a jamais essayé de te donner du plaisir de cette façon ?

Elle secoua la tête en signe de dénégation.

— Décidément, il est grand temps que je m'occupe de toi.

Profitant de sa surprise, il la renversa sur le sac de couchage et l'embrassa avec passion.

— Maddie-Love.

Il déposa une pluie de baisers sur sa joue, son cou, son épaule. Il sentait ses mamelons dressés contre son torse, deux petits pics de chaleur. Encore une preuve de ce feu qui couvait en elle. Il souffla dessus pour attiser leur flamme et elle gémit.

— Tu aimes ?

Elle hocha la tête.

Il fit rouler un mamelon sous son pouce, le titillant jusqu'à ce qu'elle se cambre contre lui, l'excitant avec ses dents.

— C'cst bon, ma belle ?

Pendant un instant il crut qu'elle n'avait pas entendu, puis elle lui offrit ce petit sourire qui le rendait fou et noua ses bras autour de sa taille pour l'attirer encore plus près.

Il pinça l'autre mamelon pour l'éveiller au plaisir avant de le happer entre ses lèvres tout en étant attentif à l'accélération de sa respiration, puis il déposa un semis de baisers sur son ventre, dessinant des cercles avec sa langue autour de son nombril. Sans cesser un seul instant de l'embrasser, il glissa ses mains sous ses cuisses, exposant son intimité à son regard affamé.

Un adorable triangle de boucles fauves recouvrait son sexe. Il aperçut ses tendres replis, d'un rose délicat. Elle sentait le musc, le savon et la femme. Elle était parfaite.

Elle enfouit ses doigts dans ses cheveux pour le repousser, mais il ne se laissa pas distraire, introduisant sa langue au cœur même de son intimité, effleurant son clitoris, goûtant sa chair brûlante. Il ouvrit plus largement ses cuisses, la livrant totalement à l'exploration de sa langue. Il la caressa tendrement, guettant ses soupirs, ravi de lui faire découvrir de nouvelles sensations. Il s'enivrait de cette tension délicieuse qui lentement la soulevait et la faisait trembler contre lui.

Il laissa le plaisir monter jusqu'à ce qu'il entende ce petit cri inachevé annonçant qu'elle était au bord de l'orgasme. C'était l'instant qu'il attendait : il serra doucement son clitoris entre ses dents. Il sentit le plaisir la transpercer comme un éclair et elle cria en tremblant violemment contre lui. Il lécha son clitoris encore et encore tandis qu'elle palpitait sous sa langue, spasme après spasme, balbutiant son prénom en sanglotant. Elle était si tendre, si douce.

Il continua à la lécher jusqu'à ce que le dernier frisson s'apaise. Elle tenta ensuite de le repousser pour lui échapper, mais la nuit était loin d'être finie. Il embrassa son triangle de boucles, doucement, sans la brusquer, réveillant une nouvelle fois son désir tandis qu'il introduisait un doigt en elle. Quand elle cessa de trembler, il glissa un deuxième doigt et entama un lent mouvement de va-et-vient jusqu'à ce qu'elle se cambre en gémissant.

Dieu, il fallait qu'elle soit à lui !

Il embrassa fiévreusement son ventre, ses seins, sa bouche. Elle ouvrit les jambes, sa spontanéité apaisant la violence de son désir et lui donnant la force de trouver la tendresse enfouie en lui. Lorsqu'il s'allongea sur elle, elle se crispa.

Il embrassa ses joues, son front, sa bouche.

— N'aie pas peur. C'est juste du plaisir en plus.

Elle ouvrit les yeux. Il y lut de la crainte puis une confiance lumineuse. Bouleversé, il prit son visage entre ses mains et pressa son front contre le sien pendant qu'il entrait lentement en elle.

— Tu es à moi.

Les mots glissèrent de ses lèvres, si bas qu'il ne sut pas si elle avait entendu. Elle était chaude, douce, et l'enveloppait comme du feu liquide. Il ondula en elle en essayant de contrôler son désir, mais c'était impossible. Sa passion était trop forte.

— Viens avec moi.

Elle secoua la tête.

— Je ne peux pas.

— Si, tu peux.

Il faufila sa main entre eux et pressa son pouce sur son clitoris. Il était encore gonflé et mouillé. Il le caressa au même rythme que ses coups de reins et le plaisir monta en lui comme une vague brûlante. Il résista. Il voulait qu'ils arrivent au plaisir ensemble. Il voulait que cette première fois soit parfaite.

Elle poussa un cri et se cambra. Elle y était presque.

— C'est bien.

Il accéléra le rythme et elle s'agrippa à lui. Maintenant, ils chevauchaient ensemble, tendus vers le même but.

L'orgasme le traversa comme un torrent de feu. Il cria son prénom pendant qu'elle se contractait autour de lui et que son corps se cambrait délicieusement sous le sien. Il vit ses lèvres articuler son prénom dans un cri silencieux et alors, enfin, il explosa de plaisir. Il n'y avait plus qu'elle au monde en cet instant. Sa femme. Sa maîtresse.

Sa Maddie.

# Chapitre 14

Pour la première fois de sa vie, Maddie se réveilla en souriant. Elle se blottit plus étroitement contre Caden, savourant le bonheur d'être dans ses bras. Elle aimait l'odeur de son corps contre le sien, la sensation exquise de sa peau nue contre sa peau nue. Elle se remémora la chaleur torride de la nuit, sa passion, sa tendresse, leurs baisers. Tournant la tête, elle se pencha et suivit le dessin de ses lèvres du bout de l'index. Elle aimait l'embrasser. Il sourit et ouvrit les yeux.

— C'est incroyable, soupira-t-elle.

— Quoi donc ?

— Les baisers.

Il fit glisser sa main jusqu'à sa nuque dans une caresse désormais familière.

— C'est probablement la chose la plus belle au monde. Avant je détestais ça. Mais avec toi, c'est tellement naturel. Comme si…

— Comme si ? demanda-t-il comme elle n'achevait pas sa phrase.

— Comme si j'avais trouvé ma place.

— Tu étais faite pour moi, ma belle.

Hier encore, cette conversation l'aurait embarrassée, mais en cet instant, lovée contre lui, le corps encore délicieusement meurtri par leurs ébats de la nuit, elle ne ressentait aucune gêne.

Les mots glissèrent de ses lèvres sans qu'elle cherche à les retenir.

— Je t'aime.

— Ah ! Maddie…

Il bascula sur elle et l'embrassa avec passion tout en la pénétrant d'un long coup de reins. Elle se contracta autour de lui, heureuse, confiante. Elle ne ressentait aucune appréhension. Elle savait où il allait l'emmener : au paradis.

Enfonçant ses talons dans le sol, elle se souleva vers lui. Il emmêla ses doigts dans ses cheveux et lui tira la tête en arrière, cherchant son cou avec sa bouche, mordillant sa clavicule, la naissance de ses seins, butinant sa peau douce jusqu'à son mamelon. Il le happa entre ses lèvres en même temps qu'il entrait plus profondément en elle.

Une onde brûlante la parcourut. Il gémit son prénom, elle soupira le sien tout s'ouvrant à lui, corps et âme. Elle voulait lui rendre la joie qu'il faisait naître en elle. Il était son mari et elle lui appartenait. Elle ne serait plus jamais seule. C'était magnifique. Magnifique…

Il trouva son clitoris et le stimula avec son doigt. Du feu liquide se répandit dans son ventre. Elle se cambra quand il mordilla son mamelon. Ses coups de reins devenaient plus rapides, plus sauvages. Elle vibrait de la tête aux pieds, submergée par la passion. Elle l'enlaça de toutes ses forces et cria, oubliant tout ce qui les entourait. Il n'y avait plus que Caden au monde et le bonheur qu'il lui donnait. C'était parfait. Juste parfait.

Quand les spasmes du plaisir refluèrent, il était toujours là. Il la serrait contre lui et murmurait des mots tendres, l'embrassant et lui donnant ce qu'elle désirait plus que tout au monde : le sentiment de ne faire qu'un avec lui. Elle s'agrippa à cette pensée avec la même ardeur qu'elle s'agrippait à lui, laissant le sentiment de sécurité qui l'envahissait répandre sa chaleur en elle comme le soleil du matin. Elle sourit avec émerveillement. Jamais elle n'avait ressenti quelque chose de semblable. Elle se sentait forte et fragile à la fois.

Elle aurait voulu rester toute sa vie ainsi, blottie contre lui, mais un bruit de pas se fit entendre et un sifflotement résonna sous les arbres, assez proche pour déclencher en elle un vent de panique. Attrapant la couverture, elle la tira sur sa poitrine pour se couvrir.

Caden se mit à rire.

— Ace nous informe discrètement qu'il est de retour.

— Dis-lui de partir !

Où étaient ses vêtements ? Elle enfila maladroitement sa chemise, mais impossible de mettre la main sur son panty. Et au lieu de l'aider, Caden la regardait en riant. Il trouvait ça drôle ? Elle allait crier à Ace de s'en aller quand Caden la devança.

— Laisse-nous deux petites minutes, Ace. Nous ne sommes pas présentables.

— Dépêchez-vous, les tourtereaux. Je meurs de faim, moi. Tout le monde ne vit pas d'amour et d'eau fraîche sur ce campement.

Elle ne put s'empêcher de sourire joyeusement. Même Ace avait compris que ce qui se passait entre eux, c'était de l'amour.

— Où est mon panty ? demanda-t-elle tout bas.

— Regarde au pied du sac de couchage.

Elle obéit avant de comprendre où il voulait en venir.

— Tu cherches un prétexte pour voir mes…

Elle rougit sans terminer sa phrase.

— Tes fesses ? Parfaitement. Fais-moi ce plaisir. Rampe vers le pied du sac de couchage que je puisse t'admirer.

— Pas question !

Ace se trouvait juste de l'autre côté des buissons ! Elle tira la couverture à elle pour essayer de se couvrir. Une claque sur les fesses la fit sursauter. Une douleur brève, suivie d'une onde de chaleur délicieuse.

— Tu aimes ?

A quoi bon nier ? Il lui donna une autre tape. Elle retint un petit cri tandis que ses jambes se mettaient à trembler.

— Apparemment, la réponse est oui.

Il lui décocha un sourire insolent qui lui donna envie de se jeter à son cou et de l'embrasser comme une folle.

— Il faudra qu'on étudie ça de plus près un peu plus tard.

Elle en frissonnait par avance. Elle n'avait jamais reçu de fessée et elle n'aurait jamais imaginé qu'elle pourrait y prendre plaisir… jusqu'à cet instant.

Elle le regarda, étendu sur le sac de couchage, entièrement nu. Seul un coin de la couverture dissimulait son sexe. Elle fit courir son regard sur ses larges épaules, son torse musclé et cette ligne de poils châtains qui descendait de son nombril jusqu'à son… Elle se mordilla la lèvre, tendit la main vers la couverture et l'arracha d'un geste brusque. Son sexe bandé apparut dans toute sa splendeur.

— Je crois qu'il va falloir s'occuper de toi, murmura-t-elle en le prenant entre ses doigts.

Il l'attira à lui d'un geste brusque pour l'asseoir à califourchon sur ses genoux et elle écarta instinctivement les cuisses pour le chevaucher, frottant son sexe moite de désir contre le sien pendant qu'il glissait les doigts dans la fente de ses fesses. Elle avait déjà été violée par là, mais aujourd'hui ce n'était pas un viol, c'était de la pure séduction et elle gémit de volupté tandis qu'il caressait le petit anneau de muscles serrés puis y introduisait peu à peu son doigt dans un mouvement de va-et-vient.

— Bon sang, ma belle, tu me rends fou…

Elle lui répondit par un gémissement.

— Dis-moi que tu aimes ça.

Elle hocha la tête, incapable de parler. Il continua à bouger son doigt, et elle se prit à imaginer que ce pourrait être son sexe à la place. Un toussotement monta des buissons. Caden retira aussitôt son doigt et lui donna une petite claque sur les fesses suivie d'une caresse pleine de promesses.

— Cesse de m'ensorceler. Nous ne sommes pas seuls.

Elle lui jeta un regard furibond lorsqu'il la fit basculer sur le côté mais, loin de le culpabiliser, cela le fit rire et il agita son panty au bout de ses doigts. Elle le lui arracha, les joues en feu. Il l'avait caché !

Elle avait à peine eu le temps de boutonner sa robe qu'Ace sortit du bois. Rouge de honte, elle remit précipitamment de l'ordre dans sa tenue.

— Tu aurais pu nous laisser deux minutes de plus, dit Caden d'une voix traînante.

— Tu m'as dit la même chose il y a cinq minutes, je te signale.

Maddie passa devant lui, partagée entre la gêne et la joie.

— Je vais jusqu'à la crique faire un brin de toilette.

Ace lui tendit un récipient.

— Tu peux rapporter un peu d'eau ? Je ferai cuire des flocons d'avoine.

Elle acquiesça, emporta un morceau de savon et se mit en route. Elle se lava rapidement dans l'eau froide de l'étang puis natta ses cheveux. Un peu plus tard dans la journée, quand il ferait vraiment chaud, ce serait agréable de venir se baigner. Caden l'accompagnerait. Elle l'imagina, assis sur la rive, l'observant de ses yeux gris-bleu, magnifique dans la lumière du soleil. Peut-être l'inviterait-elle à la rejoindre. Ils feraient l'amour dans l'eau pendant des heures…

Si on lui avait dit qu'un jour elle éprouverait du plaisir dans les bras d'un homme, elle ne l'aurait pas cru. Pendant toutes ces années, elle s'était crue frigide… Mais avec Caden, elle allait de découvertes en découvertes, de plaisir en plaisir. Simplement parce qu'il était l'homme qu'elle attendait. C'était lui et personne d'autre.

Une fois qu'elle eut terminé, elle enveloppa le savon dans

une feuille puis remplit le récipient d'eau comme Ace le lui avait demandé et reprit le chemin du campement. Elle allait sortir du bois quand elle entendit la voix d'Ace.

— Tu le lui as dit ? demandait-il.

Il y eut un bref silence, puis la voix de Caden.

— Non.

— Tu attends quoi ?

— Le bon moment.

— On part dans une heure. Il serait peut-être temps d'y penser.

Maddie s'immobilisa, saisie. Ils partaient ? Où et pourquoi ?

— Tu aurais dû lui dire avant de coucher avec elle, marmonna Ace.

— Pourquoi ?

— Parce qu'elle aurait eu le choix.

— Mais elle a eu le choix.

— Tu crois vraiment qu'elle aurait accepté de figurer sur la liste des femmes qu'on prend et qu'on jette ?

Maddie sentit une main de glace se refermer sur son cœur. Que disait-il ? Quelle liste ?

— Je ne la jette pas ! protesta sèchement Caden.

— Ah non ? Tu as couché avec elle et dans six heures tu vas la larguer en ville comme un bagage encombrant. Comment appelles-tu ça ?

— Elle sera en sécurité là-bas. Je veillerai à ce qu'elle ne manque de rien.

— Elle sera folle de rage et humiliée.

— Mêle-toi de tes affaires ! C'est ma femme, je fais ce que je veux !

Elle resta pétrifiée, le récipient d'eau dans les mains, tandis que l'horrible réalité s'insinuait en elle. Caden s'apprêtait à la quitter.

— Non, mon vieux. Maddie fait partie du *Hell's Eight*. Tout ce qui la concerne me regarde aussi.

Elle avança vers le campement. Ace et Caden étaient face à face, poings serrés. De l'eau tomba du récipient et lui éclaboussa les pieds. Elle était glacée, mais elle n'y prêta même pas attention.

— Tu me chasses ? demanda-t-elle tout haut.

Les deux hommes se tournèrent vers elle. Caden avait l'air gêné.

— Tu ne peux pas rester ici.

— Pourquoi ?

— Tu ne serais pas en sécurité.

— Je l'étais pourtant, ces deux derniers jours. Qu'est-ce qui a changé ?

Caden croisa les bras, les lèvres serrées.

— Non, tu ne l'étais pas. Je ne te l'ai pas dit pour ne pas t'inquiéter, mais les Comanche sont sur le sentier de la guerre.

— Ils ne pourront pas nous attaquer ici.

— Ma douce, ils attaquent où ils veulent et quand ils veulent.

— Je peux aller chez Frank.

Elle était prête à aller n'importe où, sauf dans une ville où les gens la jugeraient et la mépriseraient en découvrant son passé.

— Il est hors de question que tu ailles chez lui.

— Pourquoi ?

— Il n'a pas assez d'hommes pour te protéger.

— Il a quasiment une armée avec lui et il s'entend très bien avec les Comanche ! Il leur donne de la viande.

Le visage de Caden s'assombrit.

— Ce n'est pas avec quelques têtes de bétail qu'il va acheter la paix.

Elle regarda Ace. Il avait la même expression fermée que Caden.

— Il a raison, Maddie. Le seul endroit où tu seras vraiment en sécurité, c'est dans une ville.

Naturellement, il se rangeait du côté de Caden ! C'était à prévoir, ils étaient comme des frères.

— Je ne veux pas aller en ville.

Il y avait des étrangers en ville, des gens qui l'avaient peut-être connue avant. Il y avait la honte en ville.

— Il le faudra bien, pourtant, dit Caden.

— Tu seras avec moi ?

Il secoua la tête.

— Je ne peux pas abandonner la mine. J'ai trouvé un endroit où l'effondrement a créé un tunnel. Si je réussis à m'y faufiler, je trouverai probablement l'or.

— Et c'est ça l'important ?

*Contrairement à moi.*

— Chérie, c'est notre avenir.

Non. Leur avenir, c'était elle et lui ensemble.

— Tu n'as pas dit que tu m'aimais.

Il ne répondit pas et elle sentit son cœur se glacer.

— Bon sang, Caden, grommela Ace. Tu vas trop loin là.

Elle eut soudain l'impression que ses rêves étaient en train d'être piétinés. Il s'était moqué d'elle. Il lui avait menti et elle avait cru à ses belles paroles parce qu'elle avait envie d'y croire.

Sans un mot, elle posa le récipient sur le feu et entreprit de rouler les sacs de couchage. Elle avait encore le fragile espoir qu'il viendrait la rassurer, mais il ne bougea pas. C'était horrible d'avoir la preuve qu'elle avait été trahie. Horrible !

Après avoir roulé et ficelé les sacs de couchage en laissant dépasser un morceau de corde pour qu'il puisse les arrimer à la selle, comme il le lui avait appris, elle se redressa, les larmes aux yeux.

Il fit enfin un pas vers elle, mais c'était trop peu et trop tard.

— Maddie…

Elle secoua la tête et serra le sac de couchage contre sa poitrine comme un bouclier. Ses oreilles bourdonnèrent, mais il lui fut impossible de se réfugier dans son monde imaginaire comme autrefois. Elle dut rester face à lui pendant que l'humiliation se propageait en elle comme une vague brûlante. Elle n'avait plus d'autre choix que de subir, et c'était sa faute à elle.

Elle recula, livide et amère.

— Tu n'aurais jamais dû m'embrasser.

Ils n'échangèrent pas un mot pendant tout le trajet jusqu'à Stirple. Caden lui lançait des regards pensifs, Ace des regards soucieux, mais ni l'un ni l'autre n'ouvrit la bouche. Tant mieux. Son calme n'était qu'apparent et elle craignait de fondre en larmes à chaque instant. Elle avait l'air calme, mais au fond d'elle-même son cœur et son âme étaient en miettes. Elle savait maintenant pourquoi les prostituées n'embrassaient pas. Elle avait pensé que ce serait différent pour elle parce qu'elle était mariée, mais elle s'était lourdement trompée. Les maris étaient les plus dangereux de tous.

Elle se laissa conduire en ville, puis à l'hôtel. Elle écouta Caden expliquer à l'hôtelier qu'il souhaitait louer une chambre pour un mois. Elle regarda l'argent changer de mains, prit le reçu que Caden lui tendait.

— Garde-le précieusement.

Elle hocha la tête. Une femme seule était vulnérable de bien des façons, y compris face à un directeur d'hôtel qui déciderait de garder l'argent et de la jeter dehors. Le reçu serait sa seule chance de faire valoir son bon droit auprès du shérif. Elle suivit Caden dans sa chambre — une pièce propre, fonctionnelle. Le bouquet de fleurs sur la table apportait une petite touche de gaieté au décor, mais il ne lui fut d'aucun réconfort.

Caden poussa un profond soupir.

— Maddie, regarde-moi.

Au lieu d'obéir, elle passa devant lui, ouvrit la porte d'entrée et attendit qu'il sorte.

— Il n’y a rien à dire. Tu veux partir, pars.

— Je ne t’abandonne pas.

Elle connaissait le scénario par cœur. Il avait loué la chambre pour un mois mais à la date d’expiration, il ne reviendrait pas. Elle devrait trouver un autre protecteur ou elle finirait à la rue sans un sou. Voilà comment partaient les hommes quand ils voulaient se donner bonne conscience. Ils vous assuraient trente jours de sécurité et, ensuite, plus rien. Le néant. Comment avait-elle pu se tromper à ce point sur lui ?

— La chambre te plaît ? demanda-t-il.

— Elle est très bien.

— Je vais revenir, Maddie. Il faut que je règle le problème de la mine, mais après je reviendrai.

Elle hocha la tête ; s’il avait besoin d’une absolution, elle la lui donnerait. Mais elle savait que ce n’était pas vrai. Il ne reviendrait pas. Ils ne revenaient jamais.

— Bon sang !

Il traversa la pièce d’un pas rageur qui fit vibrer le plancher, l’attrapa par les épaules et la plaqua contre lui. Il l’embrassa avec cette même passion qui l’avait transportée la nuit précédente, mais qui aujourd’hui la laissait de marbre. Tout était faux. Il avait pris son plaisir et maintenant il la laissait derrière lui. Menteur !

Il recula.

— Je vais revenir, Maddie, répéta-t-il. Et tu as intérêt à être là !

Elle le regarda et hocha la tête, lui donnant ce qu’il voulait d’elle, mais sans se faire la moindre illusion.

— Je serai là, acquiesça-t-elle froidement.

Où pourrait-elle aller ? Elle n’avait pas d’argent, pas de famille.

— Bien. Je t’ai donné le reçu. Si le patron te fait des ennuis, montre-le au shérif. Mais ne t’en sépare pas, c’est ta preuve.

Il sortit un peu d’agent de son sac et le lui donna.

— Voilà de quoi manger. Vérifie bien ta monnaie et essaie de rester le plus possible dans ta chambre. Je ne veux pas qu'on sache que tu es ici.

Elle hocha de nouveau la tête.

— Merci.

Les pièces lui brûlaient la main. Il la payait pour libérer sa conscience. Elle avait envie de lui flanquer cet argent à la figure.

— Il faut que j'y aille. Je ne peux pas laisser la mine trop longtemps sans surveillance à cause des voleurs de concession.

— Ou des Comanche.

Il marqua un temps avant de répondre. Avait-il perçu la note d'ironie dans sa voix ?

— Oui. Ou des Comanche.

— Si ce que tu fais est si dangereux, comment pourrai-je savoir si tu es toujours en vie ?

— Si je ne suis pas revenu dans six semaines, préviens le *Hell's Eight*.

— Et je leur dirai quoi ?

— Que je n'ai pas tenu ma promesse.

— Décidément, c'est une habitude.

— Pardon ?

— Tu avais promis de ne pas partir sans me dire au revoir au mariage de Tia, tu te souviens ?

Il prit un air agacé.

— D'accord, j'ai failli une fois. Mais ce n'était pas non plus la fin du monde.

Non, probablement pas pour lui. Elle ne comptait pas, elle n'était personne.

— Et c'est la seule fois où c'est arrivé, ajouta-t-il.

Non, il y en avait eu d'autres. Il lui avait promis de ne pas lui faire du mal et elle avait l'impression d'être morte à l'intérieur.

— Maddie…

Il lui caressa la joue, le regard inquiet.

— Je vais revenir. Je te le promets.

— Très bien.

Elle vit son regard se poser sur ses seins et croisa les bras sur sa poitrine. S'il voulait obtenir quoi que ce soit d'elle, il devrait le prendre de force. Il avait violé son cœur, quelle importance désormais s'il violait son corps ?

— Je n'ai jamais voulu te faire du mal. Je n'ai cherché qu'à te protéger.

— Non. Tu ne voulais pas que je me plaigne, c'est tout. Tu ne voulais pas que mes jérémiades gâchent ton plaisir. Tu as eu ce que tu voulais ? Maintenant va-t'en.

— D'accord. Apparemment, ce n'est pas la peine de te parler pour le moment.

— En effet.

Rien de ce qu'il pourrait dire ne changerait la réalité.

Il hésita, lui effleura de nouveau la joue d'une caresse.

— Ne t'avise pas d'être partie quand je reviendrai.

Elle résista à l'envie de le gifler.

— Je t'ai déjà dit que je serais là.

— Tu as besoin de quelque chose d'autre ?

*Oui : d'un homme en qui je puisse croire.*

Ça lui faisait mal de le regarder, de savoir qu'il l'avait trahie. Mais ce qui lui faisait plus mal encore, c'était de savoir que rien de tout cela ne serait arrivé si elle avait été une femme respectable. Seulement voilà, elle n'était qu'une traînée. Et une traînée n'avait pas droit au respect. On pouvait se moquer d'elle impunément : il n'y avait personne pour prendre sa défense ou demander réparation.

Ace apparut sur le seuil. Après un simple coup d'œil à Caden, il se tourna vers elle en souriant.

— Tout est réglé. On t'a ouvert un compte chez la mercière. C'est payé d'avance.

Il lui tendit un reçu. Le montant était exorbitant. Il y avait assez pour s'acheter plusieurs jolies robes. Encore l'argent de la culpabilité.

— On sera de retour dans un mois environ, ajouta Ace.

Qu'est-ce qu'elle espérait ? Qu'il refuserait de couvrir les mensonges de Caden ? Elle tourna les yeux vers la fenêtre. L'après-midi était bien entamé.

— Vous devriez vous mettre en route si vous voulez arriver à la mine avant la nuit.

Ace regarda Caden, les sourcils froncés. Elle les dévisagea tous les deux. Elle ne ressentait rien, ni colère ni amertume. Seulement une merveilleuse indifférence. Elle était comme anesthésiée à l'intérieur, et elle n'avait même pas eu besoin de se réfugier dans son monde imaginaire.

— On y va.

Ace sortit, mais Caden s'attarda, raide, mal à l'aise. Finalement, il remit son chapeau d'un geste brusque qui en disait long sur son degré d'exaspération.

— Au moindre problème, envoie un télégramme à Caine Allen aux bons soins du *padre* Bernard, à San Francisco. Tu te souviendras ?

Elle hocha la tête.

— Ecris-le.

Inutile. Elle n'écrirait pas de télégramme au *padre*. Caden l'écrivit pour elle. Il n'y avait plus rien à dire et après un silence pénible il lui effleura les lèvres d'un baiser.

— Prends soin de toi. Et n'oublie pas : je *vais* revenir.

Elle fit un vague signe de tête, ferma la porte derrière lui et tourna la clé dans la serrure. Voilà, c'était fini. Après un an passé à essayer de repartir de zéro, elle était revenue à la case départ. Seule.

Pendant trois jours, elle ne sortit pas de sa chambre. Elle but du thé que lui fit monter la femme du propriétaire et grignota un peu de viande séchée qu'elle avait dans son sac. Elle n'était ni triste ni en colère. Elle ne ressentait absolument rien. Elle était seule, abandonnée dans une ville inconnue. C'était l'épilogue que connaissaient toutes les prostituées le jour où leur protecteur les laissait tomber.

Le quatrième jour, sa colère commença à se réveiller. Tout débuta par un rêve — celui qu'elle faisait quand elle était enfant, celui où sa mère n'était pas sa mère, mais une maman tendre et douce qui la protégeait de la méchanceté du monde, lui confectionnait des gâteaux et lui faisait des câlins. Ce rêve la mettait toujours en colère, car à son réveil le retour à la réalité était aussi violent qu'un coup de couteau.

Une fois levée, elle s'assit derrière la fenêtre de sa chambre et regarda les gens aller et venir dans la rue, les enfants jouer au cerceau ou à cache-cache. Tout le monde avait une raison d'être, sauf elle. A en croire Caden, elle n'avait pas d'autre perspective que de rester là et d'attendre. Si elle se fiait à sa mère, son seul objectif dans la vie était de donner du plaisir aux hommes. Si elle écoutait Tia, sa finalité était d'être une bonne épouse, mais selon Desi et Bella, c'était de trouver sa voie.

Ce soir-là, elle commanda à souper et mangea dans sa chambre, mastiquant sans appétit une nourriture qui n'avait aucune saveur tandis que ses pensées tournaient en rond dans sa tête.

Le cinquième jour, elle retourna s'asseoir devant la fenêtre et contempla une fois encore la vie qui se déroulait à ses pieds. Des attelages passaient dans la rue, des familles se rassemblaient devant le restaurant de l'hôtel. Pendant deux jours, elle ne fit que ça, regarder dehors jusqu'à ce que le jour décline. Le septième jour, elle sentit qu'elle allait devenir folle si elle restait enfermée dans cette chambre une minute de plus. Et elle avait une bonne raison pour sortir : on avait encore oublié de lui apporter du pain avec son petit déjeuner.

Glissant un peu d'argent dans la poche de sa robe, elle descendit l'escalier et demanda où se trouvait le restaurant. L'employé lui montra deux portes, sur la droite. Elle le remercia et prit la direction indiquée.

Les propriétaires étaient en plein préparatifs du déjeuner. Une odeur d'huile chaude et d'oignons flottait dans l'air et elle entendait le bruit d'un couteau qui hache. Elle traversa la salle et entra dans les cuisines. Une femme d'une quarantaine d'années la regarda, une pile d'assiettes dans les mains.

— Si vous cherchez du travail, je n'ai rien à vous proposer.

— Je ne cherche pas du travail, je réside à l'hôtel. Je m'appelle Maddie Miller.

C'était la première fois qu'elle se présentait sous son nom d'épouse. Cela lui fit une drôle d'impression.

— Je suis Lucia Salinger et l'homme qui s'active derrière les fourneaux est mon mari, Antonio.

La femme était assez typée, avec de grands yeux bruns, une peau mate, une bouche rouge vif et des cheveux noirs parsemés de quelques fils d'argent.

— Que puis-je pour vous ? Le déjeuner ne sera pas servi avant encore une heure.

Maddie secoua la tête.

— Aucun problème. Je voudrais juste un peu de pain.

— Pardon ?

— Vous me servez des repas depuis trois jours et vous oubliez toujours le pain.

— Je suis désolée que vos repas ne vous conviennent pas.

— Au contraire, tout est parfait, il manque simplement du pain.

— Ce n'est pas un oubli. Je n'ai pas le temps d'en faire et il n'y a pas de boulanger en ville.

— Vous ne servez pas de pain ? A aucun repas ?

— Nous avons trop de travail, intervint Antonio. Avec les ouvriers des mines qui viennent manger ici tous les jours, proposer un repas chaud à tout le monde dans les temps est déjà un tour de force.

Les pauvres, elle n'avait pas pensé à cela. Soudain, une idée germa dans son esprit.

— Mais si vous aviez du pain, vous le vendriez ?

— Vous plaisantez ? Les gens se l'arracheraient.

Il retourna la viande qu'il était en train de faire cuire.

— Le problème, reprit-il, c'est que personne en ville ne sait le faire.

— Moi, je sais.

Elle avait parlé si bas que le dénommé Antonio l'interrogea du regard.

— Pardon ?

Elle prit son courage à deux mains et répéta, plus fort :

— Je sais faire le pain.

— Pourquoi feriez-vous du pain ? Vous êtes une cliente de l'hôtel.

Elle s'éclaircit la voix.

— C'est provisoire.

Lucia écarquilla les yeux, visiblement surprise. Antonio mit la poêle hors du feu et l'observa pensivement. C'était un homme massif avec des traits rugueux, mais il avait un regard bienveillant.

— Vous avez perdu votre mari ?

— Oui.

Ce n'était pas vraiment un mensonge. Caden n'avait jamais été réellement son mari et il l'avait quittée.

— Et j'ai juste assez d'argent pour tenir jusqu'à la fin du mois.

Lucia se tourna vers son mari et lui dit quelque chose dans une langue que Maddie ne connaissait pas. Antonio lui répondit dans la même langue, puis Lucia la regarda.

— Vous ne mentiriez pas, n'est-ce pas ?

Maddie s'avança vers les grandes étagères où les provisions

étaient alignées. Elles étaient rangées exactement comme le faisait Tia. Elle n’eut aucune difficulté à trouver la farine.

— Vous avez de la levure ?

Lucia prit un pot en terre et le posa sur la table.

— Voilà.

Parfait. Maddie attrapa un tablier suspendu à un crochet et le noua autour de sa taille.

— Je vais vous montrer.

# Chapitre 15

Une semaine plus tard, Maddie était au bord de l'épuisement. Antonio n'avait pas menti : on s'arrachait ses fournées de pain. Elle aurait pu en vendre le double ou même le triple si elle avait eu plus d'espace pour travailler. Mais dans la minuscule cuisine des Salinger c'était impossible. Ils étaient trois à travailler et elle ne disposait du four que quelques heures par jour. Dommage… Dans un endroit adapté, elle aurait pu gagner confortablement sa vie.

C'était comme cela que l'idée d'ouvrir un petit commerce s'était mise à lui trotter dans la tête. Depuis toujours, elle rêvait d'avoir une maison à elle, un travail, un avenir assuré. Mais pour louer une boutique il fallait de l'argent et elle n'en avait pas. Pas suffisamment, en tout cas.

Elle compta les piles de pièces de monnaie alignées sur la table de sa chambre d'hôtel. Son accord avec les Salinger incluait la gratuité de ses repas, elle n'avait donc pour ainsi dire rien dépensé de l'argent que Caden lui avait laissé pour la nourriture. Et elle touchait un petit pourcentage sur les ventes. Elle fit ses calculs, le cœur battant. C'était de la folie, mais elle ne pouvait tout de même pas rester là les bras croisés. N'était-ce pas à elle de provoquer la chance ? Elle avait passé trop de temps à être spectatrice du bonheur des autres. Il était temps qu'elle prenne sa vie en main et qu'elle se lance dans la bataille !

Glissant son argent dans la poche de sa robe, elle drapa un châle sur ses épaules et descendit à la réception. Comme tous les jours, elle s'arrêta pour demander s'il y avait un télégramme de Caden. Il n'y en avait pas. Elle remercia l'hôtelier, tapota ses jupes et sortit dans la rue ensoleillée. Sa priorité devait être de trouver un local où elle pourrait travailler.

Elle longea les maisons, découvrant la dure réalité d'une ville en pleine expansion. Beaucoup d'activité, mais très peu de logements vacants. Au bout de la rue, à côté de l'épicerie, elle aperçut néanmoins un panneau « à louer » avec une flèche pointée vers une allée en impasse. En s'engageant dans l'étroit passage, elle découvrit une minuscule maison tout au fond. La porte n'était pas fermée : elle entra pour jeter un coup d'œil à l'intérieur. C'était tout petit — un salon meublé d'un canapé et d'une table, et une cuisine donnant sur l'arrière. Par la fenêtre, elle aperçu une cour avec des toilettes au fond. La cuisine n'était pas grande, mais le fourneau en fonte était imposant et il y avait assez de place pour installer deux plans de travail. Ses yeux brillèrent d'espoir. Cet endroit lui parlait, elle s'y sentait déjà chez elle ! Une pancarte à l'extérieur disait de s'adresser à l'épicerie. Elle poussa la porte de la boutique, s'avança jusqu'au comptoir et attendit, le cœur battant. Un homme chauve, portant des lunettes sur le bout du nez s'avança vers elle.

— Puis-je vous aider, madame ?

Elle ne s'habituait toujours pas à ce qu'on l'appelle « madame ».

— J'ai vu qu'il y avait une petite maison à louer au bout de l'allée.

— En effet. C'était celle de ma belle-mère, Dieu ait son âme.

— Elle est décédée ?

— Hélas ! oui. Ma femme ne veut pas qu'on le dise, mais elle est morte sur le canapé.

Elle se moquait bien du canapé.

— Combien la louez-vous ?

Le prix qu'il mentionna la fit sursauter. C'était le double de ce que lui coûtait sa chambre d'hôtel !

— Les logements sont chers ici, madame. La ville est en pleine expansion.

— Pour ce prix, j'aurais besoin de quelqu'un pour couper mon bois.

— Du bois, madame ?

Elle regarda autour d'elle. Les étagères réservées aux sucreries étaient presque vides. Peut-être pourrait-elle marchander avec lui.

— Je suis boulangère.

— Vraiment ?

Comme elle l'avait deviné, une lueur d'intérêt s'alluma dans le regard du marchand.

— Je pourrais vous donner une partie de ma production en échange de ce service.

— J'ai un fils en âge de couper du bois.

— Est-il fiable ?

— Et vous ?

— Je le suis.

Il la dévisagea pensivement.

— Il me faut quand même un mois de loyer d'avance.

L'argent de Caden couvrirait l'achat des matières premières, mais le loyer…

— Je vous paierai trois semaines et je vous livrerai gratuitement une semaine de pain tous les mois.

Il fronça les sourcils.

— Je pourrais louer la maison à meilleur prix !

— Et risquer de la voir occupée par des ouvriers de la

mine ? Je doute que ce soit le genre de voisinage que vous souhaitiez pour votre femme et vos enfants.

Elle bluffait, mais elle avait visé juste.

— C'est justement pour éviter ça que je ne l'ai pas encore louée, admit-il avec un soupir.

— Alors l'affaire est conclue ?

Il la dévisagea de nouveau, regarda son annulaire dépourvu d'alliance, ses vêtements bon marché.

— D'abord, je veux voir comment vous travaillez.

Elle hocha la tête. C'était de bonne guerre.

— Vous pouvez passer voir Lucia au restaurant. Elle se portera garante si vous le souhaitez. Mais je vous assure qu'il n'y aura pas de problème.

Le visage de l'homme s'adoucit enfin.

— Partons sur une semaine d'essai et ensuite vous me paierez votre loyer toutes les semaines.

C'était inespéré ! Elle allait pouvoir acheter les matières premières dont elle aurait besoin et se lancer. Elle était tellement soulagée qu'elle en tremblait.

— Merci.

— Si vous me donnez la liste de ce dont vous avez besoin — sucre, farine, levure —, je vous ferai livrer à la maison.

Elle en avait le tournis. Elle lançait sa propre affaire ! Elle lui dicta les ingrédients en essayant de ne rien oublier. Quand elle prononça le mot « cannelle », il leva la tête, les yeux brillants.

— Vous allez faire des petits pains ?

Elle hocha la tête.

— Si vous avez suffisamment de cannelle, oui.

— J'en ai une cargaison ! Je l'ai rachetée à un marchand qui ne pouvait pas la transporter jusqu'en Californie. Je peux vous faire un prix.

Mais cette fois aussi le chiffre qu'il mentionna était trop élevé pour elle.

— C'est un peu cher pour moi.

Il baissa aussitôt le prix et lui fit même un petit clin d'œil.

— On se rattrapera sur les ventes.

Ils convinrent donc qu'à la fin de sa semaine d'essai ils partageraient tous les deux les bénéfices et, après une poignée de main, elle rentra à l'hôtel, partagée entre la panique et l'excitation. Si elle échouait, elle allait se retrouver à la rue dans une semaine au lieu de trois. C'était un pari terriblement risqué !

Elle se dirigea vers la réception et annonça au patron qu'elle rendait la chambre plus tôt que prévu. Quand elle lui demanda de lui rendre l'argent que Caden lui avait versé d'avance pour un mois, il hésita. Mais elle ne se laissa pas intimider, évoquant la probité du *Hell's Eight*, et il finit par céder en maugréant. Elle enveloppa les précieuses pièces dans un mouchoir, le fixa à l'intérieur de son corsage avec une épingle de nourrice, puis se dirigea vers le restaurant pour annoncer aux Salinger que c'était sa dernière journée de travail pour eux et qu'elle allait ouvrir sa propre boulangerie. Ils tentèrent bien de la faire revenir sur sa décision, mais cette fois aussi elle resta ferme. Finalement Antonio lui souhaita très gentiment bonne chance et affirma qu'il continuerait à être son client.

Les dés étaient jetés !

Pendant trois jours, Maddie ne fit rien d'autre que fabriquer du pain. Elle pétrit la pâte jusqu'à avoir l'impression que ses bras allaient se détacher de son corps. Ses doigts étaient si douloureux qu'elle n'arrivait même plus à tenir sa brosse à cheveux le soir venu. Elle façonna miche après miche, puis s'attela à la confection des petits pains à la cannelle qu'elle nappa d'un glaçage à l'œuf et au sucre avant de les apporter chez l'épicier. Le bouche-à-oreille fonctionna à merveille et en vingt-quatre heures les premiers clients affluèrent. Les mineurs faisaient la queue devant chez elle, parfois complètement ivres, mais toujours prêts à lui acheter tout ce qu'elle avait à leur proposer. Certains s'imaginaient qu'elle n'avait pas que du pain à offrir et se montraient très agressifs. Ces moments-là étaient terrifiants.

Elle en parla à Antonio qui lui donna un revolver. Elle détestait les armes à feu, mais s'obligea à le porter bien en vue contre sa hanche dans l'espoir que cela suffirait à refroidir les plus téméraires. Mais elle n'eut pas besoin de s'en servir, car à son grand étonnement ses clients se chargèrent de la débarrasser des gêneurs. Si elle s'était attendue à une chose pareille ! Un matin, elle vit trois mineurs empoigner Rowdy Rodney, un ivrogne qui la harcelait depuis cinq jours, et l'évacuer *manu militari*. Ils reprirent ensuite tranquillement leur place dans la file d'attente et lui firent signe de continuer à travailler.

— Ne vous en faites pas, madame. On s'en occupe.

Et soudain, elle comprit : elle avait trouvé sa place ! Les gens l'avaient acceptée comme l'une des leurs et aussi longtemps qu'elle leur ferait du pain, elle serait protégée !

Elle paya sa première semaine de loyer à la sueur de son front, car il ne lui restait pas un sou après avoir réglé la facture des provisions. Mais dès la deuxième semaine elle commença à dégager un petit profit et à la fin de la troisième elle possédait un pécule suffisamment important pour se dire qu'il serait plus en sécurité dans une banque que dans un pot en terre sur l'étagère de sa cuisine. Entre deux fournées de pain, elle prit donc le temps de se baigner et de se changer avant d'aller à la banque.

Elle n'était jamais entrée dans une banque. C'était un lieu très impressionnant, avec de lourdes portes et des tapis épais. Un lieu terriblement respectable. Quel accueil allait-on réserver à une femme comme elle ? Seul l'argent au fond de son réticule l'empêcha de s'enfuir à toutes jambes. C'était tout ce qu'elle possédait, elle devait le mettre à l'abri. Et puis, une commerçante se devait d'avoir un compte en banque, non ?

— Bonjour, madame.

Elle sursauta puis sourit vaillamment au gentleman en costume marron qui s'apprêtait à entrer dans la banque.

— Bonjour, monsieur.

Il toucha le bord de son chapeau melon. Il avait un regard chaleureux derrière ses lunettes rondes cerclées de fer.

— Vous vous apprêtiez à entrer ou à sortir ?

— Je veux ouvrir un compte !

La phrase jaillit d'une traite, comme un boulet de canon. Il sourit gentiment.

— En ce cas, vous êtes tombée sur la bonne personne. Je me présente : John Laughton. Je suis le directeur de cette banque.

— Oh !

Il ouvrit la porte et s'effaça pour la laisser passer.

La pièce dans laquelle elle pénétra était rutilante, avec des bureaux en acajou massif, de profonds fauteuils en cuir et des guichets cerclés de cuivre. Tout était élégant et raffiné. Opulent. La petite fille au fond d'elle lui cria de s'enfuir : elle n'était pas à sa place ici, on allait se moquer d'elle ! Mais elle refusa de l'écouter. Elle était une femme maintenant. Du moins, elle était sur le point de le devenir.

— Je suis Maddie… Miller.

— Enchanté de faire votre connaissance, madame Miller. Je vous en prie, entrez.

Elle n'eut pas d'autre choix que d'obéir. L'endroit sentait le cuir et la cire. Elle serra très fort son réticule pendant qu'elle suivait John Laughton dans un bureau situé derrière le comptoir central. Il lui montra un grand fauteuil face à la longue table en acajou.

— Je vous en prie, asseyez-vous.

— Merci.

Elle se percha à l'extrême bord du siège pendant qu'il prenait place derrière le bureau.

— Avez-vous déjà ouvert un compte chez nous ?

— Non.

Il ouvrit un tiroir et en sortit un grand livre de banque qu'il ouvrit à une page marquée par un signet. Il plongea une plume dans un encrier puis leva les yeux vers elle.

— Votre mari possède-t-il un compte chez nous ?

Elle redressa les épaules.

— Je ne sais pas.

Il haussa les sourcils, intrigué.

— En ce cas, vous devriez aller lui poser la question et revenir me voir ensuite.

— Il est absent.

— Nous avons besoin de sa signature pour vous ouvrir un compte.

Elle ne put masquer la panique qui l'envahissait.

— Mais c'est mon argent !

— Certes, mais votre mari doit donner son autorisation.

— Je ne comprends pas.

— Votre mariage est-il récent, madame Miller ?

Elle regarda à droite et à gauche comme si quelqu'un pouvait lui souffler la réponse. Etait-ce vraiment important ?

— Qu'est-ce qui vous fait dire ça ?

— Votre hésitation avant de donner votre nom.

— Oh ! Il est récent, oui.

— Je me dois de vous informer que sans la signature de votre époux vous ne pouvez pas ouvrir un compte en banque.

— Mais s'il signe, il aura accès à mon argent ?

— Il a accès à votre argent de toute façon. Il est votre mari.

— Oh !

Elle l'ignorait. Son réticule sembla soudain peser des tonnes sur ses genoux.

— Il n'est pas ici, répéta-t-elle d'une voix calme.

— Quand reviendra-t-il ?

Elle choisit de dire la vérité.

— Je ne sais pas.

— Je suis sûr que votre argent de poche sera en sécurité là où vous avez l'habitude de le conserver.

Elle secoua la tête.

— Non.

— Je voudrais pouvoir vous aider, mais je dois respecter les règles, vous comprenez.

Elle résista à l'envie de fondre en larmes et tourna la tête en voyant les portes de la banque s'ouvrir. Elle fut surprise de découvrir Antonio. Il venait déposer la recette du week-end. Il était étranger et pourtant il avait le droit de déposer son argent à la banque, comme n'importe quel citoyen — mais pas elle. Ce n'était pas juste ! Son commerce n'était pas différent du sien. La seule différence, c'était la façon dont les gens la voyaient. Une question lui traversa l'esprit. *Comment Bella réagirait-elle dans la même situation ?* Et la réponse lui apparut aussitôt, limpide : elle utiliserait tous les arguments dont elle disposait pour obtenir satisfaction. Et elle ne repartirait pas avant d'avoir obtenu gain de cause.

— Je crois que vous ne comprenez pas, monsieur Laughton.

Elle posa son réticule sur le bureau. L'argent formait une bosse conséquente sous le tissu.

— J'ai ouvert un commerce qui marche bien. Mes profits n'ont rien à voir avec de l'argent de poche.

Elle ouvrit le sac et renversa son contenu sur le bureau. Quatre-vingt-quinze dollars en monnaie scintillèrent dans la lumière.

Le regard du banquier changea imperceptiblement.

— Depuis combien de temps exercez-vous cette activité ?

— Huit jours.

Il tendit la main vers l'argent avant de suspendre son geste.

— Puis-je ?

Elle acquiesça. Il le compta rapidement et fit des petites piles bien nettes de pièces et de billets.

— Vous avez gagné cette somme en huit jours ?

— Les débuts ont été lents, mais les clients sont de plus en plus nombreux.

Il s'adossa à son fauteuil, le regard soupçonneux.

— Puis-je savoir en quoi consiste votre commerce ?

Elle accusa le coup, mais se força à sourire.

— J'ai ouvert une boulangerie.

Son attitude changea du tout au tout. Il se pencha vers elle, le regard brillant.

— C'est vous qui avez fait ces petits pains à la cannelle que ma femme a achetés hier ?

— Probablement.

A l'autre bout de la banque, Antonio l'aperçut et lui fit un signe amical de la main. Elle lui répondit d'un sourire.

M. Laughton observa leur échange.

— Vous connaissez M. Salinger ?

— Je lui livre le pain et les pâtisseries dont il a besoin pour son restaurant.

— Je vois.

Antonio se dirigea vers eux. M. Laughton couvrit discrètement l'argent avec son sous-main.

— Je constate que vous avez rencontré notre petite mine d'or locale, dit Angelo en souriant. Les mineurs s'arrachent son pain.

— Nous parlions justement de son affaire, dit Laughton.

Antonio tapota l'épaule du banquier.

— Vous pouvez avoir confiance. Elle est sérieuse, travailleuse. Elle nous rendra tous riches.

— Si vous le dites.

— J'en suis sûr. J'aurais une requête, si je peux me permettre, ajouta-t-il en se tournant vers Maddie.

Elle inclina la tête.

— Bien sûr.

— Je voudrais doubler notre commande à partir du week-end prochain. Les gens rapportent chez eux le pain qu'on leur sert et nos réserves disparaissent à toute vitesse. Vous pensez que c'est possible ?

— Pas de problème.

— C'est vrai ? Ce ne sera pas trop de travail ?

Cela représentait des fournées supplémentaires, des heures de travail en plus, mais le jeu en valait la chandelle.

— J'y arriverai.

— Magnifique ! Lucia va être ravie.

Elle lui adressa un sourire reconnaissant. Elle n'avait plus du tout l'impression de ne pas être à sa place.

— Faites-lui toutes mes amitiés.

— Je n'y manquerai pas.

Antonio parti, elle se résigna à récupérer son argent.

— Je dois m'en aller, moi aussi.

Au lieu de lui rendre son argent, M. Laughton lui tendit un formulaire.

— Si vous inscrivez le nom de votre mari ici, nous vous ouvrirons un compte.

Elle le regarda, stupéfaite.

— Mais…

— Parfois, les règles doivent être contournées.

C'était une leçon qu'elle n'oublierait pas de sitôt : l'argent avait le pouvoir d'ouvrir certaines portes. En regardant M. Laughton remplir les papiers officiels, elle ne put se défendre d'un sentiment de fierté. Elle plia soigneusement le récépissé qu'il lui tendait et le rangea dans son réticule. Elle était une commerçante, une femme respectable, financièrement indépendante.

— Bonne journée, monsieur Laughton, dit-elle en se levant.

Elle sourit en lui serrant la main.

— Et merci.

Les semaines passèrent dans un tourbillon. Le rythme effréné qu'elle s'imposait ne fut troublé que par la sensation désagréable d'être observée. Chaque fois qu'elle levait les yeux de son plan de travail pour scruter la petite allée, elle ne voyait rien d'inhabituel. Pourtant elle était prête à jurer que des yeux l'épiaient. Un voleur ? Elle finit par se rendre à la banque deux fois par jour pour déposer sa recette. Cette précaution la rassura un peu, mais l'impression d'être surveillée lui donnait la chair de poule. Bientôt, une nouvelle source d'inquiétude ajouta à sa nervosité : la date à laquelle Caden était censé revenir approchait à grands pas.

Le matin du jour prévu, elle se réveilla en sueur, paniquée, le cœur battant à tout rompre. Quelqu'un l'observait, elle était prête à le jurer ! Elle alluma la lampe à pétrole, sur sa table de nuit et regarda par la fenêtre, mais elle ne vit rien d'autre que son propre reflet dans la vitre. Elle retomba sur le petit canapé, prit une inspiration et s'obligea à se calmer. Elle savait pourquoi elle redoutait le retour de Caden. Il lui avait dit de ne pas bouger de l'hôtel et elle avait désobéi. Elle n'était plus la jeune femme immature qu'il avait quittée et il y avait peu de chances que cette découverte lui fasse plaisir s'il revenait. Il n'aimait pas les surprises et surtout il n'aimait pas que les choses ne tournent pas comme il l'avait décidé.

Elle attendit que son cœur ait retrouvé un rythme normal avant de se lever et de faire sa toilette pour se débarrasser de la sueur qui ruisselait sur son corps. On était en plein cœur de l'été et il faisait une chaleur à mourir dans la petite maison. Si seulement elle pouvait se débarrasser aussi facilement de l'angoisse qui lui collait à la peau ! Elle avait travaillé dur pour obtenir ce qu'elle possédait aujourd'hui. Elle ne pouvait pas tout perdre maintenant, elle ne voulait pas !

Avec un soupir, elle se dirigea vers la porte de derrière. Le chaton qu'elle avait adopté miaula et s'enroula autour de ses pieds.

— Bonjour, Précieux. C'est notre grand jour.

Le petit félin miaula de plus belle : il voulait son lait du matin.

— Attends. Je m'occupe de toi dans une minute.

Mais Précieux miaula, contrarié par l'attente, comme tous les matins. Elle secoua la tête en souriant. Il était un peu envahissant, mais c'était si bon d'avoir un petit animal à soi.

Elle le prit dans ses bras et frotta son nez contre son museau.

— J'arrive. Une minute.

Une fois de retour dans la maison, elle versa un peu de lait dans une soucoupe, qu'elle déposa dehors avec quelques restes du ragoût de la veille.

Le chaton lécha la viande, choisissant les morceaux qu'il voulait avant de les dévorer, puis lapa son lait. Au début, elle avait peur que les chiens ne le tuent, mais Précieux était malin, il savait comment se débrouiller. Peut-être devrait-elle suivre son exemple ? S'endurcir ? La nuit surtout, quand l'ombre effaçait les contours de la réalité et qu'elle se remémorait ces moments de vertige dans les bras de Caden, cette fièvre inconnue qui lui avait fait oublier qui elle était et d'où elle venait. Pour la première fois de sa vie, elle avait eu l'impression d'être aimée, chérie… Elle retrouvait la saveur de ses baisers dans ses rêves, cette incroyable douceur qui lui disait qu'elle était la seule femme au monde pour lui. Et puis à son réveil elle se rendait compte que cela n'avait été qu'un jeu cruel et elle fondait en larmes.

Refoulant ces pensées douloureuses, elle se mit au travail. Elle était si concentrée qu'elle faillit ne pas entendre lorsque, deux heures plus tard, quelqu'un frappa au rebord de la fenêtre. C'était la petite Lissie Mayers, un panier sous le bras. Un sourire aux lèvres, Maddie s'approcha en souriant.

— Ce sont mes œufs ?

La fillette hocha la tête.

— Combien ta maman a-t-elle demandé que je te donne ?

La petite fille leva deux doigts. Maddie lui remit l'argent, puis un petit pain à la cannelle.

— Ça, c'est pour toi.

Le visage de la fillette s'éclaira et elle sourit, dévoilant deux dents manquantes, sur le devant.

Maddie se sentit soudain envahit par une étrange émotion. Quel effet cela lui ferait de devenir maman ? Mais elle secoua aussitôt la tête avec un soupir. Ce n'était pas dans ses projets. Pour l'heure, elle devait surtout retourner voir l'avocat qu'elle avait consulté après sa discussion avec le banquier. Elle lui avait posé toutes les questions sur son commerce, mais elle n'avait pas osé lui demander si son mariage était valide ou pas. S'il l'était, elle devrait envisager de divorcer parce qu'elle ne voulait pas renoncer à l'indépendance qu'elle avait acquise pendant ces dernières semaines. Et si Caden revenait, c'était ce qui se passerait. Tout lui appartiendrait : son argent, son commerce, y compris elle, et il pourrait en faire ce que bon lui semblait. Elle ne pouvait pas l'accepter.

Elle passa le reste de la journée sur des charbons ardents, l'anxiété lui coupant l'appétit, troublant sa concentration. Son pain n'était pas aussi aérien que d'habitude. Quand le soir tomba sans que Caden ait donné signe de vie, elle put enfin relâcher la pression. Peut-être ne reviendrait-il pas, finalement. Elle s'était inquiétée pour rien. Mais elle avait beau être soulagée, cette nuit-là, elle rêva encore de ses mains sur son corps, de ses lèvres sur les siennes, de ses chuchotements contre son oreille, et elle se réveilla en larmes.

Elle venait à peine de lancer sa première fournée, lorsqu'elle entendit frapper. Partagée entre la crainte et l'agacement, elle se dirigea vers la porte. Qui cela pouvait-il bien être ? Il était bien trop tôt pour que ce soit la petite Lissie. Et, en effet, elle eut un choc en découvrant qui se tenait sur le seuil. Frank Culbart ! Il s'était bonifié depuis la dernière fois qu'elle l'avait vu. Il avait rasé sa barbe, ses cheveux étaient soigneusement peignés en arrière et il avait mis une cravate. Il avait toujours cette allure d'ours mal léché, mais une douceur bienveillante brillait dans ses yeux.

— Maddie.

Elle s'essuya les mains sur un torchon de cuisine, un peu gênée. Elle devait faire peur à voir avec son visage luisant de sueur, ses cheveux dans les yeux et ses joues écarlates.

— Frank.

— J'ai eu vent de ta présence dans cette ville.

— Comment ?

Il esquissa un petit geste de la main comme pour balayer la question.

— Une jolie rouquine qui fait du pain divinement bon, ça ne court pas les rues.

Elle sourit.

— Vous avez toujours eu un faible pour mes petits pains à la cannelle.

— J'en mangerais bien un maintenant avec une tasse de café, si tu as le temps.

Elle ne l'avait pas, mais elle allait le prendre. Elle faillit lui suggérer de passer par-derrière, mais elle ne voulait donner l'impression de le recevoir en catimini. L'effet serait encore plus désastreux. Elle s'effaça donc pour le laisser entrer. Il grimaça en pénétrant dans la fournaise.

— C'est le four, expliqua-t-elle. Il reste allumé toute la journée pour cuire le pain. Mais on peut s'installer dehors, si vous voulez. Il y a un arbre qui donne de l'ombre dans la cour.

Il acquiesça et la suivit jusqu'à la porte donnant sur la cour arrière. En passant devant la cuisine, il s'arrêta pour contempler le chaos organisé.

— Tu te débrouilles plutôt bien, on dirait.

Elle sourit, un peu mal à l'aise. Elle n'arrivait pas à savoir ce qu'il venait faire ici. Ce n'était certainement pas seulement une visite de courtoisie.

— J'arrive tout de suite, lui dit-elle en s'emparant de la cafetière. Je dois sortir les petits pains du four.

— Je vais attendre.

Elle faillit protester. Il avait une façon de la regarder qui la troublait. Et puis elle se rappela qu'il était un invité, dans sa maison, et qu'il y avait des règles de politesse à respecter. Elle sortit les pains à la cannelle du four et elle lui en tendit un encore tout fumant.

Il sourit et l'engloutit sans même attendre qu'il refroidisse.

— J'aurais dû t'épouser, dit-il, un air extatique sur le visage.

Elle l'observa avec un peu plus d'attention.

— Est-ce une excuse ?

— Des regrets, plutôt. J'aurais dû te garder pour moi.

— Vous n'êtes pas amoureux de moi, Frank. Vous en aimez une autre.

— Ça ne compte pas. Elle ne saura jamais me préparer des petits pains à la cannelle.

Elle secoua la tête avec un sourire.

— Peut-être que si, si vous lui montrez votre côté tendre.

Il tendit la main vers un autre petit pain, mais elle le poussa fermement vers la porte.

— Allons nous asseoir dehors, dit-elle en disposant quatre petits pains sur une assiette. J'ai besoin de fuir de cette fournaise.

Il obéit en maugréant et ils allèrent s'installer sous le chêne avec du café et les petits pains.

— Tu n'en prends pas ? lui demanda-t-il lorsqu'elle lui présenta l'assiette.

— Il y en a trois pour vous et un pour moi.

— D'habitude, tu m'en donnes quatre.

— Vous en avez déjà mangé un.

Il fit mine de pousser un profond soupir puis son expression redevint sérieuse.

— Ça n'a pas marché avec ton Caden, hein ?

Elle se contenta de faire non de la tête.

— Tu aurais dû nous dire quand on t'a emmenée que tu n'étais pas une prostituée.

— J'ai eu peur. Vous étiez tous très effrayants.

Il détourna les yeux et il lui sembla voir une légère rougeur gagner ses joues.

— Je ne me suis jamais imposé à une femme. Tu m'as presque poussé à te violer. Ce n'était pas très malin.

— Je n'ai jamais prétendu être maligne. Et personne ne vous a poussé à quoi que ce soit.

— J'avais bu.

— Vous étiez triste et seul.

Il la dévisagea.

— Tu me fais penser à elle.

— C'est vrai ?

Il baissa les yeux et but une gorgée de café.

— Mais elle n'a pas ton cran, malheureusement.

— Pourquoi dites-vous cela ?

— Elle ne quittera pas sa famille pour vivre avec moi.

— J'ai mis du temps à quitter le bordel où je travaillais.

— Pourquoi ? Tu aimais travailler là-bas ?

— Oh mon Dieu ! non !

— Alors pourquoi n'es-tu pas partie ?

Elle laissa son regard se perdre dans le vague.

— Parce que j'avais peur de ce que je découvrirais dehors. Je ne connaissais que la vie entre ses murs, ses règles, et je pensais que mon destin était là.

Il hocha la tête.

— Elisabeth a une existence privilégiée. Elle vit dans un monde luxueux où tout est raffiné.

— Et vous ne vous trouvez pas raffiné.

Il montra ses grosses mains de rancher, couvertes de cicatrices et de callosités.

— Ce ne sont pas les mains d'un gentleman.

Elle en prit une dans les siennes et la serra d'un geste affectueux.

— Ce sont les mains d'un honnête homme qui fait un travail d'honnête homme. La femme qu'elles étreindront n'aura jamais rien à redouter parce que ces mains-là la chériront et la protégeront. C'est plus important que tout le reste.

— Est-ce une proposition ?

Elle secoua la tête.

— Ce n'est pas moi que vous voulez.

— Je peux oublier Elisabeth.

Elle lâcha sa main.

— Ce ne serait pas juste. Ni pour vous ni pour elle.

— Mais tu serais intéressée ?

Elle fronça les sourcils. Où voulait-il en venir ? Quand Frank s'était rendu compte qu'elle n'était pas consentante, il l'avait chassée de son lit et de sa maison. Il était fou de rage. Dix minutes plus tard, il était revenu la chercher et il lui avait fait la leçon. Il lui avait expliqué ce qui arrivait aux femmes qui jouaient les séductrices. Il l'avait tellement terrifiée qu'elle en avait fait une crise, et ce fut à son tour à lui d'être terrorisé.

Ne sachant que faire d'elle, il avait déclaré à ses hommes qu'elle était sa protégée et leur avait interdit de la toucher. La situation était délicate. Devait-elle se considérer comme une invitée ou comme une prisonnière ? Probablement les deux. En tout cas, elle ne voulait rien lui devoir. Alors pour se rendre utile, elle s'était mise à faire du pain et des pâtisseries et peu à peu elle était devenue amie avec Frank. Un soir, alors qu'il était soûl, il lui avait parlé d'Elisabeth, la femme qu'il aimait. C'était pour elle qu'il avait bâti ce ranch et qu'il voulait devenir riche. Pour pouvoir lui offrir une vie luxueuse et des jolies robes. Les hommes avaient des idées saugrenues, parfois.

— Vous savez, Frank, vous pourriez être surpris si vous retourniez voir Elisabeth pour lui demander de vous épouser.

— Il n'y a aucune raison qu'elle ait changé d'avis.

— Au contraire. Quand ce que vous voulez est à portée de main, vous vous imaginez que c'est pour toujours et vous n'y prêtez plus attention. Mais le jour où cela disparaît…

Elle songea à la façon dont Caden l'avait quittée.

— Ce jour-là, vous remettez tout en question : celle que vous êtes, ce que vous attendez de la vie et ce que vous feriez si c'était à refaire.

Il passa la main dans ses cheveux, comme s'il réfléchissait et ils se remirent instantanément à boucler dans tous les sens. Elle sourit, attendrie par cet homme. Un homme honnête, mais qui n'était pas pour elle.

— De toute façon, elle est probablement mariée, maintenant.

— Peut-être pas.

— Je risque de me faire briser le cœur une deuxième fois, grommela-t-il.

— C'est possible. Mais qui ne tente rien n'a rien.

— Tu crois que je devrais y aller ?

— Je sais qu'à votre place je préférerais être fixée. Il va vous falloir des années pour faire prospérer ce ranch. Des années pendant lesquelles vous serez seul de votre côté et elle du sien. C'est peut-être votre destin, mais ce serait terrible d'être passé à côté du bonheur parce que vous avez eu peur d'affronter la vérité.

Il s'essuya les mains sur sa serviette et avala le reste de son café. Puis il se leva et la serra dans ses bras. Son étreinte ressemblait à celle d'un ours, un peu pataude mais sincère. Il sentait le tabac, le musc et la sueur. Ce n'était pas une odeur désagréable, mais ce n'était pas l'alchimie qui la faisait vibrer.

— Tu es sûre de ne pas vouloir prendre la place ?

Elle sourit.

— Absolument sûre. Vous ne seriez pas heureux avec moi. Je ne serais qu'un second choix.

— Je pourrais finir par t'aimer vraiment.

— Mais je saurais que je ne suis qu'un pis-aller.

Une voix cinglante résonna près de la porte, la faisant sursauter.

— Et il y a aussi un petit détail que vous avez l'air d'oublier tous les deux. La dame est déjà mariée !

Elle se retourna d'un bond. Caden se tenait sur le seuil, la main sur la crosse de son colt, l'air furieux.

# Chapitre 16

Nullement impressionné, Frank se rassit et termina son petit pain, léchant le glaçage sur ses doigts. Pour sa part, Maddie était pétrifiée, le cœur agité de soubresauts. Elle ne parvenait pas à détourner les yeux du visage de Caden. Elle avait oublié à quel point il était beau, à quel point sa seule vue suffisait à la faire trembler d'émotion.

— Culbart, lâcha-t-il d'une voix glaciale.

— Miller, lâcha Franck, tout aussi glacial.

Il épousseta les miettes tombées sur son pantalon et se leva en s'essuyant les doigts sur une serviette.

— Qu'est-ce qui vous amène en ville ?

Caden avança, visiblement fou de rage.

— Il me semble que c'est à moi de poser cette question !

— La rumeur qu'une boulangère aux cheveux roux faisait des merveilles à Stirple est parvenue jusqu'à moi. J'ai eu envie de venir vérifier par moi-même.

— Vous n'avez rien de plus important à faire ?

Elle intervint, en essayant d'avoir l'air le plus calme possible.

— Je crois…

Culbart l'interrompit d'un geste de la main.

— C'est une histoire d'hommes, petite. Ne t'en mêle pas.

Comment cela, une histoire d'hommes ? Elle était concernée

au premier chef, qu'elle sache ! Avant qu'elle ait pu protester, Caden attaqua.

— C'est à ma femme que vous parlez !

Le ton menaçant n'eut aucun effet sur Culbart. Au contraire : elle attisa le conflit.

— Il est bien temps de vous en souvenir. Vous l'avez laissée dans un tel dénuement qu'elle a été obligée de trimer comme une esclave pour s'en sortir !

Caden serra les poings. Il était livide de rage.

— Mêlez-vous de ce qui vous regarde ! gronda-t-il.

Elle ne pouvait pas rester là sans rien dire. En dépit de tout, Caden s'était quand même montré généreux. Il avait fait en sorte qu'elle ne manque de rien en son absence.

— Il m'a laissé largement de quoi vivre, Frank.

Ce dernier l'observa. Il dut remarquer ses yeux cernés par le manque de sommeil et sa robe maculée de farine.

— Je vois ça.

— La boulangerie, c'est mon idée. Il n'était pas au courant.

— Pourquoi une femme mariée avec un homme digne de ce nom aurait-elle besoin de travailler ?

— C'est une bonne question, dit Caden. Et dès que vous aurez débarrassé le plancher, nous en discuterons !

Ce fut au tour de Maddie de sortir de ses gonds. Elle n'aimait pas le ton de sa voix.

— Il n'y a rien à discuter.

Elle accompagna cette dernière phrase d'un regard noir, mais cela n'eut aucun effet sur Caden. Et sur Culbart non plus, apparemment.

— Je n'ai pas entendu la dame me dire de partir.

La dernière chose dont elle avait besoin, c'était que ces deux-là en viennent aux mains. Ils étaient costauds tous les deux, orgueilleux tous les deux, ils étaient capables de se battre à mort par principe ! Elle devait faire un choix. Frank était un ami, mais Caden était son mari et il représentait le *Hell's Eight.*

— Tout va bien, Frank. J'apprécie l'intérêt que vous me portez, mais je dois discuter seule avec mon mari.

— Bien.

Il porta sa main à ses lèvres sans se soucier du regard furieux de Caden.

— Vous avez sous-estimé Maddie, déclara-t-il d'une voix paisible en se tournant vers Caden. Et vous n'allez pas tarder à vous en apercevoir, tous autant que vous êtes.

Il remit son chapeau.

— Mais, comme son bonheur me tient à cœur, je vais vous donner un dernier conseil avant de partir, Miller.

Caden agrippa le bras de Maddie et l'attira vers lui avec une violence contenue.

— Allez vous faire foutre avec vos conseils !

Culbart se contenta de sourire.

— Je vais vous le donner quand même : changez de ton. Votre arrogance ne vous mènera à rien. La petite en a plus que vous dans le ventre.

Et, sur ce, il toucha le bord de son chapeau.

— Maddie.

— Au revoir, Frank.

Il tourna les talons et s'éloigna dans l'allée. Elle le regarda disparaître, comptant ses pas pour essayer de calmer les battements affolés de son cœur.

— Il est parti, lâcha Caden. Tu peux arrêter de faire semblant de le suivre des yeux.

Elle se tourna vers lui.

— Tu es en colère.

C'était plus un constat qu'une interrogation.

— Evidemment, je suis en colère ! Je t'ai laissée avec suffisamment d'argent pour tenir un mois. Qu'est-ce qui s'est passé ?

— Rien du tout. J'ai saisi une opportunité.

— En traînant mon nom dans la boue ? Tout le monde ici sait que tu es ma femme !

— Eh bien, maintenant tout le monde sait que je suis une excellente boulangère.

— Et ça t'apporte quoi ?

— Le respect.

— Tu l'avais déjà !

— Parce que j'étais ta femme, pas parce que j'étais moi.

— Et c'est important ?

Comment pouvait-il lui poser une question pareille ? Au lieu de répondre, elle ramassa les serviettes, les posa dans l'assiette, empila les deux tasses de café et transporta le tout à la maison.

— Je t'ai posé une question, dit-il en lui tenant la porte.

— La réponse est évidente.

— Je veux quand même l'entendre !

Elle posa la vaisselle sur le comptoir et se retourna vers lui.

— Pourquoi ? Parce que je ne suis pas restée tranquillement bras croisés dans cette chambre d'hôtel à regarder ton argent fondre comme neige au soleil ?

— Je t'avais dit que je reviendrais.

— Les hommes disent tous ça.

— Je ne suis pas « les hommes ». Je suis ton mari !

— Tu m'as quittée. Tu avais dit que tu ne le ferais pas, mais une fois encore tu as rompu ta promesse.

Il soupira, puis il versa de l'eau chaude de la bouilloire dans la cuvette, prit les tasses et se mit à les laver. Elle le regarda faire, stupéfaite.

— Qu'est-ce qu'il y a ? bougonna-t-il d'un ton un peu radouci. Je sais faire la vaisselle.

Elle ne dit rien et en profita pour l'observer. Il avait un peu maigri, mais paraissait en forme.

— Ça s'est bien passé à la mine ?

— Deux ou trois escarmouches, rien d'insurmontable.

— Donc, tu aurais pu t'abstenir de m'amener ici.

Il posa la vaisselle nettoyée sur le plan de travail et se sécha les mains sur un torchon. En deux enjambées il fut près d'elle, réduisant à néant la distance entre eux. Il l'attira à lui d'un mouvement brusque.

— Je suis très en colère, Maddie. Je me contiens, mais fais attention à ne pas me pousser à bout !

— Je te pousse, moi ?

— Nous allons avoir de gros problèmes avec les Indiens sous peu. Tous les colons qui se sont installés hors des villes sont en danger. Le sang va couler avant que le calme revienne. Il y aura beaucoup de morts et je ne veux pas que tu fasses partie des victimes, quitte à pêcher par excès de prudence.

Cela la fit réfléchir. Elle n'avait pas vu les choses de cette façon.

— Et le *Hell's Eight* ? Il est en danger ?

— Possible, mais on a les moyens de se défendre. Et le terrain nous protège.

— Qu'est-ce qui te fait dire que le sang va couler ?

Ses mâchoires se crispèrent.

— Je sais lire les signes.

— Quels signes ?

Il la lâcha.

— Des cadavres scalpés dans des ruines fumantes.

— Oh mon Dieu !

Elle s'assit sur une chaise, les jambes coupées.

— Tu as vu des morts ?

— Evidemment. Et Culbart aussi. D'ailleurs, je soupçonne que c'est la raison de sa visite.

— Il a dit que c'était pour me voir.

Il eut un geste de colère.

— Je suis prêt à parier qu'il est venu acheter des armes.

Son ranch sera l'un des premiers à se faire attaquer si les Indiens passent à l'offensive.

— Mais pourquoi ? Il s'est toujours comporté de manière équitable avec eux.

— Attaquer et anéantir un ranch comme le Fallen C marquerait les esprits et sèmerait la terreur dans toute la région.

— Mais les Indiens n'oseront pas attaquer une ville, n'est-ce pas ?

— Pas une ville aussi importante que Stirple, non.

— Alors j'étais en sécurité.

— Tu étais en sécurité à l'hôtel ! Ici, tu es une proie facile pour n'importe qui !

— Si tu avais voulu que je sois en sécurité tu n'avais qu'à me garder avec toi !

— J'avais un travail à terminer à la mine !

— Donc, tu as choisi de faire passer l'or avant moi !

— J'ai choisi notre avenir !

*Notre avenir…*

— Notre avenir ? Non, ce n'est pas notre avenir alors que tu peux prendre tout mon argent, mes enfants et me laisser sur le bord de la route !

Il la dévisagea, ahuri. De toute évidence, il ne comprenait pas où elle voulait en venir.

— Quoi ?

— J'ai parlé avec un avocat.

— Un… ? Pour quelle raison ?

— Pour connaître mes droits en cas de divorce.

Il pâlit et elle vit le choc se refléter sur son visage.

— Qui a parlé de divorce ?

— Tu m'as abandonnée. Je voulais connaître mes droits.

— Et quels sont-ils ?

— Je n'en ai aucun ! Et tu sais quoi ? Ça ne me plaît pas. Et ça ne me plaît pas non plus que tu me racontes que tu m'aimes pendant toute une nuit et que le lendemain matin tu me flanques dans un hôtel comme si j'étais un bagage encombrant !

— Je t'ai déjà expliqué pourquoi.

— Mais à aucun moment tu ne m'as demandé *mon* avis !

— Je n'ai pas à te demander ton avis. Mon rôle consiste à te garder en sécurité et ton rôle à toi est de faire ce que je dis !

— Foutaises !

Il plissa les yeux comme s'il n'en croyait pas ses oreilles.

— Surveille ton langage.

— Surveille le tien !

— Bon sang, mais qu'est-ce qui t'arrive ?

Elle n'en savait rien elle-même, mais elle était submergée par une colère folle, irrépressible. Comme si toute sa rancœur accumulée pendant un mois débordait subitement.

— Il m'arrive que je me suis enfin réveillée. Heureusement !

Il croisa les bras d'un air buté.

— Range tes affaires, on s'en va.

— Oh non ! C'est toi qui vas remballer tes affaires et partir.

Il promena un regard écœuré autour de lui.

— Tu ne peux pas avoir sérieusement envie de rester ici !

— Tu ne peux pas sérieusement me demander de fermer ma boutique !

— Quelle boutique ?

— Je tiens une boulangerie, cria-t-elle en montrant la cuisine.

— Quoi, ça ?

Le dédain qui vibra dans sa voix la mit hors d'elle. Elle faillit déplacer la huche, soulever la latte du parquet où elle cachait l'argent qu'elle avait mis de côté pour les urgences et lui montrer que sa boutique était une affaire sérieuse. Mais elle se retint.

— L'argent que tu m'as donné est à la banque, intact.

— Tu ne l'as pas dépensé ?

— J'en ai utilisé une partie, mais j'ai reconstitué la somme.

Elle t'attend sur mon compte, tu peux aller la récupérer quand tu veux.

— Pas sans ta signature, quand même.

— Si. Tu peux entrer, dire que tu es mon mari et prendre tout ce qui m'appartient. Il paraît que c'est légal !

Le saisissement qu'elle lut sur son visage apaisa un peu sa colère.

— Qu'est-ce qui te permet de penser que je ferais une chose pareille ?

— Je n'en sais rien, mais c'est scandaleux ! Si tu étais un flambeur, tu pourrais vider mon compte et tout dépenser au jeu sans même que j'aie mon mot à dire !

— Je ne suis pas un flambeur.

— Et si tu étais alcoolique, tu pourrais boire tout mon argent !

Il la saisit par les avant-bras et la secoua légèrement.

— Maddie, es-tu devenue folle ?

Oui, elle était folle. Folle de rage de savoir que tout ce qu'elle avait construit, cette nouvelle identité qu'elle venait de conquérir à la sueur de son front, cette boutique dont elle était fière, tout pouvait disparaître s'il le décidait. Parce qu'il était son mari et qu'il avait tous les droits. Mais elle ne s'attendait pas qu'il comprenne. Evidemment, pour lui c'était facile : tous les avantages étaient de son côté.

— Non, je ne suis pas folle.

— On le dirait bien, pourtant.

Elle le fusilla du regard.

— Ça t'arrangerait, n'est-ce pas ?

Il la lâcha brusquement, enfonça son chapeau sur sa tête et quitta la maison en claquant la porte derrière lui. Bouleversée, elle s'adossa au comptoir et pressa une main tremblante sur son cœur. Il allait revenir, elle n'en doutait pas, mais un petit répit serait le bienvenu.

Elle se lava les mains dans la cuvette et retourna à son

plan de travail. La pâte qu'elle avait laissée lever devait être mise au four au plus vite. Elle l'aplatit, la fit claquer sur la surface farinée et entreprit de la façonner en boules. Elle était dans la farine jusqu'aux coudes quand Caden réapparut, ses sacoches de selle sur une épaule, son fusil à la main.

— Qu'est-ce que tu fais ?

— Je m'installe.

— Je pensais que tu irais à l'hôtel.

— C'est ce que j'ai fait.

Il s'arrêta dans le salon et chercha une porte.

— Où est la chambre ?

— Tu es dedans.

— Et où dors-tu ?

Elle désigna le canapé du regard.

— Nom de Dieu…

Il lâcha ses affaires sur le sol.

— Si ça ne te convient pas, tu n'as qu'à retourner à l'hôtel !

— Je reste ici, Maddie.

Mais à quoi jouait-il ?

— Pourquoi ? Il n'y a même pas de lit !

— Parce que c'est ici que tu vis, et que j'ai promis de veiller sur toi. Mais ce serait plus plaisant dans une chambre d'hôtel confortable avec un grand lit et une baignoire, conclut-il en lançant un regard désabusé autour de lui.

— Il y a un trou d'cau où on peut se baigner juste à la sortie de la ville.

Il la regarda.

— On pourrait y aller ce soir, après le dîner.

Certainement pas. Elle se rappelait trop bien ce qui s'était passé la dernière fois qu'ils s'étaient baignés ensemble.

— Je ne peux pas.

— Tu ne peux pas ou tu ne veux pas ?

— Caden, je travaille jusqu'au moment du coucher et je me remets au travail dès que je me lève le matin.

— Pourquoi ?

Elle hésita. A quoi bon lui expliquer ?

— Laisse tomber, je ne veux pas savoir. Est-ce qu'il y a quelque chose à manger ?

Elle lui tendit un petit pain à la cannelle, mais au lieu de le prendre il lui lança un regard sarcastique.

— Tu dilapides ton fonds de commerce ?

— Seulement avec les personnes que j'aime bien.

Il eut l'air stupéfait.

— Tu le veux, ou pas ? demanda-t-elle avec impatience.

— Culbart en a eu combien ?

— Quatre.

— Alors j'en veux cinq !

Elle en posa cinq sur une assiette, puis elle lui servit une tasse de café.

— Maintenant, laisse-moi travailler. J'ai des commandes à respecter.

Les clients commençaient en effet déjà à arriver dans un brouhaha.

— Et je suis déjà très en retard.

— Hé ! la rouquine, je viens chercher ma gâterie !

Caden se figea en entendant la voix pâteuse qui venait de résonner dans l'allée.

— Qu'est-ce que c'est que ça ?

Elle ferma les yeux. Oh non ! Rowdy Rodney. Il fallait que ce gros ivrogne malfaisant choisisse juste aujourd'hui pour se manifester !

— Allez, beauté, viens me faire un gros câlin !

— Qu'est-ce que tu leur vends, en plus de tes petits pains ? demanda Caden d'une voix atrocement calme.

Cette accusation gratuite rouvrit une blessure profonde et douloureuse. Croisant les bras sur sa poitrine, elle redressa fièrement le menton.

— Va en enfer !

Il regarda le canapé dans le salon.

— Je crois que j'y suis déjà.

— Il est très confortable.

C'était un mensonge éhonté.

Caden la dévisagea longuement puis il jura en entendant Rodney l'appeler de nouveau. Quelqu'un dans la foule lui dit de la fermer. La matinée s'annonçait déjà mal, sans doute à cause de la chaleur, mais quand Caden ouvrit la porte, le visage déformé par la rage, la température monta d'un seul coup de dix degrés.

Elle se précipita : elle ne pouvait pas se permettre qu'il agresse sa clientèle ! Mais il était déjà trop tard. Il saisit Rodney à la gorge, le souleva de terre d'un même mouvement et le secoua. Rodney n'était pas petit, mais Caden était littéralement fou de rage. Il avança en continuant à le soulever d'une seule main et le plaqua contre un arbre. Rodney gargouilla, le visage violacé, donna des coups de pied dans le vide, mais Caden ne broncha pas.

— Il y a quelque chose que tu veux dire à ma femme ?

Rodney secoua la tête, les yeux exorbités.

— Manque-lui de respect encore une fois, une seule, et je te fais avaler tes bijoux de famille. C'est clair ?

Rodney hocha la tête. Caden le lâcha et se retourna vers les clients qui attendaient d'être servis. Il eut l'air surpris par le nombre. Ils étaient une bonne vingtaine.

— C'est valable pour chacun d'entre vous ! lança-t-il à la cantonade.

— Eh ! nous on n'a rien à se reprocher ! protesta quelqu'un. C'est Rodney qui fait le malin.

— On veut juste acheter du pain.

— Et des brioches.

— Miss Maddie, il me faut deux douzaines de petits pains pour dimanche soir !

— Et moi, trois grosses miches pour ma semaine !

Les commandes fusaient de tous côtés. Elle leva la main pour ramener le calme.

— Attendez, laissez-moi prendre un crayon. Je suis un peu en retard aujourd'hui.

Une femme contempla Caden de la tête aux pieds et sourit d'un air entendu.

— On comprend facilement pourquoi, trésor.

C'était Hester, l'une des entraîneuses du saloon. Elle adorait les petits pains à la cannelle.

— Si j'étais mariée avec un aussi beau gosse, je ne sortirais pas de huit jours.

Caden observa la foule puis secoua la tête comme si la situation le dépassait. Mais sans doute était-ce le cas. Le pauvre, il avait quitté une épouse soumise, et il retrouvait une femme d'affaires.

Il n'était pas au bout de ses surprises car, passé le premier moment de surprise, les clients s'avancèrent pour lui souhaiter la bienvenue en ville. On lui serra la main, on le félicita d'avoir épousé une aussi bonne boulangère. Un vieux monsieur tapota sa bedaine.

— Faites attention, mon garçon. Vous allez finir comme moi ! Votre femme fait du trop bon pain !

Caden souriait, mais elle voyait à la tension de son visage qu'il était encore en colère. Elle aurait pu intervenir et le tirer de là, mais elle le laissa se débrouiller seul. Elle avait besoin de quelques minutes de calme, pour reprendre ses esprits.

Il s'écoula un bon quart d'heure avant qu'il regagne la maison. Elle s'attendait à des reproches mais, une fois encore, il la surprit.

— Tu as fait des prouesses en mon absence.

Elle hocha la tête tout en empilant les récipients qui avaient besoin d'être nettoyés avant la prochaine fournée.

Sans rien dire, il attrapa un torchon et se dirigea vers l'évier.

— Laisse, dit-elle, tu n'as pas à faire ça.

— Je te dois des excuses.

— Pour… ?

— Pour ce que je t'ai dit tout à l'heure quand cet ivrogne t'a interpellée. C'était méchant et injuste.

— Tu n'as fait qu'exprimer la vérité.

— Ce n'est pas vrai et tu le sais très bien !

— Je parle de *ta* vérité. De la façon dont *tu* me vois.

On frappa à la porte. Mme Petittot venait chercher ses deux pains au froment. Caden la suivait des yeux tandis qu'elle s'affairait autour de sa cliente. Il avait un air étrange comme s'il la découvrait pour la première fois, mais rien dans son expression ne lui permit de savoir si ce qu'il voyait lui plaisait ou non. Beaucoup d'hommes — presque tous, en fait — n'aimaient pas que leur femme travaille ou gagne de l'argent. Ils y voyaient une atteinte à leur autorité.

Une fois la vaisselle terminée, il resta là, à tourner en rond. Il n'y avait rien qu'il puisse faire pour l'aider et sa présence la gênait plus qu'autre chose. Elle avait un rythme à tenir et il venait la perturber. Quand elle buta contre lui pour la quatrième fois, il quitta la cuisine et saisit son chapeau.

— Je vais au saloon.

Elle ignora l'étrange sentiment qui montait en elle à l'idée qu'un tas de filles allaient lui tourner autour là-bas, et se contenta d'un simple hochement de tête.

— Merci.

— A quelle heure penses-tu terminer ?

— En général, je m'arrête à 19 heures.

— Alors je serai là à 19 h 1.

Elle se força à sourire.

— Très bien.

— Il faut qu'on parle, tu sais.

Elle hocha de nouveau la tête.

Il s'apprêtait à ouvrir la porte, mais se retourna une dernière fois.

— Tu as vraiment cru que je n'allais pas revenir ?

Elle laissa passer quelques secondes avant de répondre.

— Je ne pouvais pas prendre le risque d'attendre.

Il partit, claquant la porte derrière lui, et elle eut le sentiment qu'elle venait de le blesser dans son amour-propre.

A l'instant où il poussa la porte du saloon, Caden repéra Ace assis à une table, au fond de la salle. Il empoigna une bouteille de whisky sur le comptoir, lança une pièce au barman et attrapa deux petits verres. Il en posa un devant Ace avant de s'asseoir en face de lui.

— Tu sors l'artillerie lourde, nota Ace en regardant la bouteille. Les retrouvailles avec Maddie ne se sont pas bien passées ?

— Elle a ouvert une boulangerie.

— Et, d'après ce que j'ai entendu dire, elle se débrouille plutôt bien. Il paraît qu'elle a déposé une somme rondelette à la banque.

Caden le foudroya du regard, remplit les deux petits verres et vida le sien d'une traite.

— Ma femme n'a pas besoin de travailler, gronda-t-il en se resservant.

— Peut-être qu'elle en a envie.

— N'importe quoi.

— Réfléchis : elle n'y était pas obligée. Il lui suffisait de battre des cils devant le gros banquier et il lui aurait payé toutes ses factures.

— Oh ! ferme-la !

— Quelle est la vérité qui te dérange ? Savoir que ta femme a pris son indépendance ? Ou devoir constater que tu t'y es tellement mal pris qu'elle a pensé que tu n'allais pas revenir la chercher ?

Caden serra son verre à le briser.

— Tu as fini ?

— Est-ce que tu sais au moins pourquoi tu n'as pas été fichu de garder Maddie ?

— Oui, je le sais. Parce que je suis comme mon père.

— Arrête tes conneries !

Ace reposa son verre d'un geste brusque.

— Tu n'es pas plus la copie de ton père que je suis celle de ma mère !

— Tu ne le connaissais même pas.

— Tout le monde le connaissait. C'était un homme séduisant mais complètement irresponsable. Il passait ses journées au saloon. Il racontait partout qu'il partait chercher de l'or alors que la seule chose au monde qui l'intéressait, c'était de baiser. Il avait une maîtresse dans chaque ville !

— C'est n'importe quoi !

— Ton père était un bonimenteur, Caden. Un illusionniste. Il se voyait comme un grand aventurier, mais la vérité c'est qu'il n'a jamais rien fait de sa vie.

— Il nous aimait, ma mère et moi.

— Sûrement. Mais il ne s'est jamais comporté ni comme un père ni comme un mari. Il dépensait son argent au jeu au lieu de vous rapporter de quoi manger. Il passait sa vie à courir après des mirages. Je ne dis pas qu'il ne vous aimait pas à sa façon, mais on ne pouvait jamais compter sur lui.

— Qui t'a raconté ça ?

— Tout le monde le savait. Même toi si tu y réfléchis. Pourquoi as-tu aussi peur de lui ressembler, à ton avis ?

Caden secoua la tête, il refusait de voir ce qui pourtant était évident.

— Il ne m'a jamais menti.

— Il n'a fait que ça toute sa vie ! Mais toi, tu es devenu un type bien et si tu ne t'étais pas obstiné à vouloir à toute force honorer sa mémoire au lieu de penser à ton avenir, ton mariage ne serait pas un fiasco et ta femme ne serait pas en train se tuer à la tâche pour faire tourner sa boutique.

— Elle en est fière.

— Evidemment, elle en est fière ! Elle a réussi un vrai tour de force. Pourquoi diable cela te met-il autant en colère ?

— Je n'en sais rien.

— Alors tu ferais peut-être mieux d'y réfléchir. Elle s'est battue toute seule pour s'en sortir. Elle a utilisé sa tête et son savoir-faire pour survivre parce qu'elle était convaincue que tu ne reviendrais pas. Si ça te gêne qu'elle ait douté de toi, demande-toi ce que tu as fait pour perdre sa confiance. Ce sera beaucoup plus utile que de ruminer sur le passé et sur ton père. Il n'en vaut pas la peine.

— Tu parles trop, marmonna Caden en se resservant.

— Et toi, pas assez. Tu t'imagines toujours que tes actes valent mieux que des mots, mais tu te trompes. Je te connais depuis un bail et je ne comprends pas tes réactions la moitié du temps. Alors imagine ce que ça doit être pour ta femme, qui ne te connaît même pas depuis un an !

Ace vida son verre et le reposa à l'envers sur la table avant d'ajouter tranquillement :

— Tu as passé des heures à chercher un trésor dans une mine alors qu'il était sous ton nez.

Puis, il se leva.

— Où vas-tu ? grogna Caden.

— Mon compagnon de table m'ennuie. Je vais aller dire bonjour à Maddie.

— Garde tes distances avec elle !

— Pourquoi ? Parce que tu es jaloux ?

— C'est ma femme !

— Ce n'est pas à moi qu'il faut le dire, c'est à elle.

Baissant son chapeau sur ses yeux, Ace tourna les talons et sortit, le laissant tout seul avec sa colère.

Il sentait tous les regards se braquer sur lui. Fou de rage, il vida son verre, mais l'alcool ne lui apporta pas la même satisfaction que tout à l'heure. Les paroles d'Ace tournoyaient dans sa tête. Comment en était-il arrivé là ? Tout ce qu'il avait voulu, c'était retrouver sa femme, la serrer dans ses bras et lui dire qu'il l'aimait. Au lieu de ça, il s'était mis en colère, il avait faillit se battre avec tout le monde et il était parti en claquant la porte.

Il était vraiment irrécupérable.

# Chapitre 17

Maddie sentit son cœur s'emballer quand elle entendit frapper à la porte, mais elle se reprit aussitôt. Ça ne pouvait pas être Caden. Il était parti au saloon et ne reviendrait sans doute pas avant un bon moment. Les hommes perdaient la notion du temps quand ils avaient une bouteille de whisky dans la main. Ils continuaient à boire jusqu'à ce qu'ils s'écroulent sur la table ou qu'un ami les ramène chez eux.

Elle s'essuya les mains sur son tablier, ouvrit la porte d'entrée et se trouva face à Ace.

Il avait un sourire aux lèvres.

— Bonjour. J'ai entendu dire que c'était l'endroit où il fallait venir pour manger des petits pains à la cannelle.

La joie balaya sa déception. Ace s'était toujours montré très gentil avec elle.

— Je suis contente de te voir !

— Moi aussi.

— Tu veux vraiment un petit pain à la cannelle ?

— Je pourrais tuer pour une de ces petites merveilles.

— Non, tu pourrais tuer pour un biscuit au chocolat, rectifia-t-elle d'un ton amusé.

Il lui décocha un clin d'œil.

— Faux. Je pourrais couper une oreille pour un biscuit au

chocolat. Mais il me faut de la cannelle et du glaçage pour passer au niveau supérieur.

Il glissa la main derrière son oreille et d'un geste de prestidigitateur fit apparaître une pièce de monnaie.

— Je suis prêt à payer.

Elle éclata de rire. Elle adorait les tours de magie d'Ace.

— Je t'inviterais bien à entrer, mais…

— Mais quoi ?

— Le four reste allumé toute la journée et il fait une chaleur à mourir à l'intérieur. Je crois que je pourrais cuire mon pain sur la table.

Il éclata de rire.

— Tu n'as pas un petit coin à l'ombre, dehors ?

— Si. Et j'ai même du café froid.

— Parfait.

Elle l'invita à le suivre, mais il secoua la tête.

— Non, je vais faire le tour par la rue. Inutile de faire jaser.

— Ma réputation ne craint rien.

— Tu plaisantes ? Toute la ville est au courant que tu as reçu deux hommes chez toi aujourd'hui et qu'ils ont failli en venir aux mains.

— L'un des deux était mon mari.

— Ce qui rend la chose encore plus excitante !

— Oh ! flûte !

Elle rentra dans la maison et, pour la troisième fois de la journée, posa des petits pains à la cannelle sur une assiette et remplit deux tasses de café, ajoutant de la crème et du sucre dans celle d'Ace.

Il s'était installé à la place qu'avait occupée Frank un peu plus tôt dans la matinée, sous le gros chêne.

— Il y a un risque que Caden fasse de nouveau une entrée fracassante ? demanda-t-elle en posant le plateau devant lui.

— Si j'en crois la tendresse avec laquelle il serrait sa bouteille de whisky quand je l'ai quitté, aucun.

Elle prit place en face de lui avec un soupir découragé.

— Il boit ?

— Il a besoin de se remonter le moral.

— Je ne comprends pas où est son problème.

— Aucun homme n'aime rentrer chez lui et découvrir un type installé avec sa femme.

— Frank n'était pas *installé.* Il passait en ville et il est venu me dire bonjour.

— Ce qui l'a achevé, c'est que tu avais l'air ravie de voir Culbart et consternée de le voir, lui.

Elle soupira.

— Je n'ai pas pu jouer la comédie.

— Il n'a jamais eu l'intention de t'abandonner, Maddie. Il est arrivé avec un jour de retard, mais il est là.

— Ce n'est pas ça, dit-elle d'une voix lasse.

— C'est quoi alors ?

Elle but une gorgée de café froid. Il faisait tellement chaud dans la maison qu'il était tiède.

Ace l'imita et reposa ensuite sa tasse avec un sourire satisfait.

— Tu sais exactement comment je l'aime.

— Je me rappelle tout ce qui concerne le *Hell's Eight.*

— Je sais.

— Tu as des nouvelles de Calamité ? Comment va-t-il ?

Il secoua la tête.

— Aucune idée. On n'est pas retournés au ranch.

De toute façon, personne ne s'était jamais intéressé à ce pauvre chien — à part elle.

— Ce n'est pas vrai.

Elle leva les yeux, surprise.

— Quoi donc ?

— Tu n'étais pas la seule à t'intéresser à Calamité.

Avait-elle parlé à haute voix ?

— Il compte aussi beaucoup pour Tucker. Et le fait qu'il

se soit sacrifié en te défendant fait de lui un héros. Il a prouvé son courage.

Elle hocha la tête.

— C'est vrai.

— Ou son inconscience, ajouta Ace. Parfois, les deux vont de pair.

— Tu ne vas pas me faire la leçon, j'espère.

— A quel propos ?

— De ne pas être restée plantée dans cette chambre d'hôtel à attendre votre hypothétique retour.

Il éclata de rire.

— Grands dieux non ! A ta place, j'aurais sauté par la fenêtre au bout de deux jours !

— Caden est fâché après moi.

— Caden a toutes sortes d'idées bizarres. Surtout en ce qui te concerne.

Elle regarda sa tasse sans répondre.

— Mais il t'aime, ajouta-t-il.

Elle leva les yeux vers lui.

— Non.

— Maddie. Il t'a épousée.

— Parce qu'il n'a pas eu le choix.

— Caden a toujours le choix. Le problème c'est qu'il a tendance à foncer tête baissée et à réfléchir ensuite.

— Ce n'est pas sa faute.

Ace eut l'air surpris.

— Tu es censée être folle de rage après lui.

— Je le suis.

— Alors pourquoi prends-tu sa défense ?

— Pas du tout, protesta-t-elle en rougissant.

Il lui lança un regard ironique et mordit dans son petit pain.

— Dieu que c'est bon !

— Merci.

— Tu en fabriques combien par jour ?

— A peu près cent cinquante.

Il siffla entre ses dents.

— Chapeau. Tu les vends combien ?

Il haussa les sourcils quand elle le lui dit.

— Qui aurait imaginé que tu avais l'âme d'une femme d'affaires ?

— On apprend à se défendre quand on est…

Elle faillit dire : « une prostituée » et s'arrêta à la dernière seconde.

— Avec le temps.

— Caden a vraiment de la chance.

Si seulement Ace disait vrai.

— Il n'est pas de cet avis.

— Bien sûr que si. Il est un peu perturbé pour le moment, mais il va réagir.

— Perturbé pourquoi ?

— Je pense qu'il vaut mieux que tu lui poses la question directement. Mais attends qu'il ait dessoûlé.

Elle le dévisagea avec inquiétude.

— C'est à ce point ?

— Oui. Et pourtant ce n'est pas son genre.

Elle se rappela son expression quand il était parti. Sa gorge se serra. Elle lui avait fait de la peine.

— Bon Dieu, pourquoi faut-il qu'il soit aussi compliqué !

Ace la regarda en riant.

— C'est la première fois que je t'entends jurer.

— Il faut un début à tout.

Elle dénoua son tablier et le lança à Ace.

— Dans cinq minutes sors les petits pains du four et badigeonne-les avec le glaçage qui est posé sur la table.

Il perdit son sourire et lui lança un regard paniqué.

— Hein ? Mais je n'ai jamais fait ça !

— Tu sors la plaque du four et tu badigeonnes les petits

pains. Ce n'est pas la mer à boire. N'oublie pas, dans cinq minutes.

— Je te préviens, si la fournée est ratée, je ne serai pas responsable.

— Oh que si ! Où que tu ailles, je te retrouverai !

— Et toi, tu vas où ?

Elle le regarda un instant avant de répondre.

— Réparer un malentendu.

Elle était à mi-chemin du saloon quand elle vit Caden venir vers elle. Rien n'indiquait qu'il était ivre, mais elle le connaissait trop bien pour ne pas remarquer les signes : son pas était un peu trop lent et ses gestes un peu trop contrôlés.

— Maddie-Love…

Des passants s'arrêtèrent pour les regarder. Ace n'avait pas exagéré en affirmant qu'ils avaient fait l'objet de tous les commérages depuis ce matin. Elle n'avait jamais vu autant de visages souriants.

— Tu venais me voir ? demanda-t-elle.

— Je venais te chercher pour te ramener à la maison.

— Ce n'est pas ma maison. Il n'y a rien ni personne qui m'attend là-bas.

— Au contraire.

Il vacilla légèrement.

— Tu as bu.

— Et toi, tu as fait du pain.

Il lui caressa la joue. Les doigts de sa main droite étaient rouges et meurtris.

— Et tu t'es battu ?

— Un petit désaccord.

— Avec qui ?

— Ton oncle Frank. Nous avons renégocié notre accord.

— Au sujet du poulain ?

— Oui. Il s'imaginait que tu pouvais faire l'objet d'un marchandage, que tu étais à vendre.

C'était la vérité. Elle avait été à vendre toute sa vie.

— Je lui ai dit qu'il pouvait aller se faire voir, déclara-t-il avec un sourire satisfait.

— Tu vas rompre ta promesse ?

Elle ne parvenait pas à le croire. Le *Hell's Eight* ne revenait jamais sur sa parole. C'était une question d'honneur.

— Bien sûr que non. Le *Hell's Eight* n'a qu'une parole !

Il vacilla légèrement. Elle caressa sa main tuméfiée d'un geste très doux.

— Alors, je ne comprends pas.

— Je lui ai fait cadeau du poulain.

— Je ne comprends toujours pas.

Il lui souleva le menton et dessina le contour de sa bouche avec son pouce.

— Un homme ne peut pas acheter un trésor tel que toi, même avec tout l'or du monde. Je ne veux pas que ce porc s'imagine le contraire.

Elle s'obligea à garder le silence. Elle aimait la façon dont Caden effaçait son passé comme si seul le présent comptait.

— Mais je vendrais mon âme sans hésiter si ça pouvait te faire revenir, Maddie-Love.

— Tu n'as pas vendu ton âme à Frank, n'est-ce pas ?

Culbart s'était montré gentil avec elle, mais c'était un homme rude et retors en affaires.

Caden porta sa main à ses lèvres. Elle sentit son cœur manquer un battement puis battre à tout rompre quand il pressa ses lèvres sur sa paume. Une bouffée de désir l'enflamma.

— Culbart est un allié du *Hell's Eight*, désormais.

Elle sursauta et voulut retirer sa main, mais il la garda serrée dans la sienne.

— C'est beaucoup trop !

Une alliance était quelque chose de très sérieux. Cela signifiait que Frank pourrait appeler le *Hell's Eight* à la rescousse n'importe quand et qu'ils seraient obligés de se porter à son aide. Quels que soient le jour et l'heure, ils iraient à son secours, au péril de leur vie. Tous ceux qu'elle aimait — Caden, Tucker, Sam, Ace — seraient en danger ! Les femmes seraient privées de leur mari, les enfants de leur père et tout ça à cause d'elle !

— Tu dois défaire ce que tu as fait !

Elle tenta de nouveau de se dégager, mais au lieu de la lâcher il l'attira à lui. Son corps était dur et chaud contre le sien. Il sentait le whisky et la sueur. Elle avait envie de le frapper et de l'embrasser en même temps. Comment avait-il pu faire une chose pareille ?

— Hors de question. Ça ne me plaît pas de l'admettre, mais je suis redevable à ton « oncle » au-delà de toute expression. Il a sauvé l'amour de ma vie.

Il le pensait. Il pensait vraiment ce qu'il disait. Elle pressa ses mains sur son torse. Il avait parlé d'elle comme d'un trésor. *Son* trésor. Ses jambes se mirent à trembler. Elle était le trésor de Caden Miller. Son cœur battait follement dans sa poitrine.

— Il n'est pas mon oncle, murmura-t-elle machinalement.

— Tu avais l'air de penser qu'il l'était.

— C'était…

Elle frissonna. Elle ne voulait pas repenser au passé.

— C'était nécessaire à ce moment-là.

— Et maintenant ça ne l'est plus.

— Non. Un tas de choses ne sont plus nécessaires.

— Y compris moi, maintenant que tu as ta boulangerie.

La note d'amertume dans sa voix la fit tressaillir.

— Pourquoi détestes-tu autant le fait que j'ai mon commerce ?

— Qu'est-ce que ça peut te faire ?

— Tu fais toujours ça quand tu es ivre ?

— Quoi donc ?

— Répondre à une question par une question.

— Je n'en sais rien.

— Vraiment ?

— Il y a très longtemps que je n'ai pas été ivre.

— Mais tu l'es, en ce moment ?

— Pas encore tout à fait. Mais quand les deux derniers verres que j'ai avalés feront leur effet, je pense que je serai à point.

Elle glissa son bras autour de sa taille.

— On devrait rentrer à la maison, alors. Pendant que tu peux encore marcher.

— C'est ton canapé que tu appelles « la maison » ?

Elle sourit.

— Qu'est-ce que tu as contre mon canapé ?

— Je ne l'aime pas.

— Pourquoi ? demanda-t-elle en se mettant à marcher à côté de lui.

— On ne peut pas y dormir à deux.

— Pour l'instant, il suffit que tu y dormes, toi.

Ils marchèrent un moment en silence et ce fut Caden qui finit par le rompre.

— Pourquoi ne m'as-tu pas cru ?

— Parce que tu as rompu ta promesse.

— Ce n'est pas la raison.

— Si.

Il trébucha sur les cailloux de l'allée et quand ils arrivèrent à la maison, il tenait à peine sur ses jambes. Elle ne vit aucun signe d'Ace, mais les petits pains à la cannelle étaient alignés sur le comptoir de la cuisine, le glaçage parfait. Elle sourit et entraîna Caden dans le salon.

— Assieds-toi sur le canapé.

Il se laissa tomber dans le fauteuil.

— Je t'ai dit : « le canapé ».

— Et alors ?

On ne voyait quasiment plus le petit siège à oreilles sous sa silhouette massive. Il allait le casser en mille morceaux. Il était conçu pour une femme, pas pour une montagne de muscles.

— Tu es trop grand. Ce pauvre fauteuil ne va pas s'en sortir intact.

— Mais si.

Enlevant son chapeau, il le lança sur le canapé et manqua son coup. Elle en fut tout étonnée. Caden ne jetait jamais son chapeau par terre !

— Pourquoi as-tu quitté l'hôtel, Maddie-Love ?

— Parce que tu m'as abandonnée.

— Tu avais suffisamment d'argent pour tenir un mois.

— Je sais.

— Et à la fin du mois je t'avais dit que je serais de retour.

— Je ne t'ai pas cru.

— Et moi, je n'ai pas cru que tu ne me croyais pas.

Elle s'agenouilla devant lui et tira sur ses bottes pour les lui retirer. Il soupira de soulagement.

— Merci. J'ai les pieds en feu.

Elle se dirigea vers la cuisine et revint quelques secondes plus tard avec une bassine et un linge.

Il ronronna de bonheur quand elle lui plongea les pieds dans l'eau fraîche.

— Tu es un ange.

Elle le savonna délicatement.

— Je n'ai pas voulu te faire du mal, Maddie.

— Je sais.

— Et je suis revenu, comme je l'avais dit.

— Oui.

Son ivresse devenait de plus en plus visible. Il fallait qu'elle l'emmène jusqu'au canapé maintenant, sinon elle n'arriverait jamais à le porter. Elle lui sécha les pieds avec une serviette, déplaça la bassine.

— Tu vas venir t'allonger.

Il lui tendit la main. Elle la saisit, mais au lieu de se lever il l'attira à lui et elle tomba assise sur ses genoux. Le fauteuil bascula en arrière. Si le mur derrière eux ne les avait pas arrêtés, ils se seraient retrouvés par terre tous les deux.

Il lui caressa la joue.

— Je t'ai dit que j'étais fier de toi, de la façon dont tu as créé cette boutique à partir de rien ?

— Non, tu ne me l'as pas dit.

— Eh bien, je te le dis. Je suis fier de ma petite femme.

— Alors pourquoi es-tu en colère ?

Il ne répondit pas tout de suite. Elle attendit quelques instants puis, s'apercevant qu'il était en train de piquer du nez, elle le secoua par l'épaule.

— Caden, lève-toi. Tu es en train de t'endormir.

Il ne bougea pas.

— Je suis bien.

— Caden !

Il ouvrit un œil.

— Lève-toi !

— Pourquoi ?

— Parce que je te le demande.

— Je me lèverai si tu me montres un sein.

Elle eut du mal à croire ce qu'elle venait d'entendre.

— Lequel ? soupira-t-elle après un silence.

— Le droit.

— Pourquoi le droit ?

— Parce qu'il a une adorable tache de rousseur.

— Ce n'est pas vrai.

— Si.

— Non.

— Je veux le voir quand même.

Levant les yeux au ciel, elle ouvrit son corsage.

— Voilà. Satisfait ?

Il gémit.

— J'ai rêvé de tes seins toutes les nuits pendant un mois. Je me rappelais leur douceur sous ma langue, je sentais leur pointe durcir sous mes caresses, j'entendais tes soupirs quand je les mordillais…

Elle sentit ses jambes flageoler à ce souvenir, mais elle ne pouvait pas se permettre de perdre la tête maintenant. Elle devait être forte pour deux.

— J'ai rempli ma part du marché, maintenant lève-toi.

Il obéit en grommelant. Il n'y avait que quatre pas jusqu'au canapé, mais il titubait tellement qu'elle se demanda s'il n'allait pas s'effondrer avant. Finalement il parvint au but et se laissa tomber de tout son long sur les coussins. Le canapé était beaucoup trop petit pour lui : ses jambes passaient par-dessus l'accoudoir de bois.

Elle glissa un coussin sous ses mollets pour que ce soit plus confortable et il émit un murmure d'approbation.

— Gentille.

— Je t'en prie.

— Pourquoi m'as-tu quitté, Maddie ?

Elle ne savait que répondre. C'était plutôt à elle de lui poser cette question.

— Maddie-Love…

— Il faut que je nettoie la cuisine.

— Non, reste.

— Pourquoi ?

Il lui caressa la paume avec son pouce.

— Parce que tu m'as manqué.

De nouveau, elle ne trouva rien à dire. Il n'y avait pas de place pour elle sur le canapé : elle s'assit par terre et appuya sa joue sur son torse, le laissant lui caresser les cheveux d'un geste plein de douceur.

— Tu sais, c'est la première fois.

— Quoi donc ?

— Que quelqu'un me manque.

— Je suis ta femme. C'est un peu normal que je te manque.

Il secoua la tête.

— Je ne pensais pas que ça puisse m'arriver.

Elle leva la tête pour le regarder.

— Et tu le prends comment ?

— Je ne sais pas, murmura-t-il d'une voix endormie.

C'était désespérant. Pour une fois qu'ils avaient une conversation sincère, il fallait qu'il soit ivre !

— Caden, pourquoi es-tu allé boire ?

— Sur le moment, ça m'a paru une bonne idée.

— Comme moi. Ça m'a paru une bonne idée d'ouvrir une boulangerie.

— Ça n'a rien à voir.

— Si tu le dis.

Il souleva une paupière.

— Je suis beaucoup trop soûl pour avoir cette discussion.

Sur ce point, elle était bien d'accord.

— Exact.

Elle se pencha et repoussa en arrière une mèche de cheveux qui lui tombait dans les yeux. Ils ne pouvaient pas s'empêcher de se toucher. Une phrase de Bella dansa dans son esprit. « Ton visage s'éclaire quand il est là et il sourit chaque fois qu'il te voit. » Bella avait raison. Il y avait toujours eu une très forte attirance entre eux. C'était seulement quand ils parlaient que ça se gâtait.

— Et toi, Caden, pourquoi m'as-tu quittée ?

— Parce que c'est ce que faisait mon père.

— Je ne comprends pas.

— Moi non plus, avant aujourd'hui.

— Mais aujourd'hui tu comprends ?

Il souleva de nouveau une paupière.

— Ace peut être très direct quand il est énervé.

Vraiment ? Elle n'avait jamais vu Ace énervé. Il était toujours souriant et gentil avec elle, quoi qu'il arrive.

— Pourquoi tu ne m'aimes plus, Maddie ?

Elle se blottit de nouveau contre son torse.

— Tu es vraiment trop ivre pour cette conversation.

— Alors reste avec moi jusqu'à ce que je m'endorme.

— Et ensuite ?

— A mon réveil, on discutera.

Il lui caressa la joue avec une délicatesse qui lui donna presque envie de pleurer.

— Tu es à moi, Maddie. Tu m'appartiens depuis le jour où je t'ai vue.

Ce jour était gravé dans sa mémoire. Le *Hell's Eight* venait d'être attaqué et Caden était arrivé à cheval avec Caine et Ace. A cette époque, elle flottait dans un brouillard permanent et pourtant elle rappelait la scène dans ses moindres détails — le visage de Caden, sa silhouette, les inflexions de sa voix. Comme si le brouillard s'était ouvert pour le laisser entrer dans sa vie.

— Dors.

Il ouvrit les yeux.

— Tu seras là quand je me réveillerai ?

— Où veux-tu que je sois ? Je tiens une boulangerie, je dois faire cuire le pain.

— C'est bien ce que je pensais, maugréa-t-il.

Voilà, une fois encore, elle le blessait. Doucement, elle lui effleura la joue d'une caresse. Il lui attrapa la main sans ouvrir les yeux, la porta à ses lèvres et déposa un baiser au creux de sa paume.

— Caden ?

Pas de réponse. Il s'était endormi.

Quand Caden se réveilla, il était seul et il avait très mal à la tête. Il eut la vague impression que c'était le matin. Que diable s'était-il passé ? La dernière chose dont il se rappelait vraiment, c'était d'avoir demandé à Maddie si elle vendait autre chose que du pain à ses clients.

Oh bon sang !

Il se redressa en gémissant. Il avait mal à la nuque, mal au dos, mal au crâne. En fait, il avait mal partout. Ça lui apprendrait ! Quel besoin avait-il eu d'aller se soûler ? Et pourquoi cette manie de hurler à Maddie des horreurs qu'il ne pensait même pas ?

Il l'aperçut dans la cuisine, à deux mètres de lui, en train de fariner des miches de pain. Ses cheveux étaient relevés dans un chignon flou. Elle avait des cernes sous les yeux et elle avait maigri. Elle se ruinait la santé pour faire marcher ce maudit commerce !

Il se leva en grimaçant.

— Maddie-Love ?

— Quoi ?

Il perçut de la peur dans sa voix. Elle devait sans doute s'attendre à une nouvelle salve de critiques.

— Je suis vraiment idiot quand je suis énervé.

— Je confirme.

— Je n'aurais jamais dû te dire ce que je t'ai dit.

Il vit son visage se rembrunir et il sut qu'elle savait à quoi il faisait allusion. Hier, pour la énième fois, il lui avait jeté son passé au visage.

— Tu es libre de penser de moi ce que tu veux.

— Mais je ne pense pas ça. Je ne l'ai jamais pensé. J'étais en colère.

— Eh bien, maintenant je suis en colère moi aussi. Tu es content ?

— Non.

Il la rejoignit et lui prit des mains le couteau avec lequel elle faisait des incisions sur une miche de pain allongée.

— Je ne veux pas que tu croies, ne serait-ce qu'une seconde, que j'ai cette opinion de toi.

Elle prit un air indifférent.

— Une traînée reste une traînée.

— Tu es ma femme. Mon épouse reste mon épouse.

— Tu ne me respectes pas. Tu veux divorcer.

Il sursauta.

— Qui t'a raconté cette bêtise ?

— C'est très facile pour un homme, tu sais ? Tu n'as qu'à écrire deux ou trois horreurs sur un morceau de papier et les porter à un juge. On ne cherchera même pas à vérifier si c'est vrai.

— Maddie…

Elle leva les yeux vers lui.

— Quoi ?

— Je t'aime.

Elle le regarda un instant avant de répondre.

— Je ne te crois pas.

Il avait imaginé toutes sortes de réponses, sauf celle-là.

— Pourquoi ?

— Tu m'as abandonnée.

— Non. Je t'ai laissée en sécurité dans une chambre d'hôtel. C'est toi qui es partie pour réaliser je ne sais quelle lubie.

— Ce n'est pas une lubie !

Elle prit une petite pincée de farine et la lui lança rageusement au visage. Il recula d'un pas.

— C'est *ma* vie, le fruit de *mon* travail ! Toi, tu as ton nom, ta réputation. Tu es sûr de toi, respecté. Eh bien, moi, j'ai cette boutique. Elle est à moi. C'est moi qui l'ai faite. Je n'ai couché avec personne pour monter mon affaire. J'y suis arrivée toute seule, à la sueur de mon front !

Elle lui lança une autre pincée de farine.

— Je peux acheter une maison avec mon argent. Je peux m'installer à San Francisco si je veux !

— Je t'y aurais emmenée si tu me l'avais demandé.

— Oui, bien sûr, tu m'aurais emmenée, et toute ma vie j'aurais été sous ta coupe, redevable de tout !

— Et alors ? Où est le problème ?

— Il n’y a pas de problème si on aime ramper devant quelqu’un !

— Bon sang, quand t’ai-je demandé de ramper ! Quand ?

— Jamais. Tu n’en as pas eu besoin, j’ai pris l’initiative toute seule !

— Viens là.

Elle resta immobile, bras croisés, l’air têtu.

— Pourquoi ?

— Parce que je veux te serrer dans mes bras. Parce que je suis désolé. Parce que je t’aime.

— Arrête. Je n’ai pas besoin que tu me mentes.

— Je ne mens jamais.

Elle le regarda, le visage buté. Il attendit mais, comme elle ne bougeait pas, ce fut lui qui alla vers elle. Elle avait un peu de farine sur le nez. Il l’effaça d’une caresse.

— J’aime tes taches de rousseur.

Elle ouvrit la bouche pour répondre, mais il posa un doigt sur ses lèvres pour l’en empêcher.

— On fait la paix.

Il s’assit et la força à venir sur ses genoux. Le siège grinça sous leur double poids.

— On va tomber par terre.

— J’amortirai ta chute, ne t’inquiète pas.

Elle fit courir sa main sur son torse d’un air dubitatif.

— Avec quoi ? Tu es sec comme un caillou.

— Quand il s’agit de toi, j’ai des réserves insoupçonnées de tendresse.

— Vraiment ? Comment se fait-il que je ne l’aie pas remarqué ?

Oui, comment se faisait-il qu’ils n’arrivent jamais à communiquer ? Il aurait donné cher pour avoir la réponse à cette question.

— Je ne sais pas, fut pourtant tout ce qu’il trouva à dire.

— Tu devrais peut-être revenir quand tu le sauras.

— Et on devrait peut-être rester là, enlacés, tandis que je cherche la réponse. Tu passes ton temps à te battre avec moi, Maddie-Love. Tu ne t'es jamais demandé pourquoi ?

— Parce que tu te comportes de manière absurde, répliqua-t-elle.

— Tu es la seule à le penser.

— Non.

— Alors personne n'a jamais eu le cran de me le dire.

— Voilà.

— Sauf toi. Parce que tu tiens à moi.

— Je t'ai déjà dit que je t'aimais, répondit-elle sèchement.

C'était vrai, elle lui avait ouvert son cœur. Et lui qu'avait-il fait ? Il l'avait blessée.

— Et au lieu de t'avouer mes sentiments, je t'ai conduite en ville et je t'ai laissée dans un hôtel. Et je t'ai blessée.

Elle se contenta de hocher la tête.

— Je pensais que tu souffrirais moins si je me faisais tuer sans t'avoir dit que je t'aimais, avoua-t-il dans un soupir.

— Encore une idée stupide.

— Oui. Je m'en rends compte maintenant.

Il sentait son corps souple contre le sien, son souffle paisible contre son cou. Elle lui avait tellement manqué !

— Tu es une femme-serpent, Maddie-Love. Tu t'es faufilée sous ma peau et tu t'es enroulée lentement autour de mon cœur jusqu'à ce que je n'arrive plus à penser à rien d'autre qu'à toi.

— Tu m'en veux ?

Il resserra l'étreinte de ses bras.

— Je t'en ai voulu, oui.

— Plus maintenant ?

Il la regarda dans les yeux.

— Maintenant, je t'en veux parce que tu as l'intention de me quitter.

# Chapitre 18

— Je n'ai encore rien décidé, Caden.

— Voilà une réponse qui n'est guère rassurante !

— Je suis désolée, mais c'est la vérité.

Il promena ses mains le long de son dos, ému et troublé par ses courbes douces et harmonieuses. Il avait toujours rêvé d'une femme comme elle et il risquait de la perdre. Pourquoi ?

— Dis-moi ce qui s'est passé au ranch de Culbart.

Elle se raidit.

— Ne t'inquiète pas, je n'irai pas tuer « oncle » Frank, la rassura-t-il.

*A moins que cela ne s'avère nécessaire*, ajouta-t-il en lui-même.

Un instant, il crut qu'elle refuserait de parler mais, au bout de quelques secondes de silence, elle prit la parole.

— Ses hommes et lui sont sortis de nulle part alors que je chevauchais sur la piste.

Il perçut un tremblement dans sa voix tandis qu'elle se remémorait ces instants effrayants.

— Je ne savais pas comment réagir alors je me suis réfugiée dans mon monde imaginaire. Mais cette fois, je suis simplement redevenue celle que j'étais.

— Maddie, tu n'as jamais été réellement une prostituée. Tu as agi sous la contrainte.

— Ce n'est pas en refusant la vérité que tu la changeras, tu sais.

Elle lui adressa un sourire amer.

— Crois-moi, je suis une experte en matière de déni.

— Tu as subi ton passé. On ne t'a pas laissé le choix.

Elle esquissa un petit sourire triste.

— J'ai eu plusieurs fois l'occasion de m'évader. J'aurais pu m'enfuir, commencer une nouvelle vie, ailleurs. Mais je ne l'ai pas fait.

— Commencer une nouvelle vie avec qui ?

La question lui avait échappé.

— Avec moi. Pourquoi n'arrives-tu pas à comprendre ? *Moi*. Celle que je suis, celle qui a réalisé tout ça.

D'un geste circulaire, elle lui montra la cuisine parfaitement rangée, les sacs d'ingrédients, les boules de pâte presque prêtes à être enfournées.

— D'accord, admettons, tu avais le choix. Mais on ne fait pas toujours ce qu'on veut. Le courage ne suffit pas, il faut aussi un peu de chance. Et tu ne l'as pas eue.

— Tu me cherches toujours des excuses.

— Et toi, tu ne t'en accordes jamais aucune. Je rétablis l'équilibre.

Elle baissa la tête.

— La prostitution est quelque chose d'horrible. Même si tu t'en sors, tu restes marquée à vie.

— Maddie…

Il chercha son regard, bouleversé de découvrir des larmes dans ses yeux. Il ne supportait pas de la voir triste.

— Tu es quelqu'un de bien, Maddie Miller. Une femme incroyablement courageuse qui a traversé l'enfer et qui en est ressortie plus magnifique et plus lumineuse que jamais.

Elle lui caressa le poignet.

— Les gens ne voient pas les choses de cette façon, Caden. Tu le sais bien.

— Au diable le reste du monde !

— Ne dis pas ça. Il y aura forcément un moment où…

Sa voix mourut.

— Finis ta phrase. Un moment où quoi ?

Elle se mordit la lèvre. L'angoisse qu'il lut sur son visage lui déchira le cœur. Elle baissa les yeux avec honte, comme autrefois, à l'époque de son arrivée au *Hell's Eight*.

— Regarde-moi, Maddie-Love.

Il ne lui laissa pas le choix, il la força à le regarder.

— Tu as peur de croiser quelqu'un qui te reconnaîtra, c'est ça ?

Elle hocha la tête.

— Tu penses que je ne saurai pas la gérer la situation ?

— Et si nous sommes avec nos enfants ou avec un de tes amis du *Hell's Eight* ?

— Je massacrerai quiconque osera te manquer de respect.

— Caden, tu ne pourras pas démolir tous ceux qui se souviendront de moi comme d'une ancienne prostituée.

— Je pourrai démolir tous ceux qui essaieront de te faire de la peine.

Il crut voir une lueur d'espoir s'allumer dans son regard. Si seulement elle pouvait le croire, avoir de nouveau confiance en lui !

— Quand tu parles comme ça, j'ai envie de m'enfuir en courant, murmura-t-elle.

— Pourquoi ?

— Caden ! Tu es l'homme dont toutes les femmes rêvent ! Et pour quelqu'un comme moi, qui n'attendais plus rien de la vie, être ton épouse c'est juste… inconcevable. Je ne veux pas t'aimer. J'aurai trop mal le jour où le rêve s'achèvera.

Maddie vit que Caden accusait le coup, il fronça les sourcils, mais il continua à la serrer doucement contre lui. Elle sentait sa force la protéger comme une armure et elle regretta de lui faire tant de mal en se montrant si franche. Il aurait été si facile de s'en remettre à lui et de feindre de croire que tout irait bien désormais.

— Je t'aime, tu m'aimes, et tu es en train de me dire que cela ne compte pas ? protesta-t-il.

Cela comptait ! Mais il y avait d'autres choses dont elle devait s'assurer dans sa vie.

— Je veux être moi. Une femme capable de tenir les rênes de sa destinée et de se prendre en charge sans rien devoir à personne.

— Et tu ne peux pas être cette femme avec moi ?

Elle lui caressa la joue d'un geste plein de regrets.

— Non.

— Pourquoi ?

— Parce que je ne suis qu'une brindille comparée à toi. Je n'aurais aucune chance d'exister dans ton sillage.

— C'est pour cette raison que tu t'opposes sans cesse à moi ?

— Oui. Je veux savoir qui je suis avant de décider avec qui je veux faire ma vie.

— Mais c'est trop tard, Maddie. Nous sommes mariés.

— Ce n'est pas inéluctable. Ma réputation sera ternie, mais je n'en suis plus à cela près.

— Je refuse de divorcer !

— Tu vois ? C'est toi qui dictes ta volonté. Jamais moi.

— Bon sang, Maddie, ce n'est pas juste !

— Je sais, admit-elle tristement.

— Qu'est-ce que tu veux de moi ?

Ce qu'elle s'apprêtait à dire lui déchirait le cœur. Elle hésita, puis elle se lança.

— Je veux que tu repartes chez toi, au *Hell's Eight*, ou dans ta mine d'or, où tu veux.

— Sans toi ?

Elle hocha la tête.

— J'ai trouvé ma place ici. Elle est minuscule, j'y travaille comme une petite fourmi, mais j'y suis chez moi.

— C'est à cause Culbart ? Tu veux l'épouser ?

Elle lui frappa l'épaule de son poing serré. Pourquoi s'obstinait-il à ne pas comprendre ?

— Non ! Je te l'ai déjà dit, j'ai besoin de savoir qui *je* suis avant de décider si je veux te suivre ou retourner au *Hell's Eight*. Quand je suis là-bas je redeviens l'ancienne Maddie. Maddie la folle. La douce Maddie. La pauvre Maddie. Tu ne t'es jamais demandé pourquoi je m'évertuais à aider tout le monde ?

— Non.

— J'essayais de vous prouver que je valais quelque chose.

Elle s'interrompit, bouleversée par ses souvenirs.

— Je me disais que si je me rendais indispensable vous ne me renverriez pas.

— Dis-moi ce qui s'est passé avec Frank.

— Ce matin ?

— Non, au Fallen C.

Elle évita son regard.

— Il ne s'est rien passé. Quand ils m'ont coupé la route, je leur ai dit que j'étais une prostituée et Frank m'a proposé du travail.

— Quel genre de travail ?

— Le genre de travail que fait une prostituée.

— Pourquoi a-t-il tiré sur Calamité ?

— Parce que je ne voulais pas les suivre. Le chien a essayé de me protéger.

— J'en étais sûr ! Culbart a employé la force pour t'emmener !

— C'est difficile à expliquer, mais… oui et non.

— Et une fois là-bas ?

La caresse de ses doigts était incroyablement tendre sur

sa joue. Son visage était dénué d'expression, mais elle n'était pas dupe : il se préparait au pire.

— Il a essayé de coucher avec moi.

— Et ?

— Je ne suis plus une prostituée, Caden. J'ai refusé.

— Tu t'es débattue ?

— Oui.

— Il t'a forcée ?

— Non. Il était sous le choc.

— Pardon ?

— Je me suis mise à pleurer et il s'est brusquement rendu compte qu'il était en train de commettre un viol. Il était très mal.

— Pauvre vieux. Il n'a pas dû être content.

— Pendant un jour ou deux il a vraiment été en colère après moi.

— Et ensuite ?

— La situation était délicate, pour lui comme pour moi. Il ne pouvait pas me jeter dehors parce que je n'avais nulle part où aller. Il m'avait amenée chez lui, il était responsable de ma sécurité. Et il ne pouvait pas se priver de deux de ses hommes pour me reconduire au *Hell's Eight*.

— Alors ?

— L'ambiance était terriblement tendue. Je n'étais pas bien. Je passais mon temps à entrer et à sortir de mon monde imaginaire.

— Et lui ?

— Il n'était pas bien non plus, je suppose.

— Tu supposes ?

— Je ne le connais pas bien, Caden. Et il est très impressionnant.

Elle se blottit plus étroitement contre lui.

— Un jour, je me suis dit que s'il avait l'estomac plein, il se radoucirait peut-être. Et je lui ai préparé des petits pains à la cannelle.

— Et ça a marché ?

Elle se mit à rire.

— Je me suis rendu compte qu'un homme pouvait se passer de sexe du moment qu'on gâtait son estomac.

— Mauvaise nouvelle, chérie : ça ne marchera pas avec moi.

Il lui caressa les hanches, une lueur de désir brillait dans son regard.

— D'où lui est venue cette idée de mariage ?

— La culpabilité, je pense. Il était embêté que je puisse penser qu'il avait essayé de me prendre de force. J'ai failli m'évanouir de surprise quand il m'a dit qu'il te tuerait si tu ne m'épousais pas.

— Et tu l'as cru ?

Et comment ! Culbart pouvait être très convaincant.

— Il ne plaisantait pas. Il disait qu'il ne voulait pas que je me retrouve en situation de me faire violer.

— Mais si tu étais mariée ce ne serait pas du viol parce que ce serait légal. C'était ça son raisonnement ?

— Apparemment, oui.

— C'est une étrange façon de voir les choses.

— Elle est partagée par tout le monde, Caden. Excepté par toi.

— Peut-être parce que je n'avais pas envisagé de me marier un jour.

— Peut-être.

Caden déboutonna doucement le corsage de Maddie et délaça sa chemise, dévoilant ses seins magnifiques et ces mamelons rose tendre qui l'avaient fait fantasmer des nuits entières.

— Et donc, tu as fait semblant d'être en crise tout au long de la cérémonie.

Il attendit sa réponse avec anxiété. Il se rappelait que sur le moment il avait pensé qu'elle jouait la comédie.

— Non. Je flottais dans un état second. Mais, tout au fond de moi, je voulais t'épouser. C'est pour ça que je suis allée jusqu'au bout. Tu avais raison, je t'ai trahi.

Pour toute réponse, il fit glisser sa chemise le long de ses bras. Elle était assise sur ses genoux, à moitié nue, les mains immobilisées : c'était un spectacle très excitant.

— Je ne t'en remercierai jamais assez, finit-il par dire.

— Pardon ?

— Je me suis mis en colère parce que j'ai été contraint de me marier. Je me suis senti piégé, c'est vrai. Mais en réalité…

Il prit ses seins en coupe dans ses paumes et taquina les mamelons roses avec ses pouces, ravi de les sentir durcir sous ses caresses. Elle avait les plus beaux seins du monde. Merveilleusement sensibles. Il était capable de la faire gémir rien qu'en les effleurant. Il souffla sur les pointes dressées, laissant son petit cri attiser son désir, embraser sa passion.

— En réalité, je mourais d'envie de faire de toi ma femme, même si j'étais trop bête pour me l'avouer. Alors quelles qu'aient pu être les motivations de Culbart, ce gredin m'a rendu un fier service.

Elle poussa un soupir de plaisir.

— Qu'est-ce que tu fais ?

— Si tu ne te rappelles pas, c'est que je n'ai pas été assez bon la dernière fois.

Elle rit.

— Evidemment, je sais ce que tu es en train de faire.

— Bien, alors déboutonne mon pantalon.

— Ça ne va rien résoudre, dit-elle en ouvrant sa braguette avec une certaine habileté.

Elle glissa sa main à l'intérieur et libéra son sexe. Ses doigts étaient aussi doux et brûlants que du velours.

— Enlève ta robe.

Il lui enserra la taille de ses mains et la souleva tandis qu'elle faisait tomber le vêtement sur le sol. Quand elle se rassit sur lui, il était prêt. Il guida son sexe dans la fente de son panty et la pénétra. Elle était chaude, mouillée, et glissa aisément le long de son sexe bandé. Elle palpita autour de lui et il gémit de volupté.

— Dieu, c'est si bon, Maddie !

— Oui.

C'était le seul sujet sur lequel ils étaient toujours d'accord. Il pinça ses mamelons pendant qu'elle allait et venait sur lui, agrippée à ses épaules.

— Donc… nous nous sommes mariés parce que nous le voulions… tous les deux ? haleta-t-elle.

— C'est comme ça que je vois les choses, acquiesça-t-il d'une voix rauque.

— Pourtant nous ne nous connaissons pas. Je te connais, tu te connais… mais ni toi ni moi ne savons qui je suis.

— Je sais qui tu es… Maddie-Love. Je l'ai su à la seconde où nos yeux se sont rencontrés… Ta force, ton courage, ce cœur immense qui est fait pour aimer…

— Mais moi, je ne me connais pas et j'ai besoin… de découvrir qui je suis.

Elle bascula la tête en arrière et enfonça ses ongles dans ses épaules tandis qu'elle accélérait le rythme. Il fit rouler ses tétons entre ses doigts.

— Plus fort !

Il lui donna satisfaction, tirant et pinçant ses mamelons jusqu'à ce qu'elle crie de plaisir.

— Tes seins sont magnifiques. Offre-les moi.

Elle obéit sans hésiter, glissant ses mains sous sa poitrine et la soulevant pour l'approcher de sa bouche. Il aimait sa réactivité, son enthousiasme à tenter de nouvelles expériences.

— Ne bouge plus.

Elle s'immobilisa, tendue, frissonnante, une lueur d'excitation au fond des yeux. Sans la quitter du regard, il lécha un mamelon, puis l'autre. Elle gémit et renversa la tête en arrière, se cambrant pour mieux s'offrir. Il posa alors la main sur sa nuque pour la soutenir et elle ondula sur lui au même rythme que sa langue.

— Je ne vais pas pouvoir tenir longtemps, murmura-t-il d'une voix rauque. Tu m'as trop manqué. J'ai besoin de toi, ma douce.

— J'ai besoin de toi aussi. Plus fort !

— Toi d'abord.

Elle rit comme il avait toujours rêvé de l'entendre : comme une femme libre, passionnée et heureuse.

— Non, toi.

Elle continua à onduler sur lui, lui faisant l'amour avec ses yeux, son corps, son sourire, prenant le plaisir qu'il lui donnait et le lui rendant avec le mouvement de ses hanches et les contractions de son sexe sur le sien. Elle était chaude, délicieusement mouillée. Il se souleva, entrant plus profondément en elle, l'écartelant.

— Maddie !

Elle laissa échapper un cri, tremblante, haletante. Il donna un autre coup de reins. Il était proche, tout proche.

— Viens avec moi, chérie. Montre-moi ce que tu ressens.

— Oui.

Il se souleva une nouvelle fois, agrippant sa taille pour aller encore plus loin. Elle lui griffa le torse en gémissant. L'orgasme le prit par surprise, le dépossédant de son contrôle. Elle se contracta autour de lui, brûlante, palpitante. Et brusquement, alors que le plaisir le transperçait comme une lame, il comprit ce qu'elle avait essayé de lui dire depuis le début.

— Et maintenant ? chuchota-t-elle quelques minutes plus tard, les bras autour de son cou, tandis qu'elle continuait à trembler sous les ultimes spasmes du plaisir.

Il leva son visage vers le sien et la contempla longuement pour mémoriser chacun de ses traits. Puis il l'embrassa, un baiser doux dans lequel il mit tout l'amour qu'il portait en lui parce que, même si cela devait lui briser le cœur, il allait lui donner ce qu'elle voulait.

— Je vais exaucer ton vœu.

Il vit l'inquiétude et l'incompréhension vaciller dans ses yeux.

— Que veux-tu dire ?

— Je vais partir. Je vais te laisser vivre ta vie.

Il la souleva dans ses bras et la porta dans le salon, mais il se rendit compte tout à coup qu'il n'avait nulle part où la poser.

— A une condition, dit-il en s'immobilisant au milieu de la pièce.

— Laquelle ?

— Quand je reviendrai, je veux un vrai lit.

— Je ne comprends pas.

Il l'allongea sur le canapé et se coucha doucement sur elle, parsemant son visage de baisers.

— On va tout reprendre depuis le début, Maddie. Tu vas rester ici et découvrir qui tu es. Et moi, je vais retourner travailler à la mine. Mais je reviendrai. Pas parce que tu es ma femme, mais parce que j'ai besoin de toi. Nous ferons l'amour, nous discuterons, nous irons danser, nous apprendrons à nous connaître l'un l'autre et quand tu seras prête, tu me diras les mots que je veux entendre.

— Quels mots ?

— Tu le sauras quand tu les diras.

— Je t'aime.

Il la fit taire d'un léger baiser.

— Ce n'est pas ce que je veux entendre.

— Caden…

Il se rendit compte qu'elle paniquait. Il prit ses mains dans les siennes et les porta à ses lèvres.

— Tu as raison, Maddie. Tu as besoin de temps pour découvrir qui tu es, je ne veux pas te brusquer ni t'imposer quoi que ce soit. Mais je ne veux pas divorcer et je ne t'abandonne pas. On va juste prendre du recul.

— Tu vivras ici ?

— Je peux vivre n'importe où. Ce que je ne peux pas, c'est vivre sans toi.

Elle ouvrit la bouche, mais il posa un doigt sur ses lèvres.

— Je ne veux pas entendre de mensonges, chérie, seulement la vérité. Tu me la diras quand tu seras prête.

Caden était un homme de parole : il partit le lendemain matin. Maddie le regarda disparaître au loin, fier, viril. Il l'aimait et elle l'avait chassé de sa vie. Elle devait être folle ! Elle aurait voulu le rattraper et lui crier de revenir, mais il n'y avait pas de retour en arrière possible. Il disparut de sa vue, laissant la rue aussi vide que son cœur. Précieux se frotta à ses jambes en miaulant et elle le prit dans ses bras en soupirant.

— Il va revenir, murmura-t-elle comme pour s'en convaincre elle-même.

Un frisson la parcourut. De nouveau cette impression d'être observée. Elle regarda autour d'elle. Personne.

— Je commence à croire que je suis vraiment folle, marmonna-t-elle.

Folle au point d'imaginer que quelqu'un l'épiait. Folle au point d'avoir laissé Caden s'en aller.

« Je reviendrai parce que j'ai besoin de toi. »

Elle avait besoin de lui, elle aussi. Mais elle voulait avoir le recul suffisant pour peser sa décision, être certaine de faire le bon choix. Etait-ce mal de demander un délai ? Un peu de temps.

Du temps.

— Oh mon Dieu !

Posant Précieux par terre, elle se précipita dans la cuisine pour sortir les premières fournées de petits pains. Par la fenêtre, elle vit les premiers clients approcher. Elle sortit la plaque du four et fouetta le glaçage pour lui donner une consistance crémeuse. Elle aimait son travail. Et elle aimait Caden. Cela n'aurait pas dû être si compliqué de concilier les deux et pourtant cette pensée lui nouait l'estomac. Elle surmonta son angoisse en respirant lentement. Elle allait devoir essayer de comprendre les raisons de sa peur.

Une semaine plus tard, alors qu'elle s'apprêtait à lancer sa dernière fournée, elle reçut une visite. Levant les yeux, elle découvrit une silhouette familière sur le seuil de sa petite maison.

— Lucia ? Que se passe-t-il ?

— Rien de grave, rassurez-vous.

Elle portait une robe bleue et serrait une paire de gants bleu pâle dans sa main. Elle sourit.

— Je peux entrer ?

— Bien sûr.

Elle promena son regard dans la cuisine.

— Vous êtes très organisée.

— Merci.

— Je sais qu'il est tard, mais nous avons besoin de trois miches de pain supplémentaires pour demain. Un groupe de mineurs est arrivé en ville hier et nous allons être trop justes. Pensez-vous pouvoir nous dépanner ?

Maddie fit un rapide calcul. Si elle réduisait un peu sa production de petits pains à la cannelle, elle gagnerait de la place et pourrait enfourner trois miches supplémentaires. Elle perdrait un peu d'argent, mais Lucia était une bonne cliente et c'était elle qui lui avait donné sa chance, elle ne l'oubliait pas.

— Ne vous inquiétez pas, je vais me débrouiller.

— Merci.

Elle se détourna pour partir, mais s'arrêta presque aussitôt. La façon dont elle triturait ses gants indiquait clairement qu'elle avait quelque chose sur le cœur.

— J'ai vu partir votre mari la semaine dernière.

Maddie acquiesça, mais ne fit aucun commentaire.

— Il va s'absenter longtemps ?

— Je ne sais pas encore.

— Vous vous êtes disputés ?

Maddie hésita à répondre.

— Non, c'est juste que… j'ai besoin d'une pause.

— Vous avez encore votre mère, Maddie ?

— Non, elle… elle est décédée.

— Elle ne vous a jamais parlé du mariage et de ce que cela impliquait ?

Maddie rougit. Lucia s'imaginait qu'il y avait un problème d'ordre sexuel entre Caden et elle !

— Je ne suis pas… je n'ai pas peur de mon mari.

Ce fut au tour de Lucia de rougir.

— Mon Dieu, je n'ai jamais pensé cela. Je faisais seulement allusion au quotidien d'un couple, aux petits ajustements nécessaires pour trouver sa place. Quand j'ai épousé Antonio, j'ai eu brusquement l'impression de ne plus exister, d'être absorbée dans un « nous » qui ne me correspondait pas. Comme si j'avais perdu mon identité propre. Je suppose que c'est ce que vous ressentez.

— Je ne peux pas perdre ce que je n'ai jamais eu.

— Que voulez-vous dire ?

— J'ai grandi sans une famille autour de moi et sans

réelle identité. Je ne sais pas qui je suis et c'est encore plus compliqué maintenant que je suis mariée. Je n'ai aucun repère.

— En réalité, c'est très simple. Le mariage n'est pas l'addition de deux individualités, c'est une complémentarité.

Lucia lui caressa la joue d'un geste maternel.

— Vous ne disparaissez pas en vous mariant, Maddie. Vous trouvez votre deuxième moitié.

# Chapitre 19

Elle avait trouvé sa moitié.

Maddie était tellement pénétrée par cette révélation qu'il lui fallut dix bonnes minutes après le départ de Lucia pour identifier la sensation désagréable qui lui hérissait la nuque. Toujours cette impression d'être observée par des yeux invisibles. Des yeux sombres, mauvais. Elle n'avait pas senti leur présence pendant les deux jours où Caden avait été là, mais à la seconde où il était parti ils étaient revenus.

C'était ridicule. Elle n'avait pas de temps à perdre avec ces sottises. Elle devait mettre en route la dernière fournée et préparer les trois pains supplémentaires pour Lucia. Elle alla tirer les rideaux de la cuisine et hésita. Les deux portes étaient ouvertes pour permettre à l'air de circuler. Elle pouvait à la rigueur fermer celle de devant, mais elle devrait laisser celle de derrière ouverte jusqu'à ce que le four refroidisse, sinon elle allait rôtir sur pied.

Tout en doutant de l'utilité de ce geste, elle traversa le minuscule salon, ferma la porte d'entrée et poussa le verrou. Il était bien moins gros que ceux qui équipaient les chambres du bordel, côté extérieur, pour empêcher les filles de s'échapper. Si vraiment quelqu'un voulait entrer, un coup d'épaule suffirait à le faire sauter.

Sur un coup de tête, elle rouvrit brusquement la porte et

sortit sur le seuil, mais elle ne vit rien d'inhabituel, juste une allée calme et déserte et Précieux qui chassait une mouche sur le carré d'herbe devant l'entrée. Une paisible soirée d'été. Et puis s'il y avait eu un rôdeur, Lucia le lui aurait signalé, elle venait juste de partir.

Elle referma la porte, hésita et poussa de nouveau le verrou. Après tout, elle était chez elle et elle avait le droit de faire ce qu'elle voulait.

Elle recula vers la cuisine, les yeux fixés sur la porte, et sentit un horrible frisson la parcourir juste avant de heurter quelque chose — ou plutôt *quelqu'un* — qui n'aurait pas dû être là. Une main se plaqua sur sa bouche, étouffant son hurlement. Elle cessa de se débattre en sentant la lame d'un couteau se poser sur sa gorge.

— Hello, Maddie.

Il lui fallut plusieurs secondes pour identifier cette voix. Dickens. Elle prit une courte inspiration et sentit la puanteur de son agresseur. Il transpirait la haine, la crasse et la sueur.

— Je suis venu chercher mon dû.

Quel dû ? Elle ne comprenait pas. Dickens était un employé de Frank.

— C'est Frank qui vous envoie ?

— Culbart et moi, on s'est séparés.

L'évidence lui sauta au visage.

— Il vous a viré.

Il referma sa prise autour de sa gorge.

— A cause de toi, sale pute. On ajoutera ça à ton ardoise.

Il l'entraîna avec lui dans la cuisine et du coin de l'œil elle vit qu'il fermait la porte de derrière et poussait le verrou. Elle prit conscience de l'ironie de la situation. Au lieu de se protéger du danger, elle l'avait enfermé à l'intérieur avec elle !

La sueur perla sur son front, coula sur ses tempes, ses joues. La peur comprimait ses poumons. Elle ouvrit la bouche pour essayer de respirer, mais il anéantit son effort d'une pression de la main. Elle se débattit et sentit la lame du couteau lui entailler le cou.

— Continue et je t'égorge.

Elle se figea, sa terreur montant d'un cran. Une goutte de sang glissa le long de sa gorge. La peur se mit à battre dans ses oreilles.

— C'est bien. Je vais te lâcher maintenant, mais ne t'avise surtout pas de crier : tu serais morte avant même d'avoir compris ce qui t'arrive.

Elle ne se faisait aucune illusion, il n'hésiterait pas à la tuer. Quand il retira sa main de sa bouche et vint se placer face à elle d'un mouvement rapide, la lumière de la lampe fit scintiller la lame couteau. Il y avait une trace de sang dessus. Le sien.

Elle avait déjà frôlé la mort dans le passé, mais jamais elle ne l'avait sentie aussi imminente, aussi inéluctable.

« Vous trouvez votre deuxième moitié. »

Les paroles de Lucia résonnèrent dans sa tête. Au moment où elle commençait à entrevoir l'avenir, elle risquait de tout perdre !

— Pourquoi êtes-vous là ? demanda-t-elle dans un chuchotement rauque.

Dickens sourit, ôta son chapeau et le suspendit au dossier de la chaise.

— Tu as une dette envers moi. Tu as réussi à embobiner le patron et il t'a retirée du menu mais moi, je n'ai pas oublié. Tu nous as bien chauffés et puis tu es partie tranquillement avec l'autre. Mais ce serait trop facile. Je veux ma part.

— Vous voulez qu'on fasse l'amour, articula-t-elle d'une voix sans timbre.

— Je ne fais pas l'amour avec une pute.

Ce serait facile de lui donner ce qu'il voulait. Déboutonner sa robe, se coucher sur le lit que Caden avait fait livrer, écarter les jambes et se réfugier dans ce lieu lointain où le monde était beau et où les gens comme lui n'existaient pas. Elle avait survécu de cette façon pendant des années.

— A choisir, je préfère mourir.

— C'est un peu théâtral comme réponse, même pour une pute.

D'un geste du menton, elle montra le couteau, la porte fermée.

— C'est un peu théâtral pour un fermier.

Il dégrafa son ceinturon avec un sourire sinistre.

— Si j'étais simplement un fermier, ça se discuterait, mais j'ai des grands projets, ma belle. Je vais devenir très riche.

Elle se rappela tout à coup toutes ces semaines où elle s'était sentie observée. C'était lui. Il était là, dans l'ombre, depuis le début. Il l'avait épiée, surveillée, il s'était glissé dans son intimité. Elle avait la chair de poule rien que d'y penser.

— Vous m'avez espionnée ?

— Exact.

Il posa son ceinturon sur la chaise et elle se reprit à espérer. Son colt était là, tout proche, à portée de main. Il lui suffirait d'étendre le bras pour le prendre.

— Vous avez perdu la raison ? dit-elle en rassemblant son courage.

— Je ne suis pas fou.

Il éclata d'un rire qui la convainquit du contraire.

Elle recula d'un pas.

— C'est bien. Tu vas dans la bonne direction.

Elle se rendit compte qu'il regardait le lit. Elle avait la bouche sèche, le cœur battant. Plutôt mourir que s'y coucher avec lui.

Il la poussa d'une secousse brutale qui la fit trébucher en arrière et elle dut s'agripper au montant du lit pour ne pas tomber et reprit son équilibre.

— Déshabille-toi.

— Non.

— Oh si ! Tu me fais bander depuis la minute où je t'ai vue.

— Caden vous tuera.

— Tu vois Caden, ici ? Pas moi.

Il agita son couteau.

— Déshabille-toi.

Il déboutonna sa braguette et elle essaya de ne pas paniquer. Elle avait déjà connu ce genre de situation. Le client en crise se calmait dès qu'il avait obtenu satisfaction — c'était une sorte de jeu malsain, une façon d'affirmer sa domination et de lui montrer qu'elle était complètement en son pouvoir.

La lumière fit de nouveau scintiller le couteau. Elle regarda Dickens dans les yeux. Il ne jouait pas.

Elle réfléchissait à toute vitesse, les yeux rivés sur la lame. Elle devait trouver un moyen de détourner son attention, de le faire parler.

— Quel est ce projet dont vous avez parlé ?

— Je veux l'or.

Oh mon Dieu !

— Je n'ai pas d'or.

— Mais ton mari a trouvé une mine et je veux savoir où elle est.

— Pourquoi m'aurait-il mise dans la confidence ? Vous l'avez dit vous-même, je ne suis qu'une pute.

— Il est venu te chercher au Fallen C. Il a risqué sa vie pour toi, ça veut dire que tu es importante à ses yeux. Un homme se confie à la femme qu'il aime.

— Certains hommes, peut-être…

Elle chercha du regard un objet qui pourrait lui servir d'arme. Hélas ! il n'y avait rien. La petite lampe à pétrole sur la table de chevet ne ferait même pas une entaille dans le crâne épais de Dickens. Elle n'avait aucun moyen de se défendre !

— Enlève cette robe.

Elle posa la main sur son corsage, toucha le premier bouton. Il se lécha les lèvres comme elle avait vu certains de ses clients le faire, d'un mouvement obscène et répugnant. Ce serait facile de se dévêtir, de dénuder sa poitrine et de prendre un sein dans sa main comme une offrande pour le distraire. Elle l'avait fait si souvent par le passé. Elle pourrait recommencer une dernière fois… Une rage monta soudain en elle, balayant sa peur. Non. Elle n'était pas une prostituée ! Elle releva le menton.

— Allez au diable !

Il n'eut même pas un battement de cils.

— Après toi, ma jolie.

Il avança d'un pas, le couteau serré dans sa main. Elle s'adossa au montant du lit. Il sourit et appuya la lame sur son ventre.

— Va te faire foutre, lâcha-t-elle, les dents serrées.

— C'est toi qui vas te faire foutre.

Elle ferma les yeux, ravalant un sanglot. Elle n'avait pas d'autre arme que ses mots et ils étaient aussi inefficaces que des jouets. Elle s'agrippa alors à sa fierté. Elle était la femme de Caden Miller. Si elle devait mourir, ce serait comme une femme respectable.

« Ton seul souci c'est de survivre, ma belle. Peu importe par quel moyen. »

La voix lointaine de son amie Hilda résonna dans sa tête. C'était peut-être vrai autrefois, mais plus aujourd'hui. Elle ne coucherait pas avec ce porc, même pour sauver sa vie. Elle fit un pas sur le côté, Dickens en fit autant pour lui bloquer le passage. La pointe du couteau déchira le haut de son corsage.

— Enlève ça.

Elle secoua la tête.

— Non.

— Tu joues les princesses vertueuses maintenant que tu es mariée ?

— Non.

Elle ne jouait pas. Elle était elle-même, enfin.

Il voulut l'attirer à lui, mais elle repoussa sa main d'une claque. Elle eut la satisfaction de voir une lueur de stupéfaction dans son regard. La riposte fut fulgurante : il la gifla à toute volée. Son regard se brouilla et elle s'effondra sur le lit, exactement là où il le voulait.

Il se jeta sur elle. Les hommes étaient toujours persuadés que c'était gagné une fois qu'elle était sur le dos.

Il se mit à califourchon sur elle avec un rire méprisant.

— On fait moins la fière, maintenant.

Elle poussa un petit cri de rage et se mit à lui griffer le visage, cherchant à atteindre ses yeux. Elle voulait qu'il crie, qu'il hurle. Peut-être quelqu'un l'entendrait-il de la rue et viendrait à son secours. Mais il poussa un grondement sourd et attrapa son poignet tout en pressant son avant-bras sur sa gorge.

Elle voulait défaire l'étau qui l'étouffait, mais cela ne servirait à rien, elle ne serait pas de force contre lui. Sa seule chance c'était de se concentrer sur les points où il était vulnérable : les yeux, les testicules, la gorge. Elle enfonça son pouce dans une orbite et, comme elle l'avait espéré, il rejeta la tête en arrière d'un mouvement brusque, desserrant brièvement l'étreinte autour de sa gorge.

Elle roula sur le lit pour lui échapper, mais il agrippa le bas de sa robe au moment où elle sautait du lit et la tira en arrière. Elle perdit l'équilibre et tomba la tête la première sur le sol, heurtant violemment le plancher. Dans sa chute, elle essaya de se protéger avec ses mains et s'accrocha à la table de nuit. Le meuble bascula et la lampe à pétrole explosa par terre, répandant un millier de morceaux de verre autour d'elle. Elle regarda le pétrole former une flaque tout en essayant de reprendre son souffle, puis elle prit une profonde inspiration et poussa un hurlement assez fort pour réveiller un mort.

— Au secours !

Il fallait que quelqu'un l'entende et vienne à son aide. Elle était Maddie Miller. La boulangère. Une femme mariée, honorable. Elle était *quelqu'un*.

— Ferme-la !

Dickens l'agrippa par les cheveux et la hissa sur le lit, muselant son cri avec sa main. Une douleur aiguë lui transperça le dos. C'était une position intenable, qui rendait toute défense impossible. Il la retourna et elle se retrouva de nouveau sur le dos. Allongée sur le lit que Caden avait fait livrer. Le lit dans lequel ils feraient l'amour à son retour, le lit de leurs noces. Dickens allait la violer sur son lit de noces !

Elle ouvrit la bouche pour hurler.

— N'essaie même pas.

Il referma sa main autour de sa gorge, étouffant son cri avant même qu'il ait eu le temps de jaillir. Son visage devint écarlate, un bourdonnement lui remplit les oreilles, mais il ne desserra pas sa prise.

— Un son, un seul, et je t'étrangle.

*Caden.*

Elle cria mentalement son prénom. Elle ne voulait pas penser qu'il allait la retrouver comme ça, morte, dénudée, désarticulée sur leur lit. Elle entendit le bruit d'un tissu qu'on déchire. En désespoir de cause, elle essaya de se réfugier sur les rives de son étang, mais l'image refusa de se former alors elle puisa dans son cœur et ce fut Caden qui lui apparut. Trait après trait, elle dessina son visage dans son esprit, ses beaux yeux, sa bouche sensuelle qui lui avait appris la magie des baisers…

— Sale pute ! Tu ne vas pas me faire le coup de la poupée de chiffon !

La vision de Caden s'obscurcissait.

*Non !*

Un cri silencieux, aussi inutile que les autres. Elle essaya de chasser les ombres qui masquaient son beau visage. Caden était la seule belle chose que lui ait apportée la vie. Elle voulait le garder près d'elle, chuchoter son prénom en mourant.

— Réveille-toi !

Dickens la secouait sans cesser de lui serrer la gorge. Elle le savait parce qu'elle sentait son corps bouger comme si elle chevauchait des vagues. Elle laissa pendre son bras hors du lit et elle ressentit une vive douleur à la main lorsque celle-ci heurta le sol. C'était étrange. Tout était noir autour d'elle, mais elle sentait toujours cette douleur, aiguë, tranchante comme un aiguillon. Elle pénétrait le néant qui l'entourait. Elle bougea les doigts, sentit une forme acérée… un morceau de verre !

Elle referma la main sur cette arme inespérée. Utilisant la voix de Dickens comme un repère, elle se concentra sur l'endroit où devaient se situer ses yeux — ces yeux horribles, remplis de désir et de vice. Toute sa vie, des yeux comme les siens l'avaient salie, détruite. Seul Caden était différent. Lui, il l'avait toujours regardée comme un être humain, quelqu'un qu'il fallait protéger et chérir.

Rassemblant ses dernières forces, elle le frappa au visage avec le morceau de verre. Elle entendit un hurlement et une douleur lui traversa la paume.

Dickens s'effondra sur elle et l'étau qui lui emprisonnait la gorge se desserra enfin. Elle toussa, la poitrine écrasée par le poids de son corps. Elle le repoussa avec l'énergie du désespoir et il bascula au bas du lit. L'effort la laissait anéantie. Elle chercha de l'oxygène, la respiration sifflante, incapable du moindre geste.

*Cours ! Lève-toi ! Fuis !*

La voix hurlait dans sa tête, mais elle était incapable de bouger. Elle ouvrait la bouche pour essayer désespérément d'avaler de l'air. Vite, vite. Il fallait qu'elle s'échappe avant que Dickens reprenne connaissance.

*Oh mon Dieu ! Faites que je récupère la première !*

Elle entendit un choc au loin puis le fracas d'une porte

qui se brise. Elle souleva les paupières et pendant quelques secondes elle ne vit rien, éblouie par la lumière. Puis elle aperçut une silhouette — immense, de larges épaules, un port de tête arrogant qu'elle aurait reconnu entre mille.

*Caden !*

Elle voulut hurler, l'avertir que Dickens était là, invisible, au bas du lit. Elle ouvrit la bouche pour le prévenir, mais aucun son ne sortit.

— Maddie !

Elle entendit Dickens se redresser.

*Oh non ! Non. Non.*

Elle fit la seule chose qui lui vint à l'esprit pour sauver Caden : elle roula sur le lit. Dickens était par terre maintenant et si la chance était avec elle, elle allait atterrir sur lui. Elle réussit — à moitié seulement. L'une de ses épaules heurta violemment le plancher. Elle entendit Caden jurer puis un coup de feu claqua.

Oh mon Dieu ! Caden avait-il été touché ?

Elle était coincée entre Dickens et le lit. Elle se hissa pour essayer de l'immobiliser, mais il la repoussa d'un coup de coude. Elle lui agrippa le bras et sentit une douleur lui déchirer le poignet quand il lui tordit la main.

— Sale garce, vas-tu me lâcher !

Plutôt mourir ! Elle allait s'accrocher à lui, au contraire. Le mordre, le griffer, le frapper ! Elle ne le laisserait pas tuer Caden !

Elle essaya de lui prendre son revolver. Elle vit briller la crosse de l'arme quand il la leva pour l'abattre sur son visage. Elle ferma les yeux pour se préparer au choc, mais le coup ne vint pas. Au lieu de cela, Dickens l'empoigna et la tira devant lui comme un bouclier, la plaquant contre lui si violemment qu'elle en eut le souffle coupé. Une nausée lui tordit l'estomac. Elle allait vomir.

— Ne bouge pas, articula Caden d'une voix glaciale.

Elle n'aurait su dire s'il s'adressait à Dickens ou à elle, mais si c'était à elle, l'avertissement était inutile : elle avait puisé dans ses dernières forces en roulant au bas du lit. Son corps était rompu et sa gorge meurtrie laissait à peine passer l'air.

— Monte sur le lit, Maddie.

La voix de Caden s'insinua dans le chaos comme une ancre tandis que Dickens lui agrippait les cheveux et lui tirait douloureusement la tête en arrière.

— Si elle bouge, je la tue.

— Je ne crois pas, non.

— Pourquoi ?

— Parce qu'elle sait où se trouve l'acte de propriété de la mine.

— Je n'ai pas besoin d'elle. Je t'ai, toi.

— Mais moi tu n'as aucune chance de me faire parler.

Elle aurait voulu lui crier de se taire. On ne provoquait pas un homme qui tenait un revolver !

Faisant appel à ses dernières forces, elle donna un grand coup de coude dans l'entrejambe de Dickens. Il poussa un grognement et desserra son étreinte, juste assez pour qu'elle se redresse et lui envoie un nouveau coup, avec son pied cette fois, en espérant qu'il allait lâcher le revolver. Mais non. A croire qu'il était vissé à son arme !

— Maddie, je t'ai dit de remonter sur le lit, dit Caden d'une voix effroyablement calme, comme s'il n'avait pas un colt pointé sur lui.

Maintenant elle le voyait, au milieu de la pièce, les bras le long du corps. Il n'avait même pas d'arme !

Elle essaya de se lever, mais Dickens lui empoigna la cheville.

— Il a voulu…

— Je sais.

— Culbart l'a…

— Je sais. Remonte sur le lit.

— Je ne peux pas, il me tient par le pied.

— Improvise.

Elle le regarda. Il avait l'air si fort, si invincible. Mais que pèserait-il face à une balle ? Rien.

— Tu crois qu'elle est plus rapide que mon colt ? ricana Dickens.

— Qui vas-tu croire, Maddie ? Lui ou moi ?

*Quelle question !*

— Toi.

Dickens tira sur son pied, menaçant son équilibre.

— Mais c'est moi qui tiens l'arme.

Oui, c'était lui. Un très gros colt. Elle pouvait se jeter sur lui et prendre la balle à la place de Caden. Elle imagina la balle lui déchirant le ventre et les entrailles. Une nausée lui remonta dans la gorge. Puis elle imagina la balle se logeant dans la tête de Caden, la mort figeant ses beaux yeux… et la nausée devint intolérable. Elle vomit tout son dîner, éclaboussant Dickens qui lâcha sa cheville en reculant de dégoût. Elle se réfugia sur le lit, secouée de frissons. Comme au ralenti, elle vit Caden tressaillir, Dickens lever son arme. Un nouveau haut-le-cœur la cassa en deux et elle vomit pour la deuxième fois — sur le colt de Dickens.

Elle entendit un coup de feu, le bruit d'une balle qui se loge dans le plafond. Quand elle releva la tête, c'était fini. Dickens était écroulé sur le dos, mort, un couteau planté dans la gorge. Elle le fixa d'un air hébété.

— C'était génial comme idée, dit Caden en s'agenouillant près du cadavre.

Génial ? Il s'imaginait qu'elle vomissait sur commande ?

— Je ne l'ai pas fait exprès, figure-toi.

Il lui lança un regard tendu, prouvant que lui non plus ne plaisantait pas.

— Je sais ce que tu avais l'intention de faire, c'était écrit dans tes yeux. Je te jure que si tu t'étais jetée sur lui pour prendre la balle à ma place, je t'aurais flanqué une fessée qui t'aurait empêchée de t'asseoir pendant huit jours. Tant que tu étais près de lui, je ne pouvais pas lancer mon couteau. La prochaine fois, fais ce que je te dis.

La prochaine fois ? Elle regarda le poignard qui sortait du cou de Dickens, le sang sur son plancher impeccable, le vomi sur le cadavre, sur le lit. Un sanglot lui échappa. Elle se recroquevilla en voyant Caden s'approcher pour la prendre dans ses bras.

— Non. Je suis horrible.

— Ne dis pas de bêtises, tu es magnifique. Viens là.

Elle secoua la tête, attrapa le dessus-de-lit et s'en servit pour s'essuyer le visage et nettoyer sa robe. Elle s'était blessée avec le morceau de verre. En voyant tout ce sang, elle se mit brusquement à trembler. Elle avait été si proche de tout perdre : Caden, sa vie.

Lorsqu'il la prit tendrement par les épaules pour l'allonger sur le lit, elle se laissa faire. Il déboutonna sa robe, puis il alla chercher de l'eau et un linge afin de la débarbouiller.

Versant un peu d'eau au creux de sa paume, il l'approcha de ses lèvres.

— Bois.

Elle obéit. Ensuite, il plaça la bassine sous son menton et ordonna de nouveau :

— Crache.

Elle obéit aussi. Elle était fatiguée, brisée. Où qu'elle aille, il y aurait toujours des hommes comme Dickens pour s'imaginer qu'elle n'était là que pour leur plaisir.

Avec des gestes rapides, il enleva les draps souillés, puis étendit un plaid sur elle. Mais elle ne parvenait pas s'arrêter de trembler.

— Je suis désolée, balbutia-t-elle.

— Je ne vois pas de quoi. Tu as des draps propres, quelque part ?

Elle secoua la tête. Non, elle n'avait que ceux-là.

— Ne bouge pas. Je vais revenir.

Elle le retint par la main.

— Pourquoi es-tu là ?

— Je t'ai entendue m'appeler.

L'espace d'un instant, elle ne comprit pas. Ce n'était pas possible.

— La vérité c'est que tu me manquais trop, dit-il. Je ne pouvais pas rester loin de toi plus longtemps.

« Vous trouvez votre deuxième moitié. » La voix de Lucia résonna dans sa tête. Elle porta sa main à ses lèvres et déposa un baiser au creux de sa paume, les yeux pleins de larmes.

— Ça va aller ?

Elle acquiesça. Oui, tout irait bien maintenant qu'il était là.

— Bon. Reste couchée. Je vais chercher le médecin. Ensuite, je nettoierai. Et après…

Il repoussa tendrement les cheveux qui lui tombaient dans les yeux.

— Après, nous parlerons.

# Chapitre 20

La conversation fut remise à plus tard. Quand Caden revint avec le médecin, la gorge de Maddie était si enflée qu'il lui était impossible de parler. Il lui prescrivit du repos et des compresses froides. Caden était aux petits soins. Avec l'aide de Lucia, il trouva de la glace pour sa gorge, des draps pour le lit et il nettoya le sol à fond. Cela faisait deux jours qu'il s'occupait d'elle ainsi, jour et nuit, mais aujourd'hui elle se sentait d'attaque, prête à reprendre le cours de sa vie.

Repoussant la couverture, elle posa les pieds par terre et se leva avec précaution. La pièce ne tournoyait pas, ses genoux ne se dérobaient pas. Une belle journée s'annonçait ! Un sourire aux lèvres, elle s'habilla, se coiffa, ouvrit la fenêtre de la cuisine, et regarda Précieux chasser une sauterelle. L'odeur de la cannelle se mêlait à la brise de l'été. Les petits bruits de la ville lui parvenaient au loin — les diligences qui descendaient la rue, le rire des enfants en train de jouer, l'écho des conversations.

Alors, elle noua son tablier autour de sa taille et nettoya un reste de vaisselle, le cœur léger. Elle était dans sa cuisine, dans sa petite maison. C'était ici qu'elle s'était révoltée contre son passé, contre Dickens. Ici qu'elle avait trouvé sa voie et découvert son courage. Quand Caden rentrerait de chez Lucia avec leur déjeuner, ils auraient cette discussion qu'ils avaient repoussée trop longtemps. Elle voulait que tout soit clair entre eux — enfin.

Elle leva la tête en entendant des pas approcher dans l'allée. Son cœur se mit à battre plus fort. Caden. Elle vérifia sa coiffure, tapota ses jupes, pinça ses pommettes.

Une émotion l'envahit tandis qu'elle le regardait approcher d'un pas souple, impressionnant. Il se pencha, coupa une herbe folle et l'agita. Précieux bondit aussitôt pour capturer ce nouveau jouet entre ses griffes. Caden se redressa et s'arrêta net en découvrant Maddie sur le seuil.

Elle crut que son cœur allait cesser de battre quand il avança vers elle, le bord de son chapeau dissimulant son regard. Il s'arrêta à trois pas. Il ne souriait pas mais se découvrit.

— Tu es sûre qu'il n'est pas trop tôt pour te lever, Maddie-Love ?

Il avait les cheveux mouillés. Visiblement, il était allé se baigner dans l'étang avant d'aller chercher le déjeuner. Elle aimait aussi cela chez lui, ce respect qu'il lui témoignait, à tous les niveaux. En fait, elle aimait tout de lui. Son mauvais caractère, ses manières parfois rudes, son honnêteté, sa tendresse, sa passion, sa patience. Elle dénoua son tablier en souriant et le laissa tomber sur le sol.

— Tu n'avais pas une question à me poser, Caden ?

Il observa son sourire puis le tablier. Elle n'avait pas besoin d'être plus explicite, il avait compris qu'elle faisait allusion à ce qu'il lui avait dit lorsqu'il avait quitté la ville pour qu'elle puisse voler de ses propres ailes.

« … et quand tu seras prête, tu me diras les mots que je veux entendre. »

— Je pensais attendre un peu.

— Pourquoi ?

— Parce que ça fait une semaine qu'on s'est quittés, deux jours que tu as été agressée et deux secondes depuis la dernière fois où j'ai eu envie de te faire l'amour.

— Tu as envie de moi ?

— A chaque instant. Et en cette minute, avec le soleil qui illumine ta chevelure, tu es irrésistible.

Elle posa les mains sur ses hanches et l'observa entre ses cils.

— Je pourrais être encore plus belle toute nue.

Il fit un pas vers elle et elle en fit un vers lui. Ils étaient à égalité.

— Je sais, dit-il en penchant la tête sur le côté comme s'il était gêné.

Elle lui sourit avec insolence.

— J'ai mis des draps propres dans le lit.

— Intéressant.

— Alors pourquoi ne me poses-tu pas ta question ?

— Je crois que j'ai peur d'entendre ta réponse.

Elle le regarda avec stupeur.

— Caden Miller a peur ?

— J'ai attendu longtemps, Maddie.

— Et c'était le plus beau cadeau que tu pouvais me faire.

— Est-ce ma réponse ?

Non. Elle avança encore, jusqu'à ce que sa poitrine effleure son torse.

— Tu ne peux pas obtenir une réponse à une question que tu n'as pas posée.

— Non ?

— Non.

Il ne dit rien d'autre et elle se rendit compte qu'il était vraiment nerveux. Il y avait des rides autour de ses yeux et de sa bouche, comme s'il était tendu, crispé. Elle croyait l'affaire Dickens oubliée, mais elle s'était trompée. Il était encore sous le choc de ce qui avait failli arriver. Elle lui prit le panier des mains et le posa sur le sol.

— Je suis désolée.

Il repoussa ses cheveux derrière son oreille d'un petit geste familier qui la troublait tant.

— Je ne veux plus jamais revivre ça.

Elle pressa tendrement sa joue contre sa main.

— Je suis désolée, répéta-t-elle.

— De quoi ?

— De t'avoir dit de partir.

— Tu en avais besoin.

Mais pas lui. Il n'était pas parti pour se prouver quelque chose à lui-même, mais pour lui laisser le temps de décider si elle avait envie ou non de le garder dans sa vie. Comment avait-elle pu lui infliger une épreuve aussi douloureuse ? Et pourquoi avait-il accepté ?

Elle lui prit son chapeau des mains et le jeta sur le panier.

— Je t'ai manqué ?

— A en mourir.

— Mais tu n'es pas revenu.

— Tu m'avais demandé de ne pas le faire.

Et il avait accepté sa décision parce qu'il la connaissait mieux qu'elle ne se connaissait elle-même. Qu'avait-elle fait pour mériter un homme comme lui ?

— Caden ?

— Quoi ?

Elle recula d'un pas et lui fit signe d'approcher avec son doigt.

— Viens là.

— Ne me dis pas de venir si tu ne le penses pas vraiment.

Elle recula encore d'un pas.

— Ne me fais pas languir.

Cette fois, il monta les marches du porche. Du coin de l'œil, elle vit des passants s'arrêter au bout de l'allée pour les regarder. Ils allaient être le sujet de conversation du jour, mais cela lui était égal.

Glissant sa main dans la sienne, elle l'attira à elle et lui laissa voir tout ce qu'elle ressentait en cet instant : sa joie, sa passion et son amour. Lorsque leurs bouches ne furent plus qu'à un souffle l'une de l'autre, elle chuchota :

— Pose-moi ta question, Caden.

Avec un grondement, il la souleva dans ses bras.

— Maddie, veux-tu être ma femme ?

La réponse était tellement évidente, tellement naturelle.

— De tout mon cœur, de toute mon âme, de tout mon être, je veux être ta femme, Caden Miller.

Il l'embrassa comme un fou. Ce n'était pas une étreinte tendre et patiente, mais un baiser passionné, exigeant. Un baiser qui lui criait mieux que des mots combien elle lui avait manqué. Nouant ses mains sur sa nuque, elle lui répondit avec une fougue identique.

— Ça t'a pris un paquet de temps, marmonna-t-il en la portant à l'intérieur de la maison.

— Il fallait que je sache si je valais le coup.

Il ferma la porte derrière lui d'un coup de talon.

— Tout le monde sait que tu es fantastique. Il n'y avait que toi pour ne pas voir ce qui crevait les yeux !

— Peu m'importe l'opinion des autres. Il fallait que je me découvre moi-même.

Il l'étendit sur le lit et déboutonna sa chemise avec une impatience qui rendait ses gestes maladroits.

— Déshabille-toi.

Elle obéit à une vitesse record. Elle voulait sentir sa peau nue contre la sienne. Elle voulait le goûter, le mordre, l'aimer. Elle était aussi impatiente que lui !

— Enlève tout, grogna-t-il comme elle gardait son panty et sa chemise. Je veux te voir, te sentir.

Elle laissa échapper un petit rire. Ils se comprenaient, ils s'accordaient, comme toujours.

Une fois qu'ils furent nus, l'un face à l'autre, elle prit le temps de le regarder : son torse musclé, ses larges épaules, ses cuisses puissantes. Elle baissa les yeux vers son sexe bandé, épais, vigoureux.

— Viens là.

Elle ne se le fit pas dire deux fois. Rayonnante de bonheur, elle s'agenouilla devant lui et le titilla du bout de la langue.

Il gémit et s'adossa au mur en frissonnant.

— Maddie, tu m'as tellement manqué.

— Je sais.

Il enfouit ses doigts dans ses cheveux pour l'obliger à le regarder.

— Sérieusement ?

Elle caressa doucement son sexe et sourit.

— Une femme pleine de sagesse m'a dit qu'on ne disparaissait pas dans le mariage, mais qu'on trouvait sa moitié. Je ne pcux pas vivre séparée de la partie la plus importante de moi-même. Je ne suis pas complète sans toi.

— C'est pour ça que tu veux que je revienne dans ta vie ? Parce que tu te sens seule ?

Mais comment lui faire comprendre ?

— Je te veux dans ma vie parce que je t'aime. Tu es mon partenaire, mon ami, mon amant. Et j'ai besoin de toi.

Elle lui mordit la cuisse.

— De toi tout entier.

— J'aime bien cette idée.

— Tu vas aimer encore plus le reste.

Caden retrouva enfin son sourire. Il caressa ses lèvres avec son pouce, les ouvrit.

— J'en suis sûr.

Satisfaite, heureuse, elle le prit de nouveau dans sa bouche. Il gémit et referma ses doigts sur ses cheveux pour la guider. Ouvrant la bouche, elle accepta son offrande, savourant le contact rude de son sexe sur sa langue. Il accentua la pression et elle gémit, prenant tout ce qu'il donnait, l'adorant, l'aimant.

— Dieu, Maddie, tu m'as tellement manqué !

Elle s'en rendait compte à la façon dont il la tenait serrée comme s'il ne voulait faire qu'un avec elle. Il n'était pas un homme patient et cette attente avait dû le tuer.

— Je voudrais être doux et tendre avec toi, murmura-t-il tout en allant et venant dans sa bouche.

Elle fit courir ses mains sur ses hanches, ses cuisses, et prit ses testicules en coupe dans ses paumes. Il serait doux une autre fois. Aujourd'hui, il avait besoin de libérer sa frustration. Elle calqua son rythme sur le sien et sentit son sexe durcir encore un peu plus sous sa langue. Elle l'encouragea, pressant ses testicules, accélérant le mouvement de ses lèvres.

— Maddie !

Il jouit longuement et elle sentit toute sa souffrance et son amour s'exprimer dans son cri. Quand ses spasmes s'apaisèrent, il la releva, prit son visage entre ses mains et l'embrassa passionnément.

— Comment fais-tu ça ?

Elle passa ses bras autour de son cou.

— Je te connais, moi aussi, et je sais que tu avais besoin de libérer ta colère.

— Plus maintenant.

Elle parsema son torse de baisers.

— Bien.

Doucement, il lui caressa les hanches, puis ses mains trouvèrent le chemin de ses cuisses jusqu'à son sexe. Elle écarta spontanément les jambes.

— Tu es mouillée.

— C'était excitant pour moi aussi.

— Tu as aimé ?

— Oui.

— Qu'est-ce que tu as préféré ?

— Le moment où tu m'as laissée diriger les opérations.

— Ça m'a plu aussi.

— Je crois que je vais aussi aimer l'étape suivante, murmura-t-elle en se frottant sensuellement contre sa main.

Son sourire s'élargit.

— Elle consiste en quoi ?

— Toi et moi, atteignant le plaisir ensemble.

Il introduisit deux doigts en elle, l'écartelant délicieusement.

— Ce programme me plaît déjà.

Il ajouta un troisième doigt et elle se contracta autour de lui. C'était si bon !

— Je vais te faire brûler de désir et quand tu penseras que tu as atteint la limite, je t'emmènerai encore plus haut.

— Oui, chuchota-t-elle en s'ouvrant davantage pour l'inviter à aller plus loin.

— Oui, répondit-il en écho en faisant bouger ses doigts en elle.

Elle lui apporta la réponse qu'il attendait en se soulevant vers lui. Elle lui offrait sa confiance, son amour.

— Et ensuite…

Elle lui caressa la joue, décelant dans sa voix cette petite fêlure d'incertitude qu'il essayait toujours de cacher au plus profond de lui.

— Ensuite, je serai là avec toi, Caden. Je ne t'abandonnerai pas. Jamais.

Pendant un moment, il resta totalement immobile et elle se demanda si elle n'avait pas commis une erreur en parlant ouvertement de ses craintes. Mais il la serra contre lui et l'embrassa avec passion.

— Oh Dieu ! Maddie, je t'aime !

— Je t'aime aussi.

Et cette fois, il n'y eut aucune hésitation dans sa voix, aucune appréhension. Cet aveu n'était pas un point final, c'était un commencement.

Il chercha son regard pendant qu'il l'emportait sur le lit et s'allongeait sur elle. Elle prit son visage entre ses mains et lui caressa les lèvres avec son pouce comme il le faisait si souvent avec elle, nouant ses jambes autour de ses hanches, ouvrant son corps, son cœur et son âme à sa possession. Elle soupira de bonheur quand il entra en elle et savoura la sensation enivrante de ne plus faire qu'un avec lui avant de lui donner enfin ce dont il avait besoin. Sa promesse.

— Pour toujours, Caden.

Composé et édité par les

*éditions* HARLEQUIN

Achevé d'imprimer en France (Malesherbes)
par Maury-Imprimeur
en septembre 2013

Dépôt légal en octobre 2013
N° d'imprimeur : 183883